衛《まもる》くんと愛が重たい少女たち

Mamorukun to ai ga omotai syoujotachi

鶴城東
ILL.あまな

CONTENTS

Mamorukun to ai ga omotai syoujotachi

DESIGN.

Yuko Mucadeya+Nao Fukushima

[musicagographics]

一話

森《もり》崎《さき》衛《まもる》

Mamorukun to ai ga omotai syoujotachi

「動いたら殺す。余計な口をきいても殺す」

アイライナーでぼくの目元にラインを引く時、姉の凛《りん》は、決まり事みたいにそう言う。

鋭利なガラス片を思い起こさせる、ハスキーなその声を限界まで低くして。

彼女の気の強さが如実に表れたつり気味の目を細め、眉間に深い皺《しわ》を刻み込んで。

だから今日も、その言葉は静かな重みを伴って耳に響いた。

「返事」

凛の命令を耳にすると、見えない手で身体《からだ》を掴《つか》まれたように、逆らう意志を奪われる。

「うん」と頷《うなず》くと、凛がほんのわずかに口の端を上げた。

そして……そのまま、アイライナーの先端を、瞼《まぶた》に優しくこすりつけてきた。

「今日もとびきり可愛くしてあげる。ねえ、嬉《うれ》しいでしょ？」

嬉しくなんてない。でも、頷くしかない。

よく勘違いされるけど、ぼくは女装が好きじゃない。もっと言えば、男らしさと無縁な自分の顔と身体《からだ》を疎《うと》ましく思っていて、それを強調する装いが全部苦手だった。

女装なんて、自分の欠点を最も強調する恰好《かっこう》だ。嬉《うれ》しいわけ、ない。

当然、凛《りん》はそれを知っている。知った上で強制し、嬉しいだろうと確認までしてくる。

ぼくのことを、自分の着せ替え人形くらいにしか思っていないんだろう。

……嫌いだ。

「よし」

ぼんやりしている間に涙袋を作られて、つけまつ毛も貼り付けられていた。

さすがに手馴《てな》れている。まあ、何年もぼくを女装させてきたんだし、慣れていて当然か。

「ウィッグは、っと……」

食卓に置かれていた黒色の長いウィッグを、ネットでまとめられた頭にかぶせられた。

服はすでにゴシック調のドレスめいた派手なものを着せられている。ちりばめられた小さなベルトや鋲《びょう》がいかめしい。ウエストの辺りもキュッとくびれているし、かなり派手だ。

アイシャドウが濃い黒ってところも合わせて、病的に仕上げたいんだろうな。

おそるおそる、壁際の姿見を横目に覗《のぞ》き込んで……すぐ後悔した。想像以上に病んだゴス女が椅子《いす》に腰かけていたからだ。あれは……違う。ぼくじゃない。自分にそう言い聞かせる。

姿見の端には、食卓に座ってテレビを眺める母さんの姿も映っていた。いつもみたいにぼくらから目を逸《そ》らしていて、そんな母さんに、胸の奥で泥みたいな気持ちが生まれた。

どいつも、こいつも……

「可愛い」という声に視線を戻すと、慈しむように微笑《ほほえ》む凛《りん》と目が合った。

「仕上げ、しなくちゃ」

深い紫色の口紅を取り出した凛が、指先でぼくの顎《あご》を優しく持ち上げる。

唇が、ゆっくりと、毒々しく染めあげられていった。おおげさかもしれないけど、口紅が唇の上を這《は》うにつれて、ぼくの存在が塗り潰《つぶ》されていくようで、気持ち悪い。

「あっ、ぁ、あー………」

熱に浮かされて、恍惚《こうこつ》とした顔で、凛が言葉にならない声を漏らす。

作業に集中しすぎているのか口が半開きだ。生温かな吐息が、ぼくの顔を湿らせる。

「できた……あぁ、だめ、だめ。今日も可愛いよぅ……」

口紅の先が唇から離された。

凛の目はわずかに潤んでいる。興奮か感動か、わからないけど、とにかく感極まっていた。

それを冷めた気持ちで見つめ返していたら、覆いかぶさるように抱き着かれた。

「まもる、好き。大好き。愛してる」

耳元で囁《ささや》かれたけど、返事はしない。

したくない。

漂うシャンプーの香りや、服越しに押し付けられる柔らかさみたいな、五感を刺激する要素を全部意識から追い出して、頭を空っぽにして……ここじゃないどこかのことを思った。

「まもるが女だったら良かったのに」

凛は妹が欲しいとは言わない。いつも、ぼくが女であればと望む。

その違いの意味を、深く考えたことはない。

ひと際強く抱きしめられる。細くて長い指がぼくの肩に沈んで、鈍い痛みが広がった。

「いたっ……！」

という呻《うめ》きは無視された。

「男なんかに生まれて、可哀《かわい》そう」

……可哀想、か。

抱き着かれたまま、しばらく感情を押し殺していたら、凛が名残惜《なごり》しそうに離れた。

そして「写真、撮らなきゃ」とスマホを取り出す。

「笑って?」と言われたので、ぎこちなく、機械的に笑う。

フラッシュを焚《た》かれた。

カシャリ、という音と共に、凛のスマホにぼくの姿が焼き増しされる。

一枚だけじゃない。次々と指示を飛ばされた。視線やポーズを変えろというものだった。

ぼくは言われるがまま、要求に応え続けた。

フラッシュはやまない。画像は増えていく。

要求に応えるたび凛《りん》が満足していって、情けないけどそんな凛にぼくも安心して……

やがて、目を焼く光が途切れた。

「……ん。こんくらいでいいか」

恍惚《こうこつ》としていた凛が、普段の調子に戻る。

「じゃ、良さげなやつを送るから、上げといて」

凛がスマホを操作した。少しして、食卓に置いていたぼくのスマホが震える。

細かい振動が食卓を打ち、耳障りな音が響いた。

食卓があるダイニングから少し離れた向こう側、リビングのソファに座ってテレビを見ていた母さんが振り返った。わずかに眉根を寄せて、迷惑そうにぼくのスマホを睨《にら》んでくる。

でもやっぱり何も言わず、すぐぼくらに背を向けて、意識をテレビに戻してしまう。

そんな母さんに恨みがましい目を向けてしまった。無意味だってわかっているのに。

ため息を呑《の》み込んで、気持ちを切り替えて、スマホへ手を伸ばす。

アプリを介して、凛から数枚の画像が送られていた。撮影されたばかりの、ぼくの女装写真だ。どれを見ても、パンクドレスに身を包んだ見知らぬ少女にしか見えない。

「元が良いから、少し光を当てたくらいで、加工はしてないわよ」

憂鬱《ゆううつ》な気分で画像を眺めていたら、頰《ほお》に触れられた。

肌を這《は》う凛の指は燃えるように熱い。

そんなわけないのに、触れた場所を溶かされてしまいそうで、少し怖くなった。

「ほんと、女の子にしか見えない……ね。あんたは、私のことが、好きでしょ？」

向けられた目は据《す》わっていて、威圧感が強い。

考えるより先に、無言で頷《うなず》いていた。

凛が満足そうに頬を緩め、圧が消えた。その瞬間、嫌悪感に包まれる。

脊髄《せきずい》反射のように凛に従う自分が情けないし、もっと言えば、その情けなさを許容すること に慣れた、自分の意気地のなさが気持ち悪かった。

でも、どうしようもない。

凛から視線をはがして、逃げるようにスマホに目を落とす。無心でＳＮＳのアプリを開いて、凛が気に入りそうなコメントを機械的に打ち込み、女装写真を添えて投稿した。

『今日は地雷女子っぽい感じのコスだおー　結構よくない？』

自分で入力しておいてなんだけど、おぞましいと思う。

このアカウントは元々私的に使っていたものだ。当然、ほんの数人だけどリア友とも繋《つな》がっている。彼らに一連の投稿を見られると思ったら、ぼくは決まって死にたい気持ちになる。

でも凛は、理由はわからないけど、ぼくが自《みずか》らの手で女装写真を拡散させることに執着していて、どんなにやりたくないと懇願しても絶対許してくれない。

本当に、何が目的なんだろう。

「お、初速いいな。バズるか?」

凛《りん》が呟《つぶや》いた。食卓に座って、自分のスマホでぼくの投稿を見ているらしい。

女装写真をばらまき始めてから、ぼくのアカウントのフォロワーは激増した。

一年ほど前、あるアニメのコスプレをさせられた時の画像が妙にウケて、吐き気を催す勢いで拡散されたことをきっかけに認知度が上がり、それからもコンスタントに女装画像を投稿していたら、気づいた時には手に負えない数までフォロワーが膨らんでいた。

こうなると、凛が言うところの「可愛い写真」を投稿すれば、それはたちまち何千、下手《へた》すれば何万と拡散されてしまう。

その事実が、どうしようもなく恐ろしい。

「キモいコメントも付きだしたか。まもるを汚い目で見やがって……ま、でも、こーんな美少女なんだから、馬鹿が発情するのも仕方ないか」

ぼくはアプリの通知を切っているから、あの呟きがどれほどの勢いで拡散されているのかはわからない。ただ、特別なオモチャを自慢して悦に浸る子供みたいな顔をした凛を見れば、大体予想はついた。

……ぼくは何も知らない、と心の中で呟く。

何も感じたくなかった。

スマホを食卓に置いて、気を紛《まぎ》らわせるためにリビングのテレビを眺める。

遠いせいで小さく見えるその画面の中では、芸人をＭＣに起用した明るい雰囲気のワイドショーが流れていた。毎週日曜の午前、ぼくがダイニングで凛に女装させられている間、母さんはいつもこの番組を見ている。ぼくを苦しめる凛をたしなめもせず、静かに。

まるで凛を刺激したくないと言わんばかりに。

おかげで、今じゃもう、母さんに何かを期待しようって気すら起きなくなった。

番組内では、最近解散した女性アイドルグループの特集が組まれていて、少し前に開かれた解散会見の様子が再生されている。グループのリーダーが丁寧《ていねい》に受け答えをしていた。

「……そういえば、京子《きょうこ》ちゃんこっちに帰ってくるんですって」

ぼんやりテレビを眺めていたら、おもむろに母さんが口を開いた。

あいかわらずぼくらに背を向けたままだから、独り言のようにも聞こえる。

「芸能界も引退して、大学も休学して、おばあちゃんの家にしばらくお世話になるそうよ」

テレビに映る、リーダーを……背の高い女性を見る。

照明を反射して輝く黒髪や、すらりとしていながらも女性らしい曲線を描いた体躯《たいく》、そして何より怜悧《れいり》という言葉を思い起こさせる整った相貌《そうぼう》……

人気絶頂でその芸能活動に幕を下ろした、トップアイドル。

宵ケ峰《よいがみね》京子。

でも、ぼくにとっての彼女は、そんな大仰《おおぎょう》な偶像じゃない。

もっと身近な……優しくて、心配性で、世話焼きな……親戚《しんせき》のお姉さんだ。

京子《きょうこ》を見ると、ぼくは少しだけ気分が軽くなる。救われた気分になれる。

たとえこんな状況でも、それは変わらない。

「向こうで頑張って、せっかく結果も出したのに。もったいないわねぇ」

グループの解散は、他のメンバーたちが起こしたスキャンダルが原因だった。

報道だけじゃなくて、直接京子から事情を聞いてみても、京子は完全にとばっちりを受けた形で、あまり気持ちの良い話ではなかった。事実、ネットや報道でも、京子や巻き込まれただけのメンバーには同情的な意見ばかり寄せられている。

京子、会見だと気丈に振る舞っていたけど……内心は、つらかっただろうな。

「そうなんだ。京子も大変だね」

でも何も知らないふりした。

凛《りん》に、ぼくが京子と連絡を取っていると知られるわけにいかないから。

横目に凛を窺《うかが》うと、案の定、さっきまでの上機嫌から一転して顔を歪《ゆが》めていた。

「あの女が……こっちに帰ってくんの？　……は？　なにそれ。なんで？」

テレビを睨《にら》みつけた凛が、唸《うな》るように吐き捨てた。

凛は京子を嫌っている。だから京子に関係する話を聞くと、たちまち不機嫌になった。

ぼくは凛に目を付けられないように、息を潜めた。

「凛」

母さんがようやく振り返って、ぼくらを……凛を見る。

だけど二人の距離は、リビングとダイニングを区切る敷居を挟んで離れたままだ。

二人とも動こうとはしない。

「京子ちゃんも東京で色々酷《ひど》い目にあったみたいだし、地元でゆっくり疲れを取りたいのよ。それにおばあちゃんも一人暮らしでしょ？　いくら私たちが近くに住んでても、やっぱり誰か一緒にいてくれた方が安心じゃない」

慎重な口ぶりは、どうにか凛をなだめようとしているよう。

だけど凛は「はあぁ？」と苛立《いらだ》ちを露《あら》わにして、母さんを睨んだ。

「おばあちゃんはまだしっかりしてるし、いらないわよ、あいつなんて。ねえ、どうにかして東京に追い返せないの？　伯母《おば》さんも向こうにいるんだし、帰ってくる必要ないでしょ？」

「そんなこと言わないで。ね？」母さんが声音を柔らかくした。「京子ちゃんを嫌いなことはわかるけど、あなたも来年は大学生なんだし、少しだけ大人になって、親戚としてお付き合いしてみない？　京子ちゃんも、久しぶりにうちへ遊びに来たいって……」

「は？　いや、マジでないから。てか、あの女にうちの敷居を跨《また》いだら殺すって伝えといて」

「殺すって、そんな乱暴な……」

「あのね。私、次にあいつの顔を見るのは、葬式の遺影って決めてんの。そりゃあ母さんがあの女に会いたいなら勝手にすればいいけど、でも私とまもるには金輪際《こんりんざい》近づけないで。マジで嫌いなのに……あぁ、もう、なんでそんな簡単なこともわかんないかなぁ！　あの女のこと、考えただけで虫唾《むしず》が走る！」

凛《りん》が立ちあがり、肩を怒らせ、大股で母さんの元へ向かった。そしてソファの前にある、背の低いテーブルに置かれたテレビのリモコンをひったくるように取って、番組を変える。

そのまま踵《きびす》を返して戻ってくると、足で蹴《け》るように食卓の椅子《いす》を引っ張り出し、乱暴に腰を下ろした。ドン、と頰杖《ほおづえ》をつき、舌打ちを挟んで、指先でコツコツ食卓を叩きだす。

なんてわかりやすいアピールだ。相当荒れている。

不機嫌な凛の傍《そば》にいると、腹の辺りがじわじわ痛んだ。この場から消えてしまいたくなる。

母さんが小さく息を吐いて「わかった、ごめんなさいね。じゃあ、京子《きょうこ》ちゃんにはそれとなく伝えておくから」と、テレビへ視線を戻した。

それきり黙ってしまう。厄介者《やっかいもの》を前に、もうこれ以上何も意見しないと線引きしたように。

娘に対する反応として、そんなのが正しいわけがない。

でも、いつものことだ。指摘するような気力も勇気もない。

「ねぇ！」

凛は母さんを言い負かしたくらいじゃ怒りが収まらないみたいで、鋭くぼくを睨《にら》みつけた。

あぁ、嫌だな、って思いながら「……なに？」と目を合わせる。

「あんたもあの女には近づかないでよ。あいつと一緒にいるあんたは、大嫌いだから」

従うつもりはないのに、やっぱり反射的に頷《うなず》いてしまう。

そんな自分に絶望した。もうどうしようもない。

でも……それより、仕方ないって諦《あきら》める気持ちの方が、ずっと強い。

「……ん。言うまでもなかったか」

少しだけ気分を持ち直したらしい。

表情を崩した凛が、立ち上がってぼくに抱き着いてきた。

「そうよね。だって、あんただけは私の味方で……ううん、私だけのものだもんね……」

「……うん」

天井を見上げ、頷いた。

この家で、凛を無駄に怒らせるだなんて、そんなひどい徒労はない。

◆

梅雨《つゆ》時の放課後の教室は、とても蒸し暑い。

空調を使えなくなるから、湿気を帯びたぬるい空気が満ちて、身体《からだ》にまとわりついてくる。

おかげで全身に汗が滲《にじ》んで、腕の下敷きになっていたルーズリーフが湿ってしまった。

よりによって大切な公式を書き込んだ箇所がよれていて、「あーあ」と小さく呟《つぶや》く。

読めないほどじゃないけど、なんだかやる気が削《そ》がれた。

少しだけ休憩しようかな。

シャーペンを手放して、軽く背を伸ばすと、肩のあたりでパキッと軽い音が鳴った。

熱が、体の内側に閉じ込められているような不快感がある。

閉め切った窓の外を見たら、しとしと雨が降り落ちていた。

雨模様につられるように、土が濡れたような匂いをかすかに感じる。

梅雨《つゆ》の匂いだ。

好きでも嫌いでもないけど、鼻腔《びくう》にこびりつくようで、強く印象に残る。

「疲れたのぉ？」

向かい合わせにくっ付けた二つの机の向こう側。前髪を額の上で束ねたデコ出しスタイルの女子が呟いた。なんだか眠そうな目で、ぼくの顔を覗《のぞ》き込んでいる。

幼稚園から続く腐れ縁の幼馴染《おさななじみ》……朝山瑞希《あさやまみずき》だ。

「少しだけ。あと、湿気《しけ》てやる気がなくなっちゃった」

ぼくと瑞希は、誰もいない閑散とした教室で、授業の復習をしていた。

ちょっとした勉強会だ。でも示し合わせたわけじゃない。

お互いにそれぞれ人を待っていて、たまたま二人ともやることがなくて暇だったから、わからないところを教え合って時間を潰《つぶ》そうって話になったわけだ。

それで、窓際にあるぼくの席で向かい合って、勉強をしている。

あんまり捗《はかど》ってないけどね。

「めっちゃわかるぅ。へぇ」

短く呻《うめ》いた瑞希が、おもむろにスカートの裾《すそ》を摑《つか》んでバサバサ扇ぎだした。

奥は見えないけど、膝《ひざ》や、汗でしっとりした太ももがちらちら目に入って……

そっと顔を逸《そ》らす。

「蒸すねぇ。あー……放課後も、クーラー使わせてほしいなぁ……」

「見えちゃうよ」

なんてことないふうを装って、指摘した。

すると、瑞希がにへーっと照れたように口元を緩めた。

そしてスカートから手を放した。

「ごめぇん。でも、まーちゃんだけだし、いいかなーって」

瑞希は基本的に距離感が近い。おかげで親しみやすい雰囲気をまとっていて、男子に変な勘違いをされやすかった。といっても、普段はさすがにもう少しガードが堅いけども。

ここまでだらしないのは、ぼくと二人きりの時だけ。

幼い頃から付き合いがあるぼくを、信用してくれている、ということなのだろう。

それが嬉《うれ》しくないと言えば、嘘《うそ》になる。

でも、嬉しい以上に、もどかしさや悔しさの方が大きかった。

だって、それは……

「私たちって兄弟みたいだし、気が緩んじゃうよねぇ。へへ」

兄弟、という言葉に、ほんのわずかに、胸の奥がじくりと痛む。

だけど顔には出さない。感傷を呑《の》み込む。

瑞希《みずき》に悪意はないから……そもそも瑞希はぼくの気持ちなんて知らないから。

だから、いつもの調子で「そうかもね」と頷いた。

「ちなみに、ぼくはどっち？　弟？　それともお兄さん？」

「んぁ？　えーと、まーちゃんはぁ……しっかり者の妹かなぁ」

「おい」

「へへ……ごめぇんね。でもでも、まーちゃん、ほんとーに可愛いんだもん」

可愛い。

一瞬だけ、言葉に詰まった。

「…………、まあ、ぼくは可愛いからね。瑞希よりも可愛いからね」

「えー？　……んー、ぎりぎり、私の方が可愛いと思うよぉ？」

うわ。自分で自分を可愛いって言ったな……いや、もちろん、ふざけただけだろうけど。

それに、まあ、瑞希《みずき》が可愛いのは事実だ。

低めの身長やくりっとした目は愛らしいし、どこか抜けてほんわかしているところは親しみが持てる。天然って言葉が一番近いのかな。

とにかく、無性にかまいたくなってしまう子だった。

唯一、ほんの少し輪郭《りんかく》が丸めな点だけは好みが分かれるかもしれない。でも太ってはないし、そこも愛嬌《あいきょう》だ……あ、それと、ぼくはそんなに気にしてないけど、胸がかなり大きい。

「そうだね。瑞希は可愛いよ」

苦笑しながら言ったら、瑞希が「もぉ……」とぼくに下敷きを手渡してきた。

意図がわからないまま、赤い半透明な下敷きを受け取る。

「なに？　くれるの？」

「違うよぉ。酷《ひど》いこと言ったお詫《わ》びに、あおいでぇ」

頷《うなず》いて、瑞希じゃなくて自分を扇いだ。

ぬるい風が顔にかかる。全然涼しくない。

「まーちゃん、違う、こっち、こっち」

「ぼくのこと妹なんて言う奴《やつ》はあおいであげない」

「えー……」

半目になった瑞希に「ところでさ」と続けた。

「話は変わるけど、最近、彼氏さんに悪い気がしてるんだよ」

「いきなり何？」

急に話を変えすぎたのか、瑞希が不思議そうな顔をした。

「いや、ほら。さっきのスカートばさばさみたいな……いくら幼馴染《おさななじみ》でも一応ぼくは男だし、瑞希がぼくの前で無防備なのは、やっぱり、彼氏さんに良く思われないいんじゃないかなって」

瑞希が「あー……」と唸《うな》った。

今、瑞希には付き合って一か月くらいの彼氏がいる。

ぼくらの一つ上、三年生の先輩だ。

気さくな良い人で、しかも背が高くて顔まで整っている。あと運動神経も良い。なにせサッカー部の部長を務めている。それに理系の進学クラスだから頭も良くて……

敵《かな》うところが何一つない。

この一か月、ぼくは、校内校外を問わず、二人が並んで歩くところを何度も見た。

とても様になっていた。

瑞希が選ぶ男は、いつだってぼくと真逆だ。

だから、瑞希に彼氏ができるたび、ぼくは存在を否定されたような気持ちになった。

決して瑞希に男として見られることはないと、突きつけられるから。

ぼくは瑞希の恋愛対象にはなりえない。

だから、何年もの間恋心を温め続けるだけで、このぬるま湯みたいな関係に、ずっと浸かり続けている。告白なんてするだけ無駄だ。

「私、まーちゃんと話せなくなったら、いやだなぁ。ちっちゃい頃からの友達なのに……」

瑞希《みずき》が上目遣いで、窺《うかが》うようにぼくを見てくる。

まるで見捨てられることを恐れる子供みたいに。

……そんな顔をするくらいなら、どうして……

飛び出しそうになった言葉を、寸前で呑《の》み込む。

代わりに「うーん」と言って、気持ちを切り替えた。

「瑞希が今までの彼氏と長続きしなかったのは、ぼくと仲良くしすぎていたのが原因かなって思うんだよね。少なくとも、先月別れたあの人……四人目の彼氏さんはそう言ってたし」

瑞希の今の彼氏は、彼女にとって五人目の彼氏だ。

つまり瑞希は、これまでに四人の男と付き合って、別れたことになる。

ぼくは瑞希が別れるたびに、ぬか喜びしてきた。

行動をしないくせに、何かを期待してしまう。

「距離を置かないと、また別れることになるんじゃない？」

「んぅ……でもぉ。とーまくんは、そーいうの、気にしないよぉ……？」

とーまというのは、今の彼氏の愛称だ。

本名は……なんだっけ。覚えてない。

「本当に？　断言できる？」

聞き返すと、瑞希が眉間に皺《しわ》を刻んで、机に突っ伏した。

床に落とした粘土の塊《かたまり》みたいに、べたりと平らに広がる。

「気にしないもん……」

拗《す》ねた口ぶりは、確証がないことの裏返しだ。

瑞希から彼氏に関する相談はよくされるけど、だからといって、ぼくは瑞希の恋愛事情全てを把握しているわけじゃない。

たとえば元彼たちと別れた理由だとかは、一切教えてもらっていない。

ただ、四人目の彼氏だけは例外だ。彼は、ぼくが瑞希と一緒にいることを心底疎《うと》んでいて、それが原因で瑞希と別れた。本人に呼び出されて、直接聞かせられたから間違いない。

あの時の、彼の恨みがましく歪《ゆが》んだ顔を、ぼくはまだ忘れられないでいる。

だから、もしかすれば、瑞希が彼氏と別れた理由をぼくに教えてくれないのは……ぼくのせいだって、瑞希もわかっていて……

「気にするかどうか、本人に一度聞いてみたら？」

提案したら、瑞希が顔だけ上げて、ぼくを見た。

「まーちゃん、もしかして私のこと、いやになっちゃった……？」

悲しげな目を向けられて、慌てて「まさか!」と否定する。

「そんなわけないよ。ぼくはただ、瑞希《みずき》の……」

ために、と続けようとしたら、瑞希が力強く「じゃあ、いいじゃん」とぼくを遮った。

「そんな意地悪、言わないでも……」

瑞希はそれきり顔を机に向けて黙り込んでしまう。

完全にへそを曲げてしまった。

こうなると瑞希は頑固だ。長い付き合いで身に染みている。

しばらくは、こっちも譲らないぞって瑞希を見つめていたけど、段々いたたまれなくなってきた。そもそもぼくだって瑞希と疎遠になりたいわけじゃない。瑞希のことを思って提案しただけで、彼氏と別れてくれるなら、ぼくはそっちの方が……いや、これは駄目だ。

とにかく。瑞希にとって何が一番大切なのか、それは瑞希にしかわからない。だから、瑞希がぼくと離れたくないって言うなら、そうしてあげるのが一番なのかもしれない。

……詭弁《きべん》だな。

どうしようもない。

「ごめん」

告げると、瑞希がのそっと顔を上げた。

「……なにが?」

「余計なことを言った。瑞希と彼氏の問題に、ぼくが口を挟むのは変な話だった」

瑞希がジトッとぼくを凝視《ぎょうし》してくる。

たっぷり数秒見つめ合って、やっと瑞希が口を開いた。

「ほんっとーに、その通りだよ……もう、こんなこと言わないでね……？」

「わかった」

「……じゃあ、これからも一緒にいてくれるぅ？」

「うん。瑞希が嫌にならない限りは」

何かを間違えていることはたしかなのに、それを深く考えようとしない自分が嫌だ。

少なくとも、瑞希から彼氏について相談をされるたびに、傷ついて、苦しんできたことだけは痛いほどわかっているのに、それからさえも目を逸《そ》らそうとしている。

瑞希の傍《そば》にいると、苦しいことばかり起きる。

でも、離れられない。

「ならないから、大丈夫」

嬉《うれ》しそうに笑った瑞希に「そっか」と苦笑して、ふと思う。

いっそ、嫌になってくれたらいいのになって。

もしくは、瑞希を嫌いになれたらなって。

でも結局、そうはならない。

◆

ぼくらの高校の完全下校時刻は、十九時きっかりだ。

文化祭の準備期間中は例外的に延びることもあるけど、逆に言えばそういった特別な理由がない限り、この時刻になれば、生徒は有無を言わさず校外へ追い出されることになる。

待ち人の鵜野征矢《うのせいや》が教室に現れたのは、その完全下校時刻まであと数分という、ぎりぎりの頃になってだった。

「わりぃ。待たせた」

教室の入り口で立ち止まった征矢が、ぼくと目を合わせるなり謝ってきた。

「顧問がキレて、部活が長引いた」

声がくたびれている。珍しい。よほど部活がきつかったのかもしれない。

気にしないで、と答えて、机の上に広げていた教科書とルーズリーフを鞄《かばん》にしまった。

教室にはもう、ぼくしかいない。

瑞希《みずき》は迎えに来た彼氏と一緒に、とっくに帰ってしまった。

彼氏が現れた瞬間、前髪を下ろして手早く身なりを整え、甘くとろけた声で名前を呼びながら小走りに駆けていった彼女の後ろ姿が、どうしても頭から消えてくれない。

……はあ。我ながら、未練がましいな。

忘れなきゃ。一々傷ついていたら、いい加減身が持たない。

必死に気持ちを切り替えて、鞄を背負う。

征矢の隣に立つと、嗅《か》ぎ慣れた、汗と制汗剤が混ざった独特なにおいがした。

「今日も臭《にお》うね」

笑顔で言うと、征矢が嫌そうにぼくを見下ろした。

「うるせぇな。練習後は仕方ねぇだろ。いい加減慣れろ」

征矢は剣道部だ。部活後の彼は中々臭う。

汗臭いというか、防具に汗がじゅくじゅくに染み込んで、発酵したようなにおいが染み込んでいるというか……もっとも、練習風景を何度か見た感想としては、納得しかないけど。

ちなみに征矢は剣道が滅法強く、二年生ながら団体戦の中堅を任されている。

素人《しろうと》だから詳しいことはわからないけど、試合になると奇声を発しながら素早い動きで相手を翻弄《ほんろう》し、パッ！　と打ちのめしてしまうのだ。

試合中の征矢は、日頃の気だるそうな感じが嘘《うそ》みたいに生き生きしていて、普段に輪をかけて怖い。だけどそれ以上に格好よかった。

「とっくに慣れたよ。安心して。征矢がどんなに臭くても嫌いになんてならないから」

「……そーかよ。助かるわ。ったく……帰るぞ」

征矢《せいや》が一歩、ぼくから距離を取って、暗い廊下を歩き出した。

自分でいじっておいてなんだけど、気にしなくていいのに、と思う。

開いた距離を同じだけ詰めて横に並んだ。

なんだか微妙な顔をされたけど、知らないふりをする。

征矢はどちらかといえば、近寄りがたいタイプの人間だ。

顔立ちはいいけど強面《こわもて》だし、背も異様に高いし、あと言葉遣いが乱暴だ。気に食わないことには全力で噛《か》み付く気性の荒さもある。

でも、根は優しいことを、ぼくは知っている。

「雨、酷《ひど》いね。夜には止《や》むって聞いたんだけど、本当かな?」

「さあな」

雨雲でとうに暗くなった外に出ると、視界がぼやけるほど激しく雨が降っていた。

傘をさして一歩踏み出すと、傘の生地に無数の雨粒が弾丸みたいにぶつかって、身がすくむような音が響く。

「マジでうぜぇわ」

「ほんとね」

「つーか、雨降ってんだから先に帰りゃ良かったのに。いちいち俺を待つ必要ねぇだろ」

隣の傘の下、征矢がぼくを見下ろしてきた。背が低めなぼくと、のっぽな征矢。

身長差がありすぎて、並んで話すとどうしても見下ろされてしまう。

「雨が降ったら早く帰った方がいいって理屈が、よくわかんない」

「……それもそうか」

あっさり納得された。適当すぎる。

ぼくらはいつも、お互いに用事がなければ、一緒に帰るようにしていた。

深い理由があるわけじゃない。同じマンションに住んでいるよしみで、小学生の頃一緒に登下校をしていたのが習慣化しただけだ。もちろん、日によっては征矢が部活仲間と帰ることもあるし、ぼくが他の友達と帰ることもある。年がら年中一緒ってわけじゃない。

「それに、あんな家に早く帰るなんて、拷問《ごうもん》だ」

呟《つぶや》くと、征矢が納得したように「あー……」と頷《うなず》いた。

征矢は、ぼくが家族を嫌っていることを知っている。家で何かあるたびに、征矢に愚痴《ぐち》っているからだ。冷静に考えたらとんでもなく迷惑な話で、征矢には本当に頭が上がらない。

「そういや、今日はかなり待たせたけど、何して時間を潰《つぶ》してたんだ？」

どうでもよさそうに聞かれた。

話を変えたかったのかもしれない。

「ずっと授業の復習してたよ」

「ガリ勉野郎かよ」

「……まあほら。東京とかの良い大学に行って、この町から逃げ出さなきゃなんないし」

「あっそ。家に居場所がない奴《やつ》は大変だな。期末前にはまた理系科目の勉強教えてくれ」

「いいよ……あ、そういえば瑞希《みずき》も教室にいたから、一緒に勉強したよ」

言った瞬間に、やばい、口を滑らせた、と思った。

案の定、征矢《せいや》が口元を歪《ゆが》める。

「瑞希て。お前も懲《こ》りねぇな。あいつと一緒にいて、しんどくねぇの？」

聞かれて、少し気分が沈む。

征矢は瑞希と面識がある。というか、ぼくらは幼馴染《おさななじみ》だ。

でも、二人はびっくりするくらい仲が悪い。昔は……小学生の頃なんかは、ぼくら三人に京子《きようこ》を含めた四人でよく一緒に遊んでいたんだけど、いつからか二人が険悪になって……

京子も東京に行ってしまって、もう、昔みたいに集まることもできなくなってしまった。

どうしてこんなことになったんだろう。

二人とも、事情を話してくれないからわからないままだ。

「……別に、しんどいとかはないけど」

「うそこけ。いい加減目ぇ覚ませ。未練がましい。つーかお前、女の趣味悪すぎんだよ」

露骨に呆《あき》れた顔をされて、さすがにムッときた。

「別に恋愛がどうとかじゃなくて、仲が良い幼馴染と一緒に勉強してただけなのに、なんでここまで言われなくちゃならないの？」

言い返すと「へえ」と横目に睨《にら》まれる。

「じゃ、もうあいつは好きじゃねぇんだな？　だったら俺も、何も言わねぇよ」

何とでも言い返せるはずなのに、どうしても嘘《うそ》をつけなくて、言葉に詰まった。

これ見よがしにため息を吐《つ》かれた。

「お前が地雷原で踊ってるアホにしか見えねぇ」

いくらなんでも、あんまりだ。

「……逆に、どうして瑞希をこんなに嫌ってるのか、わからないんだけど」

「はあ？　あんなわかりやすいクソ女、中々いねぇだろ」

「どこが？　どこがクソなの？」

「だから……あいつはお前を苦しめて楽しんでるだけだぞ。人間性が終わってんだよ」

「瑞希が憎すぎて、わけわかんないこと言ってない？」

語気を強めて返したら、征矢が鬱陶《うっとう》しそうに「あのなあ」と頭をかいた。

「こういうとこなんだわ。お前は、俺が何言っても瑞希の肩を持つ。アホくせぇ」

「そんなことないし」

「あるわ。お前は、自分が瑞希のことになると客観性なくすことを自覚しろ。俺がどれだけあいつの欠点を指摘しても、お前はムキになって否定する。正しいことまで全部な」

「正しいことは否定しないし」

「……はあ。聞く耳ないと思うけど、他の女に行け。あいつのことは忘れろ」

なんでぼくが悪いみたいな流れになっているんだ。

大体、理由も言わずに納得しろなんて、そんな馬鹿な話はない。

もちろん征矢《せいや》が間違っているとまでは思わないし、征矢にしかわからない何かがあるんだろうとも思う。でも、瑞希《みずき》も征矢も大切な友達で、どちらか片方に肩入れはしたくない。

なにより、瑞希を忘れろ、なんて気軽に言われても、そんなの無理だ。

ぼくだって無意味に苦しみたいわけじゃない。瑞希を好きでいる限り、自分が傷つき続けることもわかっている。でも、それでも好きなんだから、仕方ないじゃないか。

たとえこの先、幼馴染《おさななじみ》って関係でしかいられなくても……一緒にいたいんだよ。

「……そういえば、京子《きょうこ》がこっちに帰ってきたよ」

これ以上瑞希の話を続けたら、本格的な喧嘩《けんか》になりかねないから、話を変えた。

征矢もそう思ったのか「……へえ。京子さんが」とすんなり流れに乗ってくれる。

「意外だな。芸能界を引退しても、東京に残ると思ってたわ。でも、大学はどうすんだ?」

「休学するってさ。それで、近いうちに京子と会う約束してるんだけど、征矢もどう?」

少し悪くなった空気を完全に拭い取りたくて、尋ねてみた。

征矢は、瑞希とは険悪だけど、京子のことは普通に慕っている。京子のアイドルグループが新曲を出すと、興味がないふりをしながらもこっそりCDを買って応援していたくらいだ。

だから、きっと喜んで来てくれるだろう……と、思ったんだけど。

征矢は特に悩むでもなく「いや、やめとくわ」と首を横に振った。

驚いて征矢を見上げた。

「えっ。会いたくないの？」

「いや、いや……挨拶《あいさつ》はしてぇよ。ガキの頃世話になってたしな。でも、まずは二人きりで会っとけよ。京子さんお前にべったりだったじゃねぇか。きっとサシで話したいはずだぞ」

「気にしすぎじゃない？　それにぼく、京子とは東京でちょくちょく会ってたし」

「馬鹿。空気読めよ」

さっきから怒られてばっかりだな、と思いつつも「じゃあ、まあ」と頷《うなず》いておく。

ただ、京子がぼくにべったりだったっていうのは、納得しかねるけど。

たしかに、京子がこっちにいた頃は、ぼくと京子はいつも一緒にいた。

でもあれは、京子の温情だ。家に居場所がなくて途方に暮れていたぼくを見かねて、従姉《いとこ》のよしみで世話してくれていただけだ。つまり、ぼくの方が京子にべったりだった。

当時は、京子の存在を支えに生きていた、みたいなところがある。

だから、京子からすればぼくは手のかかる親戚《しんせき》の子供でしかなくて、二人きりで会いたいとかはないと思う。そりゃあ、可愛がってくれていたのは、わかるけど。

「で、いつ会うんだ?」

「今週末。ちょうど今日、こっちに帰ってきたってさ」

「そりゃいい。心の傷を癒やしてもらえよ。性悪女にイジメられたよぉ、ってな」

「その話、続けるの?」

じと目を向けると、しらっと顔を逸《そ》らされた。

まったく。

「おっ」

傘の外に手を伸ばした征矢《せいや》が嬉《うれ》しそうな声を上げる。

「止《や》んだな。ついさっきまでの土砂《どしゃ》降りが、嘘《うそ》みてぇだ」

同じように手を出してみると、雨の勢いがかなり弱まっていた。

もう、霧みたいな細かい雨粒がぱらぱら落ちているだけだ。

「ほんとだ。でも、まだ、傘がないと濡れちゃうね」

「これくらい問題ねぇよ」

征矢が傘を閉じてしまった。大雑把《おおざっぱ》だな。

「……あー。そういや、瑞希《みずき》の新しい彼氏の家って、この辺だっけか?」

肩の凝《こ》りをほぐすように首を回していた征矢が、思い出したように言った。

ここは、一戸建てが軒を連ねる住宅街だ。古くからの家が多くて、道もわりと狭い。

この区画を抜けた先に、ぼくらが住んでいるマンションがあった。

「そうだっけ。詳しいね」

瑞希からそんな話を聞いた気もするな、なんてかすかに思い出しながら、相槌《あいづち》を打つ。

正直彼氏そのものにはあんまり興味がなくて、それ関係の話はほとんど聞き流してきた。

「今の彼氏は有名人だからな。どうでもいい情報が、勝手に入ってくるんだよ…………あ？」

変な声を上げたかと思えば、征矢が急に足を止めた。

不思議に思って視線を追うと、少し先、ある家の前に、二つの人影が見えた。

目を凝らす。制服姿の背が高い男と、もう一人は背の低い女、で……あー……

瑞希と彼氏だ。

ぼくらより先に教室を出た彼らに、追いついたらしい。

彼氏の家の前で、別れを惜しむように話し込んでいるのだろうか。雨脚が弱くなったことにも気付いていないみたいで、二人とも傘をさしたままだ。

不意打ちを食らった気分だった。一気に気持ちが沈む。

「……ったく。違う道で帰るぞ」

征矢が言った。あの二人を間近で見ずに済むよう、気を遣ってくれたに違いない。

素直に厚意に甘えて「うん」と頷《うなず》く。

そうして、この場を離れようとした、その瞬間だった。

彼氏が、雨が弱まっていることに気付いたのか、傘を閉じた。

その傘を塀に立てかけて、おもむろに瑞希《みずき》の両肩に手を添える。

あれ？　と思った時には、彼氏が瑞希に顔を近づけて……二人の、口と、口が……

「見るな」

両目を、温かくて臭い何かでふさがれた。

それが征矢《せいや》の腕であること、そして彼に視界を覆われたことに、一拍遅れて気付く。

「……見てないな？」

頭のすぐ上から聞かれた。すえたようなにおいが鼻を突く。頭の片隅で、籠手《こて》は防具の中でも特に臭いという話を思い出した。征矢の手には、籠手のにおいが染みついている。

「見てないよ」

答えた。本当だ。ぼくは何も見ていない。

「見えなかった」

でも、何が起きたかは、子供じゃないから……わかる。

「……ならいい」

目をふさがれたまま、真後ろに体の向きを変えられて、操り人形みたいに従う。

そうして、ようやく腕を離された。視界が広がる。

見えるのは、少し古びた住宅街だ。

でも、数秒前の光景が目に焼き付いていて、目に映るものが、一切頭に入ってこない。

驚くほどショックを受けた自分がいた。

「……遠回りして帰るぞ」

「……うん。ありがと」

征矢《せいや》の背中を追って、普段は通らない細道に入った。

駄目だ。頭の中の光景が消えてくれない。

今も、あそこで、瑞希《みずき》は、彼氏と……あぁ、くそ、くそ。

わかっているつもりだったのに。瑞希は男と付き合っている。だから、そういうことだって普通にするって……なのに、実際に目にすると、こんなにも……

「ファミレスでも寄るか？　それともカラオケ行くか？　……付き合うぞ」

征矢がぶっきらぼうに提案してきた。

よっぽどぼくの様子がおかしいのかな。

「……ううん。大丈夫」

ありがたい申し出だけど、断った。なんとなく、このまま一緒にいたら、意味もなく征矢に八つ当たりしてしまうかもしれないと思ったからだ。

もし、そんなことをしてしまえば……きっと、自己嫌悪で死にたくなる。

なにより、今だけは一人になりたい。

「瑞希もキスくらいするよ。今まで何人も彼氏がいたんだし、今更そんなことで驚かない」

強がって、笑った。でもそう口にしたことで、あの光景を完全に受け入れてしまって、胸の内に鉛《なまり》の塊《かたまり》を落としたような、重たい気分になってしまう。

今まではあえて考えずにいられた、嫌な想像が次々と浮かび上がってきた。

瑞希は、キスより先のこともしているのだろうかとか。

元彼たちとも、そういうことしてきたんだろうかとか。

なのにぼくは、瑞希とは、そういう関係には絶対になれないんだ、とか……あぁ、そうか。

ぼく、失恋してたんだ。

そんな当たり前のことに、今更気付いた。いや、正しく言えば、痛感した。

失恋しているって理解はしていたけど、そこには実感が伴っていなかったのだ。

だから、幼馴染《おさななじみ》としてでも一緒にいたいとか……寝ぼけたことを言えた。

自分の馬鹿さ加減が心底嫌になる。

「本当に大丈夫か？」

心配してくれる征矢に、なんとか苦笑を作って「大丈夫」と答える。

疑うような眼差《まなざ》しを向けてきた征矢だけど、少しすると諦《あきら》めたように「そうか」と頷《うなず》いた。

「もし愚痴《ぐち》りたくなったら、いつでも連絡しろよ」

「ありがと」と返して、普段は通らない回り道を……マンションへ向けて、進む。

今は、征矢《せいや》と話すことさえ億劫《おっくう》だった。

◆

とてもじゃないけど、家には帰れなかった。

今、家族の、とりわけ凛《りん》の顔を見たら、多分ぼくは、吐く。

それくらい、瑞希《みずき》のキスはぼくにとってショックで……気が滅入っていた。

情けないけど、どうしようもなかった。

そんなわけで、マンションのエレベーターで征矢が先に自分の階で降りた後、ぼくは自分の家がある階を素通りして、屋上へと向かった。

この最低な気持ちに整理をつけるため、凛に干渉されることのない、一人の時間がいる。

その点、マンションの屋上は、一人になるにはうってつけだった。

果たして入り口は厳重に施錠されていたから、非常階段を利用して忍び込む。

水はけが悪くてひたひたに濡れたそこを、パシャパシャ歩いた。

なつかしい。見覚えのある光景に、記憶を刺激される。まだ小学生だった頃、京子《きょうこ》と二人で何度か忍び込んだことがあるけど、その頃と何も変わっていない。

転落防止のため四方を囲う柵も、給水タンクも、室外機も、得体の知れない縁を這《は》うパイプも、出入り口の扉も、用途不明の小さな小屋も……全部、記憶の通りだ。

広さは、バスケットコートを作れるかどうかというくらいだろう。

目的もなく京子と忍び込んで、遊んでいたなぁ……

見上げれば、曇天の夜空が広がっている。

「あぁ。しんど……」

転落防止用の柵に寄りかかって、呻《うめ》いた。

柵はところどころ塗装が剝《は》げて錆《さ》びついて、触り心地がとにかく悪かった。だけど投げやりな気持ちになっている今は、錆《さび》で汚れることも、手触りの不快感も、あえて享受《きょうじゅ》してしまう。

「たけぇー……」

柵は胸の辺りまでしかないから、身を乗り出せば簡単に下を覗《のぞ》き込めた。

はるか眼下、豆粒より小さな車が、ヘッドライトで濡れた道路を照らしながら走っている。

ふと、落ちたら即死だろうな、と思った。

もちろん飛び降りる気はない。

好きな子のキスを見たショックで自殺だなんて、そんな馬鹿な話はない。

でも。少しだけ、追い詰められて、死に惹《ひ》かれる人の気持ちが……わかってしまう自分がいた。今のぼくは、すべてを投げ出して楽になりたいと願う弱さを、否定できそうにない。

「……あほくさ」

ぼくってこんなに情けなかったんだな。この華奢《きやしや》な容姿をこんなに忌《い》み嫌っているくせに、心までひ弱だなんて……救いようがなさすぎて、笑える。

……ま、いっか。せっかく、誰にも見られることがない場所に来たんだ。

みっともなく、全力で落ち込んでやるさ。

ていうか、瑞希《みずき》も瑞希だ。まるでぼくに依存するみたいなそぶりを見せるものだから、あわよくばって、先のない恋心を大事に温め続けてしまったじゃないか。

ただの逆恨みだってわかっているのに、責めずにはいられない。

そりゃあ……瑞希は知らないけどさ。自分が、ぼくから女として見られているなんて、気付いていない。だから、悪いのは蜘蛛《くも》の糸にすがって、失恋と正面から向き合わなかった自分だ。

瑞希は瑞希で、幼馴染《おさななじみ》としてだけど、ぼくを大切に思ってくれていて……あぁ、くそ。

わかっている。わかってはいるんだよ。

でも、それでも、八つ当たりせずにはいられない。

「……はあぁ。なんで、ぼくはこんなに打たれ弱いんだ…………くそ、腰まで痛くなってきた」

前かがみで柵に寄りかかっていたから、筋《すじ》が凝《こ》った。心身共に弱々しくて泣ける。

強くなりたい。生まれ変わりたい。柄になく、そんなことを思ってしまう。

痛みをほぐすために軽く体を動かしていたら、ふと、姉の顔が頭に浮かんだ。

凛《りん》。

「……怒ってるよなぁ」

もう、八時か九時か、その辺りだろう。

どちらにしても、普段だったらとっくに帰って、家にいる時間だ。

ぼくの帰りが遅れることを異様に嫌う凛は、きっと今この瞬間も、怒りを膨らませている。

「憂鬱《ゆううつ》だ……早く帰った方が後々楽なのに、足が全然、動かない……」

折れかけた心が、これ以上のストレスを拒否していた。

失恋と凛。この二つを受け止められる強さが、今のぼくにはない。

凛からの連絡が億劫《おっくう》で、スマホの電源も落としてしまった。

だけど、このままずっと現実逃避していられないことも、わかっている。

自分の中の冷静な部分が、今すぐ気持ちに区切りをつけて家に帰れと主張していた。

とはいえ、そう都合よく気持ちを切り替えられるなら、最初からこんなところには来ていないわけで……気持ちに踏ん切りをつけられるような、きっかけがほしい…………あ。

思いついた。

振り返って、もう一度柵から身を乗り出して、下を覗《のぞ》き込む。

見えるのは、行き交う小さな車たち。

やっぱり高い。落ちたら、熟《う》れすぎた果物みたいに、全身が弾けて死ぬだろう。

万が一にも助かることはない……よし。

柵に足をかけて、乗り越えて、縁に立った。

足場は予想より狭い。普通に立つだけで、つま先が縁から飛び出す。

つまりバランスを崩せば、地上へまっさかさまだ。

生唾《なまつば》を呑《の》み込んで、前を向けば、視界がまるごと夜空になった。

空に浮いているみたいな光景に、平衡感覚がマヒする。慌てて後ろ手に柵を掴《つか》んだ。

一拍遅れて、怖気《おぞけ》が走る。

「いや、いい。これでいい……」

大きく脈打つ心臓に、言い聞かせた。

もう一度、下を覗《のぞ》き込んで……飛び降りて、豆粒より小さくなって、弾ける自分を想う。

息が詰まった。柵を握る手に、さらに力を込める。

飛び降りる気はない。本当に、ない。こんなことで死ぬなんて、ありえない。

来年には、東京の大学に進学して……都合が悪いものを全部、リセットするんだから。

つまりこれは、ごっこ遊びだ。

死を想像して、新しい自分に生まれ変わった気になって、ちょっとだけ心を軽くする。

ただそれだけ。

馬鹿げてると思う。錯乱してるんじゃないかって言われたら、否定はできない。

だけどそんな馬鹿なことにでもすがらなきゃ、気持ちを立て直せそうになかった。

だって……十年以上温め続けた、片思いだったんだ。
それこそ、死ぬくらいでなきゃ、断ち切れない……！
荒くなった呼吸を整えるように、大きく、ゆっくり、息を吐く。
雲に覆われた夜空を見上げたら、風に吹かれて髪がゆれた。
「……うっとうしい」
凛《りん》の好みで、ぼくの髪は少し長い。
小さい頃から、姉の顔色を窺《うかが》って生きてきた。
どうして、ぼくはこんなにも………
空気に溶け込むように、目を閉じる。
そうして、どれくらい立ち尽くしたんだろう。
「死ぬの？」
声がした。
ぎょっと振り返る。
柵を挟んですぐ傍《そば》に、背の高い女がいた。
作り物めいた美貌で、射貫《いぬ》くようにぼくを見つめている。
「……京子《きょうこ》……？」
それは、従姉《いとこ》の……今日、東京から帰ってきたばかりの、宵ケ峰《よいがみね》京子だった。

一瞬で疑問が折り重なる。なんで？　どうして？　そんな言葉で、頭が埋め尽くされた。

だっておかしい。京子《きょうこ》がここにいる理由が、まったく思いつかない。

だけど何度目をしばたたいても、京子は消えなかった。風になびく、肩までの長さの黒髪を手で押さえて、まっすぐにぼくを見つめて……あぁ。間違いなく、今ここに、京子がいる。

「なんで、いるの……？」

尋ねると、京子が微笑《ほほえ》んだ。

親愛が込められた、柔らかな表情だった。

「鵜野《うの》くんから連絡があったの。衛《まもる》がへばってるから、こっちにいるなら慰めてあげてくれませんか、って。久しぶりの連絡で、何事かと思っちゃった」

納得して「なるほど」と頷《うなず》いた。そうか、征矢《せいや》から聞いたのか。本当に気が回る奴《やつ》だ。

でもすぐ、別の疑問が浮かんだ。

「でも、どうして、この場所まで……？」

しどろもどろに尋ねると、京子が「え？」と驚いたようにぼくを見た。

京子が人差し指をピンと伸ばして、顎《あご》に当て、言葉を考えるように「んー」と呟《つぶや》く。

少し芝居《しばい》がかった動きだ。でも、京子ほどの美人がすれば、嫌味がなくて、むしろ様になる。

見た目だけじゃない。動き一つをとっても、京子は普通の人とは何かが違う。

身内だからこそ……端正さや端麗さが、よくわかる。

「ただの勘だけど。なんとなくだよ。なんとなーく、ここにいるかなーって」

「勘？」

思わず聞き返してしまった。

京子《きょうこ》が「そ、そ」と頷《うなず》く。

「勘がしっくりこないなら、愛でもいいんだけどね。私ってば、衛《まもる》のことならなんでもわかっちゃうからさ。仕方ないんだよ」

何が面白いのかわからないけど、京子が楽しそうに笑った。

こんな……なんだろう、得体の知れない状況なのに……京子からは、余裕が感じられる。

あまりに普段通りだ。自然体過ぎて、不自然だった。

呆気《あっけ》に取られて、ただ「あ、愛……」とオウム返しする。

京子が「で、さ」と話の流れを切るように言って、柵を摑《つか》んだ。

そして身を乗り出して、ぼくに顔を寄せてくる。

嘘《うそ》みたいに美しい顔が、濡れた宝石みたいに綺麗《きれい》な瞳が、ぼくをまっすぐに捉《とら》える。

京子の生温かい息遣いが、肌に、顔に、直に感じられる。

瑞希《みずき》とは違う種類の、距離感の近さ。身内ゆえの、無遠慮からくる、距離の詰め方。

「どうして死ぬの？」

胸を叩かれたようだった。

やっぱり、自殺すると思われている……いや、この状況だ。そう思われても仕方がない。

まずは誤解を解かなきゃ。京子に見惚《みと》れている場合じゃない。

と、口を開こうとしたら。

「よく知らない男と、瑞希ちゃんがキスしてたのが、そんなにショックだった？」

不意打ちだった。「そっ……！」と言葉に詰まる。

なんで……いや、征矢《せいや》から話を聞いたのだろう。そりゃそうだよな。

驚くようなことじゃない。

でも、尋ねられたことであの光景を頭から引きずり出されて、たちまち息苦しくなってくる。

押し黙ったぼくに、京子が目を細めて「ふぅん」と頷いた。

「よっ」

かと思えば、おもむろに柵を乗り越えた。

まるで体重がないかのように、ふわりと軽やかに、ぼくの隣に立つ…………は？

「え？」

嘘だ。何を、考えているんだ……？

「あ、危ないよ……？」

「一緒に飛び降りてあげようか？」

信じられないことを言われた。

数拍置いて言葉を理解して、すぐ、質《たち》の悪い冗談だと思った。

でも京子《きようこ》は真顔だ。さっきまでの柔らかな雰囲気は、もうどこにもない。

今まで一度も……プライベートでも、画面越しでも……見たことがない表情だった。

「なんて?」

聞き返したら、京子がはるか眼下を見て、それからぼくに視線を戻す。

「一緒に死んであげる、って言って、わからない? 心中だよ」

聞き間違いじゃなかった。冗談でもない。

本気だ、と思った。京子の顔を見れば、疑うまでもなく、本気だと理解させられてしまう。

わけがわからなかった。ぼくの知る京子と、目の前の京子が一致しない。

口に溜《た》まった唾液を呑《の》み込む。

「急に、何を……」

「死ぬ時まで一人だなんて、みじめじゃん。見てられないよ」

心臓を摑《つか》まれたかと思った。

死ぬ時まで一人。

失恋したばかりの今は、その言葉がいやに現実味を帯びて耳に響く。

「だっ……だからって、一緒に死ぬなんて、そんなばかな話、あるわけっ……!」

まとわりついてくる嫌な感情を振り払うように、語気を強める。

言葉も、行動も、今の京子の何もかもが、受け入れがたかった。

だって、これじゃまるで、京子はぼくのためなら死ねるって言っているようなものだ。

たしかに、京子はぼくに異様に甘かった。従姉弟《いとこ》ってだけで、とてもよくしてもらって……

それに救われもしてきた。だけどここまでくると病的だ。本気だとすれば、どうかしている。

今の自分の状況を棚上げにしてでも、そう思わざるをえない。

親しい人間の、隠されていた一面を見せつけられているようで……そうか、怖いんだ。

理解できないものは、怖い。

「どうして、そこまで……？」

「野暮《やぼ》なこと聞くね」

どこかへ誘うかのように、そっと手を取られた。

からめられた指が氷みたいに冷たくて、背筋に怖気《おぞけ》が這《は》う。

「京子……？」

にわかに滲《にじ》んだ不安を晴らすよう、見えない何かを確かめるように、呼びかける。

でも返事はない。

代わりとばかりに手を強く握りしめられた。細長い五指が、ぼくの手の甲にめり込む。

「っ……痛っ……！」

「理由なんていくらでもある。少なくとも私は本気。でもさ。その前に、一つだけいい？」

「い、痛いってば！」

語気を強めたら、京子《きょうこ》が手の力を弱めた。

指をほどかれ、手が離れて……今度は、ぼくの頰《ほお》に片手を添えてくる。

彼女の指先はやっぱり冷たくて、だから熱を奪われていくような、そんな錯覚に陥る。

「私と付き合おうよ」

京子が言っ……え？

突飛なその言葉が、すぐには消化できない。

じわじわ、染み込むように、少しずつ、意図を察していく。

……なんで？　まず、そう思った。

積もりに積もった疑問が渦を巻いて、いよいよパンクしてしまいそうだ。

「……付き合うって、ぼくと京子が？」

いくらなんでも冗談だろうって、見つめ返せば、京子が口元を緩める。

やっぱり見たことがない、知らない笑顔だった。

「そ。一緒に死ぬなら、それなりの理由が必要だと思って」

何を言いたいのかわからない。

京子が何を考えているのか、わからない。

「付き合って……死ぬ前に、まず、二人で色んなことしてみない？　色々体験して、それでも、死にたい気持ちが変わらなかったら。改めて、一緒に死のう」

「馬鹿げてる……」

「そうだね。でも、今の衛《まもる》に言われたくないな」

それは……そうかもしれないけど。

でも、馬鹿げていることの方向性が違う。

京子が頬に添えていた手を下ろして、そのまま、両手で肩を摑《つか》んできた。

小さく一歩、距離を詰められて……ほとんど抱き合うような形になる。

服越しに、京子の身体《からだ》の柔らかさを感じた。

「さ、選んで。今、一人で死ぬか。私と付き合って、もう少し、人生を続けてみるか」

「いやっ、えっ⁉」

そんな二択があるか？

というか、そうだ、まず死ぬつもりがない。

でも、場の雰囲気に呑《の》まれてしまって……なにより、京子の力強い目に見つめられると、言い返すための気持ちが萎《な》えていく。

「あ、あ……」

呻《うめ》くように呟《つぶや》いて、逃げるように足下を見て……遥《はる》か遠くにある地面に、怖気《おぞけ》が走る。

二人で手を取って、飛び降りる光景を幻視してしまった。

視線を戻せば、京子《きょうこ》と目が合う。明らかに、本気の表情だ。

本気の京子を相手に、場を切り抜けるための言葉なんか、思いつけるわけがない。

肩に添えられた手に、少しずつ、力が込められていく。

もしも、このまま、肩を引っ張られたら……華奢《きゃしゃ》なぼくは、きっと踏ん張れない。

「早く答えて」

心臓が早鐘みたいに鼓動を刻んでいた。

どうする。

どうしたらいい。

「ほら。付き合うの？　……それとも」

京子が足下を覗《のぞ》き込む。

その視線が指し示す先に……生唾《なまつば》を呑《の》み込んだ。

駄目だ、考えなんてまとまるわけがない。

でも、死ぬか、付き合うかの二択なら……あぁ、くそ！

すがるような気持ちで京子を見上げた。

「わ、わかった、わかったよ――」

不純な動機で始めた芸能活動だから、いざ引退が決まっても、未練はあまり感じなかった。

一応言っとくけど、負け惜しみじゃないぞ。

自分で言うのもなんだけど、私はアイドルとして十分な結果を残した。

めちゃくちゃ頑張って、めちゃくちゃに売れた。

もちろん、色んな人に手助けしてもらって、あとそもそも運が良かったってとこもあるし、私一人の力だけで売れたわけじゃないのはわかってる。

でも、その上でやっぱり私の頑張りが前提にあることだけは譲れない。

だから、メンバーたちの不祥事で所属グループは消滅しちゃったけど、ソロでも戦っていける自信はあった。なんなら私以外で唯一不祥事に絡んでなかったもう一人のメンバー、喜多河《きたがわ》桂花《けいか》と二人でユニットを組むって選択肢も用意されてはいた。

そ。やろうと思えば、まだまだやれたわけ。

ていうか事務所からはそうしてくれって言われてたし。

でも私は引退を選んだ。

私はアイドル活動を「手段」と考えていたから。

私がアイドルを目指した理由は、従弟《いとこ》の森崎衛《もりさきまもる》への復讐《ふくしゅう》だ。

奴《やつ》を憎む理由は、今は置いといて。男を見返すなら、自分が手の届かない高嶺《たかね》の花になって、そいつを弄《もてあそ》んでやるのが一番だ、って考えたわけ。

で、ま、アイドルになって、めちゃくちゃ売れて、高嶺《たかね》の花にはなりました。

なのに、引退を選んだってことは……うん。

……アイドルになって売れても、別に衛《まもる》に意識されたりはしなかった、っていう、ね……？

つまり！

私は、それを知るためだけに、三年もの歳月を費やしてトップアイドルになったわけだ！

面白すぎか？

いやま、アイドル活動の全部が無駄だったとは言わないけどさ。

つらいことも山ほどあって、鬼みたいに苦労したし、悔しさや怒りで何度も何度も泣かされた。でもそれをバネに全力で打ち込んで、運も必死に手繰《たぐ》り寄せて、モノにして、その重ねた苦労に見合うだけの結果を残せたことは、全人類にも自慢できる偉業だって思ってる。

断言するけど、人生で一番充実した時間を過ごせた。

ただ、そうだよね。

目的を果たすための手段として、アイドルは駄目だった。それだけだ。

私にはアイドルの才能がある。でも、私にその才能は必要ない。

効果が見込めない手段に、いつまでも時間は割けない。

少しでも早く、次の手段を見つけなきゃいけない。

だから、どれだけ楽しくても、やりがいを感じていても、アイドルはもうおしまい。

人生って有限だ。私はそれを、自分のためだけに使うって決めてる。

こんなとこで足踏みなんかしてられない。

だってこれは、私の、私だけの人生だから。

◆

梅雨《つゆ》は好きで、嫌い。

あの時期に特有の、しっとりした独特な雰囲気は好き。

たとえばだけど、さあさあ雨が降り落ちる薄暗い昼間なんかに、雨粒をはじく紫陽花《あじさい》を道端で見つけることができたら、きっと私はどうしようもなく幸せな気持ちに包まれてしまうだろう。その瞬間、一番好きな季節が梅雨になってしまうかもしれない。

でも湿度がバカ高くて寝苦しいとことか、寝具がやたらジトッとするとこは普通に嫌い。

マジで無理。

ベッドに寝転んで、もしシーツが湿っていようものなら、その瞬間に梅雨は一番嫌いな季節になってしまう。

色んなものの好きと嫌いがころころ入れ替わるのは、私のよくないとこだ。

でも一つの物事を好きか嫌いかできっちり分けるのって、普通に難しい。

めちゃくちゃ好きな人にも、いくつか気に入らないとこがある、みたいなさ。

いやま、あばたもえくぼって言葉もあるんだけど。


「うっさ……なに、誰……？」

桂花《けいか》から電話がかかってきたのは、引っ越しの二日前のことだった。

朝っていえば朝。

一晩中稼働させてた除湿機のタンクが満タンになって、おかげで寝室がぬとぬとした不快な空気で澱《よど》んじゃって、うーうーうなされてたら、スマホの着信音で叩き起こされた。

かすむ目を凝《こ》らして画面を見れば、桂花からの着信。

スピーカーをオンにする。

「あい……私です……」

「お、京子《きようこ》？　今日暇か？」

かすれた声で電話に出たら、少し低めな女の声が返ってきた。

その落ち着いた声は耳に優しくて、つまりわりと好きな声質なんだけど、でも今はまだ寝起きで頭が回ってなくて、それなのに前置きもなく予定を聞かれたことで、ん？　と引っかかる。

「……桂花、ねぇ、あなた今、何時だと思ってんの……？」

窓の外は薄暗い。

この感じだとまだ明け方なはず。

「十一時だが。朝の。さては寝てたな。ラインに既読が付かないはずだ」

え、そんな馬鹿な。

ベッドサイドの目覚まし時計を確認して……あれ？　ない。

いつも目覚ましがある場所をぼけーっと数秒眺めて、「あっ」と思い出した。

明後日《あさって》の引っ越しに備えて、昨日のうちにいらないものをゴミ袋にまとめて、それ以外のものは段ボールに詰めたんだった。まあ大体捨てたけど。だから部屋にはもう、ベッドと空っぽの本棚、巨大なクッション、除湿機、あとは段ボール数箱があるだけ。殺風景。

目覚まし時計もスマホで代用できるからゴミ袋に突っ込んだし……おっと、そうだ。

スマホの通話画面見たら普通に時間わかるじゃん。頭悪……うわ、マジで十一時だし。

じゃ、外が薄暗いのは明け方だからじゃなくて、雨が降ってるからか。

てか湿度が高すぎて気持ち悪い。クーラーを早めに処分したのは判断ミスったかも。

除湿機だけじゃ梅雨《つゆ》には勝てん。

「ごめん、寝るのが遅くて」

謝ったら、桂花《けいか》が「別にいいよ」って返してきて、苦笑いしたみたいな息遣いを感じる。

「でさ。時間があればだけど、最後に二人で昼飯とかどうかなって」

「あー、今日？」

「やっぱ忙しいか？」

……んー。

別に忙しくない。

でもどうしよ。

部屋の整理はもう大体終わったから、時間は余裕。引っ越し業者や、不要なものを処分してくれる業者が来るのは明日と明後日だし、今日はほんとに何にもない。ただなー、今すぐ身支度を始めなきゃならないって面倒さとか、雨の中外に出るウザさ、それになにより体のダルさがなー……でも、今日を逃したら桂花とは当分会えなくなるだろうし……

いや、行こ。お別れ会はこないだやったけど、それでも会えるなら会っときたい。

「ううん、おっけー……あっ。でも今日、なんか収録あるって言ってなかった？」

「ラジオ？　それなら夜だ」

「そっか。了解。じゃ、場所は？」

「良さげな場所で予約取れたら、ライン送る。近場でいいよな？」

「もっちろーん。マジの寝起きだから、時間欲しいかも」

「え、やだ」

「場所にもよるけど、二時間後くらいに集合でよろしく」

「は!?　いや、もう結構腹減ってるんだけど。すっぴんで来いよ、変装になるし」

「ないわ。てかこっちは寝起きで全然お腹《なか》減ってないし……じゃ、一時間半後。それが駄目なら今日はもう無理。二度寝する」

「うーわっ！　……くそ、仕方ないな。じゃあそれで……ほら、動け！　遅れるなよ！」

そんなわけで、電話を切って、のろのろ起き上がった。

体が重たい。荷物整理で夜更かししたからなー……

あと、精神的な疲れもかなりきてる。やばいな。

今の私は生きるための気力が全体的に少なめだ。

引退に伴う数々の出来事によって、精神力をゴリゴリ削られてしまった。

騒動の最中はよかったんだけどな。私を嵌《は》めようとしたメンバーたちへの怒りと恨みで力がみなぎって、なりふり構わず暴れても全然疲れなくて、なんかもう永久に戦える勢いだったし。

私無敵じゃん！　って思ってた。

まあ興奮しすぎて疲れに気付けなかっただけだけど。

全部終わった今はもう駄目だ。張りつめていた糸が切れてしまって、反動で一気に心がへばって、体にまで悪影響が出るようになった。

そりゃそうよね。常に気を張って生きるなんて普通に無理だし。

だから今はエネルギーのチャージ中。充電期間。

地元に帰ったら本気出す……や、早いとこ、次の手段も考えなきゃいけないしさ。

今度こそ、衛《まもる》を、あの野郎をぶちのめしてやる。

……なんて考えてたら、ちょっとだけ心に力が戻ってきた。

「っし！」

なんとなく気合を入れて、洗面台に向かう。

まずは顔を洗うぞ。目を覚ますぞ。

それから身支度を整えて、桂花《けいか》に会いに行くぞ。

頑張れ私。

◆

喜多河《きたがわ》桂花は仕事仲間。同じグループで三年くらい一緒にアイドルをやってた。

グループで唯一気が合った子で、プライベートでも遊ぶことが多くて、だから芸能界を引退した後も関係を続けてる。

年は一つ下の十九歳。顔の作りがはっきりしてるタイプの美人だけど、まだ少し幼さが残ってるとこもあって、時折感じるアンバランスさが妙な魅力になってたりもする。

ショートヘアで背は高い。メディアに出る時はパンツスタイルが多いから、たまに男装の麗人っぽく見えることがあった。でも桂花《けいか》自身はパンクファッションが好きで、オフじゃそれ系の恰好《かっこう》ばっかりしてる。V系メイクをきめて、スチームパンクなドレスなんかを着るから、めちゃくちゃ派手。もちろん、外を歩いても喜多河《きたがわ》桂花って気付かれることはまずない。

まあそんな感じで、とにかく派手な桂花なんだけど、中身というか性格はわりと普通。口が少しだけ悪いとこはあるけど、基本良い子で、グループじゃ私の次に常識人だったりする。

私は桂花が好きだ。親友だって思ってる。ていうか他のメンバーが全員性格酷《ひど》すぎて、そういう意味でも桂花としか仲良くできなかったし。

さて。

「お、やっと来た。おつかれー」

桂花が予約を取ってくれたのは、人の目を気にせず話せる半個室型のカフェだった。

店内に点在するテーブルは、一つ一つが背の低い壁で半円状に囲われて、他の客の目が気になりにくい作りになってる。内装はブラウンを基調に落ち着いた感じでまとめられてて、調度品はどれもアンティーク調。店主の趣味全開って感じ。雰囲気あるな。

ちなみに桂花は普段と比べたらわりと落ち着いた恰好で、まあもちろん派手は派手なんだけど、悪目立ちまではしてない。お店に服を合わせたのかも。えらい。

「お待たせ。もしかして、まだ頼んでないの?」

テーブルの上にはお冷やしかない。

「待ってたからな」桂花がメニューを差し出してきた。「ここはオムライスが有名らしい」

「先に食べててって言ったのに。お腹《なか》減ってるんでしょ？」

メニュー表を受け取って、パラパラめくって、すぐミックスサンドセットに決めた。

桂花には悪いけど、寝起きの今、ご飯系は胃が受け付けてくれそうにない。

桂花はオムライス大盛りを頼んでて、相変わらずよく食べるなって感心する。桂花は見た目から想像できないくらい大食いだ。私の倍近く食べる。

そのくせ体型は変わらないんだから、世の中は理不尽《りふじん》。

料理がすぐにきたから、雑談しながらゆっくり食べた。

真面目《まじめ》な話は……私の引退に関係する話なんかは、もう済ませてたから、今日はほんとにどうでもいい話ばっかりする。桂花の仕事の愚痴《ぐち》を聞いたり、追放された元メンバーたちのことを教え合ったりみたいなね。そんなんでもまあまあ盛り上がる。

ちなみにミックスサンドは美味《おい》しかった。もっと早くこの店を知りたかったな。

「そういえば、大学はどうするつもりだ？　休学するんだろ？　こっちに戻ってくるのか？」

ご飯を食べ終えた辺りで、話題が変わった。

「どうかな。大学、復学せずにそのままやめちゃうかも。そしたらずっと地元だな」

セットでついてきたアイスコーヒーのストローをつまんで、くるくる回した。

渦巻く黒い液体の中、氷がからんころんぶつかる。

「ふうん。余計なお世話だけど、最終学歴が高卒って大丈夫なのか？」

マジで余計なお世話だ。

でも多分、馬鹿にするつもりはなくて、普通に心配してくれてるだけだろう。

「大丈夫。地元は高卒でも仕事に困らないから。そもそも周りに大学がないし」

田舎《いなか》ってそんなもんだ。

でも東京育ちの桂花《けいか》はよっぽど驚いたみたいで「マジ？」って目を丸くする。

「マジマジ。ていうか、ちょっと真面目《まじめ》な話をするけど、私、ほとぼりが冷めたら看護師の資格取りたくてさ。正看ね。そうなると看護学科がある大学に行かなきゃならないんだよね」

「看護師？　そりゃ偉い……ふうん」

桂花が背もたれに倒れて天井を見上げて、すらっとした白い首筋が露《あら》わになる。

「じゃ、こっちに戻ってくることは本当にないのか」

顔は見えない。でも寂しそうな声から、どんな表情をしてるか想像がつく。

じりじりと、胸の辺りで嫌な感じがした。

「……多分ね。今の大学って医学部も看護学部もないから、学内で転部もできないし」

「そっ、かー……」

天井を見上げたままこっちを見ない桂花に、どうしようかなって考える。

少し前、私は桂花と大きな喧嘩《けんか》をした。

先週のことだ。

桂花と二人で、桂花の部屋で、ちょっとしたお別れ会をした。

アプリで、食べられないくらいたくさん料理を頼んで、それをつまみながら思い出話に花を咲かせて……すっごく楽しかった。うん、楽しかったな。

最初は。

流れが変わったのは、日付が変わった辺りだっけか。

桂花が真顔で「言いたいことがある」って言うから「え、なに？」って返した。

そしたら私の引退に関して文句を言い出したわけだ。

はじめは淡々と、理性的に。でも私を責めるうちに気持ちが昂《たかぶ》っていったみたいで、みるみる喧嘩を売るような、攻撃的な感じに変わってった。よっぽど腹に据《す》えかねてたらしい。

ただ、実は怒られる覚悟はしてたんだよね。

ていうのも、私は桂花に何も相談せずに引退を決めて、しかもそれを伝えたのは解散会見の前日だったからだ。そりゃ桂花も怒る。当然だ。

だから、最初は神妙にお叱りを受けた。ただ……私にも言い分はあったから、少し反論しちゃってさ。いや、悪いのは完璧《かんぺき》に自分だし、桂花を責めるのは違うんだけど、でもあんまりにも話を聞いてくれないから、こう……ね。で、喧嘩になったっていうか。

明け方まで罵《のの》り合ったっていうか……

最後は仲直りしたけど。

あんな激しく喧嘩《けんか》して、仲直りできたのって、正直奇跡だなって思う。

いやま、桂花《けいか》の怒りの理由が私への未練で、結局お互いがお互いを大切な友達って思ってたから納得できないことも呑《の》み込めて、どうしようもないものから目を逸《そ》らすって選択が取れただけなんだけど。だからまだ火種は残ってて、いつ再燃してもおかしくない。

そんなわけだから、こんな態度を取られるとつい身構えてしまう。

「……今更、京子《きょうこ》が決めたことをとやかく言いたいんじゃないぞ」

出方を窺《うかが》って黙ってたら、桂花が身体《からだ》を起こした。

「ただ、寂しくて……駄々をこねて、困らせてやりたかっただけだ」

そして少し気まずそうに笑う。

「だから、そんなに警戒するなって」

「ごめん」

「やめろ、謝るな。それより、地元に帰ってなにするんだ？　あー、やっぱり受験勉強？」

嫌な空気を追い払うみたいに、桂花が露骨に話題を変えた。

心の中でそっと胸を撫《な》で下ろす。

「そのつもり。とりあえずネット予備校でもやってみようかなって」

「大変そうだな」

「どうなんだろうね。ま、でも、お金には余裕があるし、のんびりやるよ」

「ふうん……そういえば地元に彼氏がいるんだろ？　勉強教えてもらえないのか？」

「は？」

突然わけのわからないことを言われてギョッとした。

なに？　彼氏？　地元に？　それ私の？

いないけど。

心当たりがなさすぎて「ごめん、何の話？」って聞き返すと、桂花が怪訝《けげん》な顔をした。

「いや、隠すなって。よく口にしてただろ」

「してないしてない。え、怖い。そもそも彼氏いたことがないんだけど」

「ぶってんな。ほら、ま、まもる？　だっけ？　いつも話してる……」

変な声が出かけた。どうにか呑み込んだけど。

まもる……って、森崎衛《もりさきまもる》だよね？

なんで？

そりゃ桂花には衛のこと、たまに愚痴《ぐち》ってたけど、どう曲解されたら奴《やつ》が私の彼氏になる？

「それ、どういう勘違い？」

「え？」

「一度でも、私が衛を彼氏って言ったことあった？」

「いや。従弟《いとこ》としか言ってないな」

「だよね？　じゃあ……」

「でもそいつのこと話す時、やたら嬉《うれ》しそうだし。にやけて、のろけ話まで聞かせてくるし」

「のろけてないし、にやけてもない。なに言ってんの？」

「隠すなよ。正直、彼氏なんだろ？」

ただ愚痴《ぐち》ってただけで、なんでそう取る？

よりによって、衛《まもる》を彼氏だなんて、そんな……

「勘違いだってば。衛は従弟だよ。これはマジの話」

「へぇ。じゃ、従弟を彼氏にしたのか。少し特殊だな。秘密にしたいのもわかるわ」

こいつっ！

「だからっ……！」と大声を出しそうになって、慌てて気持ちを落ち着かせた。

「……あのね、桂花《けいか》。全然違う。ていうか私、むしろあいつのこと、恨んでるから」

桂花が「はあ？」ってなんだか間抜けな声を出した。

「なんだ突然」

「突然じゃない。本当に、恨んでるの」

声を低くして、睨《にら》みつけるように言うと、桂花が「ふーん……」と呟《つぶや》いた。

でも目はまだ半信半疑って感じで、完全に信じたわけじゃなさそう。

仕方ない。

「秘密にしてたけど……私、あいつに復讐《ふくしゅう》するために、アイドルになったんだよね」

「……は？　復讐？　……アイドルが？」

半笑いで聞き返してきた桂花を、無言で、正面から見つめ返す。

そのまましばらく見つめ合ってたら、桂花が少しずつ真顔になっていった。

「もしかしてこれ、マジのやつ？」

「そう言ってるんだけど。やっと信じてくれた？」

「……まあ。でも、どういうことだ？」

私が衛にやろうとしてることは、あまり他人に知られたくない。

褒められたことじゃないしね。

でもまあ、桂花なら……いいか。

「昔、失恋したのよ。衛にフラれて……で、まあ、その復讐をしてやる、みたいな？」

「失恋したから復讐って、ねちっこいな。じゃ、付き合ってはいたのか？」

「いや、付き合ってはない。ていうか告白もしてない」

「ごめん。マジでどういうこと？」

「昔ね。あくまで昔の話だけど、衛が好きで、めちゃくちゃアピールしてたのよ。そりゃもう、年上の包容力とか駆使して、なんていうかな、ほとんど尽くす勢いで」

「へぇ」

「なのにあの恩知らず、こっちの気持ちにも気づかずに、他の女を好きになりやがった」

「ほー……」

「ひどくない？」

話し終えて、黙って見つめ合うと、少しして桂花《けいか》が「……は？」と言った。

「まさかそれだけ？　復讐《ふくしゅう》の理由……もっと、何かないのか？」

信じられないって顔だ。

遠回しに動機が軽いと言われてムッときた。

「ないよ。え、親でも殺されなきゃ、復讐しちゃ駄目なわけ？」

「そうは言わないけど、そもそもそれ、ただの逆恨みじゃないか？」

「全然違う。あのね、桂花。私、ほんっとーに、あいつに尽くしてきたんだよ。プライベートのほぼ全てをあいつにつぎ込んできたの。仲が良い友達と約束してても、衛《まもる》に求められたらそっち優先したし、家族の行事より衛といることを選んできたわけ。おかげで私はずっと学校で浮いてたくらいで、いやまあ、それはどうでもいいけど」

「ふーん……」

「誕生日とクリスマスには必ずプレゼントを贈った。あいつが家族と問題を起こせば、いつだって衛の味方をして、おかげで衛のクソ姉とは数えきれないくらい喧嘩《けんか》した。悩み事を相談されたら、何時間でも相談に乗ったよ。宿題でわからないとこを聞かれたら根気強く教えてあげもした。好きじゃないゲームも、衛が喜ぶから頑張って練習して上手《じょうず》になった。興味がない少年漫画も山ほど読み込んだ。寂しいって言われたら、どれだけ忙しくても、あいつの傍《そば》にいてあげた。毎日、あいつのことを考えながら生活して……もちろん、そういうのが苦痛だったわけじゃないけどさ。でも自分の時間を湯水のように……あー、そう、投資してきたのね。つぎ込んだ。そこまでしたのは、そりゃ善意もあるけど、衛を好きだったから。友情や家族より衛を優先したのは最終的に付き合うため。なのに、そのつぎ込んだ時間に見合う報酬がなくて、てか他の女なんかを好きになられたら、はらわた煮えくりかえったって仕方なくない？」

まくしたてると、桂花が難しい顔して「いやぁ」とか「えぇ……」とか唸《うな》りだした。

なんかあからさまに引かれた感じでムカつく。

でもこれ以上弁明すると必死さがにじみ出そうで、だから我慢して黙って待つ。

しばらくすると、桂花が「……うん」って何かを呑《の》み込んだみたいに頷《うなず》いた。

「まあ、わかった。つまりお前は、アイドルになって従弟《いとこ》を振り向かせたかったわけだ」

「微妙に違うなぁ。復讐って、要するに私を振ったことを後悔させたいわけよ。別にもう、あいつと付き合いたいとか思ってないし」

「なあ。従弟くんは、別に京子《きょうこ》のこと、振ってなくない？　お前が勝手に失恋し……」

「振った。これは前提だから。あいつは私を振ったの。いい？　いい？」

「あぁ、はい。そうだね……」

「とにかく。アイドルになって、有名になって、手の届かない存在になって、後悔させてやりたかったのよ。お前が逃がした魚はデカかったんだぞ、ばぁか！　……みたいな」

「なるほどね。それで三年間も、アイドルをしてたってわけか」

「他にも理由はあるけど、一番の動機はそれだね」

「やべぇよ」

桂花《けいか》が背もたれに倒れた。

「そんなしょうもない理由で……」

は？　しょうもないって、なに？

どんな理由でアイドル目指しても個人の自由だろ。人の想いを馬鹿にするな。

てかアイドルを目指す理由なんて、誰だろうと多少は承認欲求が関係してるし、なら「振られた仕返しをしたい」って気持ちも似たようなものじゃない？　別におかしくないよね？

って言葉をぐっと飲み込んだ。喧嘩《けんか》腰は駄目だ。我慢しろ……

「……とにかく、桂花もこれで、あいつが私の彼氏じゃないって信じてくれたよね？」

「うーん……でも、お前、何かあればすぐ電話してたよな？　従弟《いとこ》くんに」

「そりゃするよ。親戚《しんせき》だし。桂花は親戚と電話しないの？」

「しない。てか、親戚どうこうじゃなくて、憎んでる相手に電話しないだろ」

「だって仕方ないじゃん。私は、あいつを惚《ほ》れさせて、告白させて、振るのが目的なんだよ？　定期的に連絡取ってポイント稼がないと駄目でしょ？」

「それは、そうだけど…………あれ？」

「なに」

「お前が失恋を自覚したのって、いつのことだ？」

突っ込まれて、口を閉ざしてしまう。

答えないでいたら、胡乱《うろん》な目で「おい。今更だろ。吐け」って詰められた。

くそ。流せそうにないな。

「……私が中三の頃に、衛《まもる》が瑞希《みずき》ちゃんに片思いしだしたから……まあ、その辺かな」

「中学の失恋を今も引きずってるのか？　執念深いにもほどが……ん？　待て。それって、従弟くんも中学生の頃？」

「…………、衛は、三つ下だから、当時は、小学生だった、かなぁ……？」

桂花が噴き出した。

「しっ、しょっ……しょーがくせぇ!?」

桂花が恐怖したみたいに目を見開いて、声まで裏返して聞いてきた。

ほら見ろ。だから言いたくなかったのに。

「お前、小学生のやったことを根に持って、復讐《ふくしゅう》とか言ってるのか!?　二十歳《はたち》なのに!?」

「待って。勘違いしてる。自覚したのがその頃ってだけで、衛《まもる》は高校生になった今も瑞希《みずき》ちゃんに片恋《かたこい》してるの。それって、私はずっと裏切られ続けてるわけで……」

弁解しようとしたら「言い訳するな」って即答された。

「なんで、そんなしょうもない恨みが何年も持続するんだよ。おかしいだろ」

「しょうもなくない。それだけショックだったんだってば。桂花《けいか》にはわからないだけで」

さすがに分《ぶ》が悪い気はしたけど、そんなの気にせず毅然《きぜん》と言い返した。

「……なあ。思ったんだけど、お前、絶対まだ従弟《いとこ》のこと大好きだろ」

「は？」

桂花が、少し身を乗り出してくる。

自分の言葉が正しいって確信して、私の嘘《うそ》を暴いてやるって意気込むみたいに。

「じゃないと説明つかないって。子供の頃の失恋をいつまでも引きずるとか、ない。ありえない。要するに、お前はアイドルになって、大好きな従弟を振り向かせたかったんだ。まだ好きなんだよ」

「だから違うってば」

断言したら桂花が黙った。

でもそれは一瞬だけだった。

「じゃ、もしも今、従弟から告白されたらどうする？　付き合うだろ？」

「だから振るってば。そのために頑張ってきたって、私、言ったよね？」

「自分の気持ちを認められないだけだろ。意地になってるんだよ」

「私のこと馬鹿にしてるよね？」

さすがに少しイラッときた……や、落ち着け。

ムキになったら逆に怪しいっていうか、そうだ、説得力がなくなる。

「マジで振るから。衛を惚《ほ》れさせて、振る。そうして、袖にされた私と同じような、みじめな気持ちを味わわせる。これが復讐《ふくしゅう》の目的なわけだし」

「別に京子《きょうこ》はフラれてないけどな。じゃ、どれだけ迫られても、絶対付き合わないんだな？」

「当然でしょ。何があっても、天地がひっくり返っても、絶対に付き合ってやんない」

「言ったな？」

「おうよ。私にフラれて泣きじゃくりながら追いすがる衛をゴミみたいに蹴《け》り飛ばしてやる。

そして私と同じ気持ちを味わわせてやんだから。あーあ、早く振りたいなぁ」

「うわ、かっけぇ〜、さすがはうちらの絶対的エースだった宵ヶ峰《よいがみね》京子さんだぁ」

「めっちゃ調子に乗るじゃん」

ちょっと頬《ほお》が震えた。いくらなんでもこれは友達として駄目すぎる。

もう知るかって気分になった。勝手に勘違いしてやがれ。

愛想が尽きて黙ってたら「で？」と聞かれた。

「これから、どうするんだ?」

「何が」

「結局、アイドルやっても、惚《ほ》れてくれなかったんだろ?」

「……まあ」

その通りだった。衛《まもる》は、私がアイドルになってどれだけ活躍しても、相変わらずあの子を……瑞希《みずき》ちゃんを思い続けている。それがまた、どうしようもなく腹立たしい。

なんであいつは私に惚れないいんだろう。

馬鹿なんじゃないのか?

「じゃあ、次はどうするんだ?」

聞かれても、返せない。

どうするかなんて……まだ何も思いついてないし。

「……さあね。でも、遠くで活躍しても意味なんてなかったし、やっぱ近くで地道に頑張るしかないよね。具体的に何するとかは、思いつかないけど」

「そっか。まあ、頑張れ」

桂花《けいか》は明らかに誤解したままだ。でも表情は柔らかくて、なんだかんだ、心の底では私を応援してることがわかってしまう……もう。こういうとこ見せられたら、憎めないだろ。

卑怯《ひきょう》な奴《やつ》……なんて、胸に渦巻く苛立《いらだ》ちをため息にして吐き出した。

「頑張る頑張る」

「もし進展があれば、教えてくれよ」

「なんで」

「気になるだろ。それに、京子《きょうこ》だって相談相手がいるんじゃないか?」

興味本位で聞き耳立てられても不快だなって思ったけど、でも桂花が言うことも一理あるなって思うとこもある。相談相手がいれば、客観的な意見も聞けるし。

それに桂花なら信用もできる……いや、今回のやり取りでちょっと信用なくなったけど。

「まあそうかも」

渋々って感じで頷《うなず》いたら桂花が笑った。

「よし。それじゃ、もし結婚まで持ってけたら、式で友人代表の挨拶《あいさつ》してやるよ」

「だっ……だからぁ!」

怒鳴ろうとしたら「冗談だし」ってなだめられて、怒りの矛先《ほこさき》を失った。

まったく。報告するの、やめてやろうかな。

◆

地元は佐賀の城下町。

歴史と土地に恵まれて、一応そこそこ観光資源もあって、だからどちらかといえば名前は知られた町なんだけど、でもそれで市が潤ってるって感じはない。

つまり実態はどこにでもある普通の田舎《いなか》。

まあ市街地にはそれなりに人がいるし、お店も一通りは揃《そろ》ってるから、住むのに困るとまでは言わないけど……やっぱり田舎だ。あ、でもイカは日本一美味《おい》しい。これはガチ。

ちなみにというか当然っていうか、娯楽施設的なものは少なくて、本気で遊ぶなら隣の県、福岡に行くしかない。

天神《てんじん》や博多《はかた》に小一時間で行けるのは、わりと普通にこの町一番の利点だと思ってる。

これから私が戻る町は、そういう場所だ。


キャリーケースとハンドバッグだけ持って、東京の借家を出た。

役目を終えた部屋の鍵を封筒に入れて、それをポストに投函してから、空港へ向かう。

お昼を少し過ぎた頃、福岡行きの飛行機に乗った。

地元は福岡寄りだから、帰る時は佐賀空港より福岡空港着の方が断然便利。

空港に着いたら、次はバスだ。

予定時刻が迫ってたから寄り道せずバス乗り場に行くと、バスがすでに停車していた。

空港で受け取った荷物を運転手さんに渡して、トランクルームに入れてもらう。

車内は空席が目立った。平日の夕方で、しかも雨まで降ってるからかな。

狭い通路を進んで、後ろの方に座る。

一応高速バスだけど席は自由席。トイレも付いてない……や、付いてても使わないけど。

窓にかすかに反射して映る、変装した自分の顔を眺めてたら、バスが発車した。

車内のアナウンスと、流れる景色に記憶を刺激されて、懐かしさを噛《か》みしめる。

帰郷は久しぶりだ。仕事が死ぬほど忙しくて、あとお母さんが東京にいたこともあって、どうしても帰る機会がなかった。親戚《しんせき》と会うの、何年振りになるんだか……衛《まもる》だけはちょこちょこ東京まで会いに来てくれてたから、久しぶりってこともないけど。

ちなみに今回、お母さんは東京に残った。仕事がいい感じみたい。扶養《ふよう》はとっくに外れて、ていうか世帯も別だったし、好きにしたらいいと思う。私ももう子供じゃないしね。

一時間半くらい揺られたら、バスセンターに到着した。

「雨脚強し……豪雨か」

いつのまにか、外は土砂《どしゃ》降りの大雨に。

さて、どうしよう。居候《いそうろう》先、つまりおばあちゃんの家はここから近い。ゆっくり歩いても十分はかからない。しかも、準備がいいことに傘もある。折り畳みだけど。

土砂降りだとしても、タクシーを使うか微妙なとこだな。

うーんとしばらく悩んで、まあいいや、歩こ、って気持ちを固めた。

片手で傘を持って、余った手でキャリーケースを掴《つか》んで、雨の中に飛び込んだ。

傘があっても肩が濡れてく。水たまりを何度も踏みつけたから、足とケースはびしょびしょだ。でもすぐ、二階建ての一戸建てに到着する。表札の西浦《にしうら》って苗字《みようじ》はお母さんの旧姓だ。

古びたインターフォンを押し込むと、ひび割れた電子音が家の中から聞こえてきて、家主が慌ただしく出てきた。

「京子《きようこ》⁉　ちょっと、電話してくれたら迎えに行ったのに！」

「大丈夫だよ。それよりおばあちゃん、久しぶり。元気にしてた？」

「元気元気！　ほんっと久しぶりねぇ！　ほら上がって！」

引きずり込むように家に上げられた。

うちのおばあちゃんはしゃんとした老婆で、つまり元気なタイプの老人だ。こないだ古希を迎えたくせしてそこらの犬よりよっぽどタフ。よく喋《しやべ》るしほっといたら動き回る。

しばらくご無沙汰《ぶさた》だったけど相変わらず元気そうで一安心。でも顔を見れば皺《しわ》が増えてて、年を取ってることは間違いない。長生きしてほしいなあ……いや、勝手に長生きするか。

渡されたタオルで体とケースを拭いて、仏間の仏壇でおじいちゃんに線香をあげたら、居間に連れてかれた。

「なんかよくわからないけど大変だったみたいねぇ！」「それにしてもテレビより実物の方が別嬪《べつぴん》さん！」「死ぬ前にまた会えて良かったわぁ！」「ちゃんとご飯食べてた⁉　あ、東京は美《お》味《い》しいお店が多いからたくさん食べてるわよね！」「今度あの歌聞かせてちょうだい！　えっと、なんて歌だっけ？」「もう夕飯は食べたの？　え、食べた？　そう」「あ、せっかくだし今度森崎《もりさき》の家族も集めて会食なんてどうかしら!?」「凛《りん》も衛《まもる》もおっきくなったわよ！」「そういえば昔京子が遊んでたあそこの子に子供ができたのよぉ！　京子も早くお相手見つけなきゃね！」

おばあちゃん、すっごい喋る。

倍速モードみたいなトークにはついていけなくて、ほとんど笑顔で聞き流した。

「あっ、そういえば届いた荷物は亜希子《あきこ》の部屋だから！　今日からあそこは京子の部屋よ！」

亜希子っていうのは私のお母さんのことだ。

「ありがとう。とりあえず荷物の整理、してきていい？」

「あら！　帰ってきたばっかりなのに元気ねぇ！　一体誰に似たのかしら？」

「さあ？」

二階に上がって、ここだったよなーって曖昧《あいまい》な記憶を頼りに、お母さんの部屋に入る。

部屋の中には何もなかった。

いや、本当に何にもないわけじゃなくて、私が東京から送った四つの段ボールとベッドはある。でも元々あったはずの家具やお母さんの私物が見当たらない。

ほんとに新居に越してきた直後って感じ。さすがに壁紙は、少し黄ばんでるっていうか、くすんだ感じがあって、元々はクリーム色だったんだろうなって色合いになってるけど。

さっそく段ボールを開封して中身を取り出す。箱の中身は大体衣類で、あとは化粧品みたいな生活必需品ばっかり。こっちにありそうなものを全部捨てたら、これだけになってしまった。

私物がなさすぎて旅人みたいだ。お母さんの私物をここまで処分してたなんてさすがに予想外だな。こんなことならもう少し残しとけばよかった。

取り出した服を押し入れに詰めて、あとは……小物もキャリーケースの中身も、出さずに放置。置く場所ないし。つまり片付け終了。一瞬だったな。

ベッドに腰かける。

「んー……ほんと何もない」

マジで無。こんな殺風景な部屋で暮らしてたら、収監されたみたいで気が休まらない。

さっさと家具と雑貨、買い揃《そろ》えなきゃ。

「明日にでも買い物行くかー………そうだ、衛《まもる》も誘おう」

ふわっと衛の顔が思い浮かんで即決した。いや、別に一緒に買い物したいとかじゃなくて荷物持ちが欲しいだけで……あ、でも週末に会う約束してるな。その前に誘うのは少し……ま、いっか。約束より先に会っちゃいけないわけじゃないし、あと早めに聞きたいことあるし。

瑞希《みずき》ちゃんとはどうなのかとか。

瑞希ちゃんは衛の幼馴染《おさななじみ》だ。衛は彼女に片思いをしてる。

何年も前から、ずっと。腹が立つくらい一途《いちず》に。

おかげで、私の好意に気付いてない衛から、何度も何度も恋愛相談されて……くそッ。

そのたびに私は頭がどうにかなりそうだった。

ま、瑞希ちゃんは衛を意識してなさそうだけど……でも、あの一途さはいつか彼女の気持ちを動かしてもおかしくない。

東京にいた間は二人の仲が進展しないかやきもきしてて、電話でこまめに近況を確認してたくらいだ。くっつかれたら別れさせるのも大変だろうし、ほんと祈る気分だったな。

……なんで私じゃなくてあの子なんだ。

だって、私の方が間違いなく……

「はあ。あほらし」

彼女さえ、瑞希ちゃんさえいなければ、色々違ったのかなって、たまに思う。

答えなんて出ないし、ていうか意味ないから、すぐに考えるのやめるけど。

「……よし」

なんとなく気合を入れて、衛に連絡するためスマホを取っ……あれ？

ライン来てる。しかも……鵜野《うの》くんから？

え、なに？

何年も顔を合わせてない知り合いからの連絡って、相手が誰でも身構えてしまう。

彼は一応昔馴染《なじ》みだし、警戒なんて薄情な気はするけど、こういう流れで何度も嫌な思いをしてきた以上、用心するにこしたことはない。

おそるおそるアプリを開いたら、メッセージがやけに長文でさらに警戒心が強まった。

でも目を通したらすぐに「……あー」って声が漏れる。なるほど。

念のためにもう一回読み返して完全に理解。

要約すれば「衛《まもる》が瑞希《みずき》のキスを見てすごくショックを受けてます。自分じゃ励ませそうにないから、こっちにいるなら話し相手になってあげてください」って内容だった。

鵜野《うの》くん、疑ってごめん。この情報はマジで助かる。

頭の中で謝りながら了解ですって返事して、ついでに感謝のスタンプを送った。

胸の奥でじわじわ熱が広がってきたから「ふーっ」と息を吐いて、気持ちを静める。

……そっか。衛、瑞希ちゃんが彼氏とキスをしてるとこを目撃して、凹《へこ》んじゃったか。

その瞬間を想像したら自然と口が緩みそうになって、口元を手で覆った。

落ち着け私。

従弟《いとこ》が失恋したのにそれを喜ぶなんて、性格が悪すぎる……でもさ。アイドルが駄目で、地元に戻って次の手段を探し始めたその日にこれは、いくらなんでもタイミング良すぎるって。

幸先《さいさき》が良い、なんて言ったらやっぱりちょっとひどいけど、流れが来てるって期待しても仕方なくない？

浅めの深呼吸で気持ちを整えて……よし。大丈夫。冷静になった。

さっそく電話だ。衛が傷心のうちに慰めて、寄り添ってあげる感じを出して、うんと甘やかしてやらなくちゃ。そんで私に依存させて、惚《ほ》れさせて、告白させて、振って……あれ？

「繋《つな》がらない……？」

スマホをタップしてもコールが鳴らなかった。電波が届いてない？

でも時間的にはもう家に帰ってるはずだし、電波っていうより電源が切れてるのかも。

しょうがない。家にかけよう。

履歴から森崎《もりさき》家の番号を呼び出すと、すぐに「はい、森崎です」って叔母《おば》さんが出た。

「あ。夜分遅くに申し訳ありません。私です、京子《きようこ》です」

電話を取ったのが凛《りん》じゃなくてよかった、って安心しながら、余所《よそ》行きの声で挨拶《あいさつ》した。

「あら、京子ちゃん。こんばんは。どうしたの？」

「衛、いますか？」

「あぁ……ごめんなさいね、まだ帰ってないのよ」

「え？」

スマホから顔を離して画面を見たら、とっくに九時を回ってた。

部活もしてないし、予備校にも通ってない衛が、まだ帰ってない……？

「……何か用事とか？」

「それが、何も聞いてないのよね。電話も通じないし」

「そうなんです?」

「おかげで、凛《りん》も機嫌が悪くて」

「はあ」って気の抜けた返事をした。いや凛の機嫌はマジでどうでもいいし。

「なら、また改めて本人に連絡してみます。連絡がついたら、家に電話するよう伝えますね」

「そう? ごめんなさいね」

おやすみなさい、と挨拶《あいさつ》して電話を切って……へぇ。そっか。

まだ帰ってないか。それにしては叔母《おば》さん、心配してなさそうだったけど、ま、元々放任主義だし、衛《まもる》ももう高校生だし、そんなもんか。私も別に心配まではしてないし。いや、てか、状況的に失恋がショックでへたってるだけだろうし、心配するまでもないっていうか。

意気消沈して、どこかの暗闇で体育座りする衛の姿が思い浮かんだ。

「……くふっ!」

天井を仰いで、こみ上げてきた笑いをかみ殺した。

まさか家に帰れないほど凹《へこ》んでるなんて、想像以上。これまでも衛は瑞希《みずき》ちゃんに彼氏ができるたびに落ち込んでたけど……でもここまでダメージを負ったのって初めてじゃない?

もしかして、心がぽきっと折れちゃったか?

だとすれば。今の衛はきっと寄りかかれる誰かを求めて隙《すき》だらけなはず。てことはここで今すぐあいつの元にかけつけて、優しくうんと甘やかせたら、心の隙間《すきま》に入り込める、かも。

つまり、衛の中の、瑞希ちゃんがいたポジションに私が居座れる……？

「っ、っ、〜〜〜〜ッ！」

その瞬間を想像しちゃって、背筋にぞくっと不思議な感覚が走った。

ベッドをバシバシ叩いて、溢《あふ》れだしてくる不思議な感情を発散する。

私に惚《ほ》れた衛を思わせぶりな態度で弄《もてあそ》んで、たっぷり期待させて、告白させて……振る。

その瞬間、衛はどんな顔をするだろう？

泣くかな。いや、あいつのことだから、頑張って我慢しようとして、微笑《ほほえ》むかもしれない。

でもきっと、我慢できなくて、笑いながら泣いて……やば。

っし。絶対に泣かす。

で、泣いて、顔をぐしゃぐしゃにした衛に、言ってやるんだ。

「ごめん。でもね？　昔は、私も好きだったんだよ？　なんで……なんで、もっと早く、私を好きになってくれなかったの……？　私が東京に行く前に、瑞希ちゃんじゃなくて、私を好きになってくれてたら、私だって……衛と……！」

……なーんてね!?　なーんてね!?

衛にその言葉を告げる瞬間を想像するだけで、気持ちが昂《たかぶ》って、どれだけ顔に力を入れても口元がにやけた。

いやっ！　さすがに惚《ほ》れさせても、すぐには告白してはこないだろうけど！

あいつ奥手だし！　わかってるけどね!?

わかってるけど、でも一度惚れさせたら、あとはどーにでもなるっていうか！

そう！　今日は、ただ優しくして、心の隙間《すきま》にするっと入って、惚れさせるだけ！

で、その上でこう、誘惑っていうのかな、そういうことをしてやって、べた惚れにまでもってって……誘い受けの感じを出す！　それでいざ告白してきたら……振る！

完璧《かんぺき》！

「……いける」

降って湧《わ》いたチャンスに、心臓が鼓動を強くしていく……これは、勝てる。

この絶好の機会をモノにできれば、もう負けない。

そのために、考えろ、私。

今から衛《まもる》を捜しに行く。弱ってるあいつを、今攻める。これは絶対だ。

じゃ、その衛はどこ？　どこにいる？

傷心したあいつはきっと一人になりたいはずで、だったら喫茶店や漫喫は論外だ。それなら人のいない、えーっと、公園？　いやでも公園か、悪くはないけどなんかピンと来ない……

知恵を振り絞ると、しょぼくれたあいつの姿がふわっと思い浮かんだ。

……思い出せ。昔ここに住んでた頃、あいつと二人でよく行った場所と、か…………あー？

屋上……マンションの……

二人でたまに忍び込んで、バドミントンなんかをした、あの場所……

ふっ、と脳裏をかすめた光景があまりにもしっくりきて、勢いよく立ち上がった。

……間違いない。きっとあそこだ。

部屋から飛び出した。

「おばあちゃーん、自転車あるー!?」

ママチャリの鍵を借りて外に出ると、いつの間にか雨は止《や》んでいた。

潮風で錆《さ》びた自転車に乗って、雨上がりでひたひたに濡れた路側帯を走る。

ペダルを踏み込むたびに、なんでだろ、焦りみたいなものがにじんできた。

せかされるみたいに立ち漕《こ》ぎなんかして、心当たりの場所へと向かった。

◆

自分でもおかしいってわかってる。

だけど、私はどうしても許せない。

自分が衛に選ばれなかったことが。どれだけ頑張っても認められなかったことが。

たかが失恋でおおげさな、とか思われそうだけど、でも許容範囲って人によって全然違う。

失恋をすんなり消化できる人はきっと幸せだ。

全然関係ないことをしてても、ふとした瞬間に、自分が負け犬だって思い出す。

衛《まもる》を前にしたら、なおさらだ。

私が必死こいて衛の気を引こうしても、あいつは絶対こっちの想いに気付かない。それどころか他の女に一途《いちず》な目を向け続けて、私にその子と仲良くなるための助言を求めるんだ。

そのたびにみじめになって、怒りがこみ上げて、他のことが手に付かなくなる。

何も考えられなくなる。

だから、徹底的にやり返してやらなきゃ……私を袖にしたあいつを惚《ほ》れさせて、振って、すっきりして、笑い話にしなきゃ、きっと私はもう……先には進めない。

ほとんど呪縛。

けどもちろん、やり返せればなんでもいいってわけじゃない。

たとえば身体《からだ》を使って必死に迫るような、つまり性欲に任せた誘惑で落とすのは、嫌。

それはなんか違う。あくまで、魅力的な私に、向こうが勝手に惚れてほしい。

結局私は、私が衛に惚れて必死にアプローチしたのに、それが報われなかったことが悔しいってことで、つまり向こうにも同じ苦しみを味わってほしいわけなのだ。

私を追いかけてほしいし、求めてほしい。

そして、どうやっても私を手に入れられないって、心底苦しんでほしい。

それこそアイドルとファンみたいに。

その点、この状況はほんとに理想的だ。あくまで親戚《しんせき》として心配してるふりして、傷ついた衛をうんと慰めて、たっぷり甘やかして……そうすれば、弱った衛はきっと私に惚れるはず。上手《うま》くいかなきゃ思わせぶりなことを言うくらいはするかもだけど、とにかく依存させる。

で、告白させて、振る。

完璧《かんぺき》。ざまぁみろ…………………ま、でも。

よっぽど……よっぽどだよ？

よっぽど、衛の奴《やつ》が熱意と覚悟を見せてくれたら……ちょっとは考えてやんないでもないかなって思ってる。そりゃ一度や二度の告白なんて全力ではねつけてやるけど、でもさすがに何度も何度も土下座されて頼まれちゃったら少しくらい情けをかけたげないとこっちが悪者になっちゃうじゃん？　もちろん私はとっくに愛想なんて尽きてるけど、従弟《いとこ》にそこまでされて突っぱねるほど人間性は腐ってないし良心も捨ててないっていうか。

はあー……私ってばほんと優しすぎ。女神じゃん。

さてと。

頭の片隅でそんなことを考えながら自転車を漕《こ》いでたら、マンションに着いた。

駐輪場に自転車を止めた私は、エントランスには向かわず近くの物陰に身体を隠す。

共用玄関から先は、鍵を使うか、内から開錠してもらわなきゃ入れない。

でも、どっちの手段も使えない私は、出入りする住人を待ち伏せるしかなかった。

物陰に隠れて、息を整えて、衛《まもる》にどう接して惚《ほ》れさせるかを考えながら待つ。

少しすると、住人っぽい人が帰ってきて共通玄関を開けたから、しれっと一緒に入った。

そのまま素知らぬ顔でエレベーターに乗り合わせて、最上階で降りる。

ここからさらに階段で上がれば屋上なんだけど……出入り口はしっかり施錠されてた。

当然だ。こうなると、昔みたいに非常階段で忍び込むしかない。

共用部分にあたる通路の端にある、外付けの階段の扉を開く。

ほとんど使われたことがなさそうな階段を上って、屋上へ。

星明かりもない真っ暗なそこに、予想通り衛がいた。

よし、よかった……なんて思ったのは、ほんの一瞬。

えっ、と身体《からだ》が固まる。

衛は転落防止柵の外側、つまり屋上の縁に立ってた。

後ろ手に柵を摑《つか》んで、体をゆるく前に倒して、今にも飛び降りそうな格好で……

嫌な感覚。

あれって……自殺、しようと……

え？

なんで……って考えるまでもない。見たからだ。瑞希《みずき》ちゃんのキスを。

「っ……！」
目の奥が焼かれたように熱くなって、頭の中がカッと沸騰する。
ふざけんなって怒りが膨らむ。
バッカじゃないの？　好きな子が彼氏とキスしたから、死ぬ!?
ない、ありえない、マジで信じらんない！
気持ち悪っ……あぁ、駄目だ……駄目だ、駄目だ、怒りが抑えらんない！
足が動いた。大股で、水たまりをバシャバシャ踏みつけながら衛のもとへ急ぐ。
こんなに音を立てても、衛は私に気付かない。
自分の世界に入り込んだまま、振り向きもしなかった。
それも死ぬほど気に入らない。
私が取るに足らないって……瑞希ちゃんしか見る気がないって言われた気分。
手をきつく握り締めた。
くそっ、くそっ……！　今に、私しか見えないようにしてやる……！
衛の後ろに立って、こっち側に引っ張り込もうと手を伸ばす。
だけど指先が衛の腕に触れる直前、無意識にブレーキがかかった……待てよ。
いきなり乱暴なことして驚かせたら、衛が動揺して足を滑らせて落ちるかも……
ていうか、もし抵抗されたら私一人じゃ取り押さえらんない。

それどころか、二人揃《そろ》って転落するんじゃ……

気付いた瞬間、背筋や腕にぶわっと鳥肌が立った。胸の奥もばくばく跳ねる。

あっ、ぶな……勢いに任せて、やらかすとこだった……！

あれだけ膨らんでた怒りが、引き潮みたいに収まる。

そうだ。落ち着け。まずは、説得からだろ。

なによりまず、衛《まもる》の安全を確保しないと。叱りつけるのはそのあとで十分……

激しく脈打つ心臓をなだめるよう胸に手を当てて、衛の横顔をそっと覗《のぞ》き込む。

衛は目を閉じていた。口は引き結ばれてる。

瞼《まぶた》の先では、長いまつ毛が細かく震えてて……なんだよ。

震えるくらい怖いなら、やめたらいいのに。

飛び降りも、瑞希《みずき》ちゃんを好きでいることも……そう思わずにはいられない。

こぼれそうなため息をぐっと呑《の》み込んだ。

「……死ぬの？」

静かに声をかけると、衛の肩がびくっと跳ねた。

そして、顔だけで振り返って……目が合って。

呼吸を忘れる。

私を見つめる、今にも涙を流しそうに潤んだ瞳が、信じられないくらい美しかったから。

ていうか。相変わらず、ため息がでるくらい、整った顔……

儚《はかな》くて、きらきら光の粒子を散らしてそうで……

男の子にこんな表現を使って正しいかわからないけど、本当に美人だ。

「……京子《きようこ》？」

小さい口からこぼれたのは、か細い、消え入りそうな声。

「なんで、いるの……？」

あんまりに弱々しいから。傷ついて、飢えて、助けを求める小動物みたい、って思った。

なんて可哀想《かわいそう》……

ふわっと昔の思い出がよみがえる。

私に一日中まとわりついてた、小さな頃の衛の姿が、目の前の衛と重なった。

胸をきゅうっと締めつけられて、名前のない、切ない感覚に襲われる…………

はっ!?

え、あ、今私、こいつに、と、ときめっ……あっ、ちがっ…………だッ……騙《だま》されるなッ！

騙されんなッ……私ッ、騙されるな！

こ、こいつ、私じゃなくて瑞希ちゃんを選んだクソ野郎だぞ!?

敵ッ！　こいつ敵ッ！

それがわかってて、なんできゅんって、い、愛《いと》し……ばっ、ばっ、馬鹿なん!?

お、おおっ……こっ、このクソ美少年がッ！　儚《はかな》い泣き顔で人を惑わせんな、馬鹿！

悪魔かなにかなん⁉　魔性か⁉

落ち着け！　落ち着け、落ち着っ……落ち着け、私！

てか思い出せ！　こいつに何をされてきたか！

そうだ、たとえば三年前のこいつの誕生日！

多忙な芸能活動の合間を縫って、どうにかプレゼントを用意して、二人きりでお祝いしてやったあの日！　こいつは私への感謝もそこそこに、私っ、私に、瑞希《みずき》ちゃんとどうすれば付き合えるか、半泣きで相談をっ……！　わ、私は、聞きたくもない話を何時間もっ……！

あ、あぁぁぁ！

ぬぐぅぅぅ！

思い出したっ……どれだけ美しくても、こいつは敵だっ……！

念仏を唱えるみたいに、自分に喝《かつ》を入れる。

「……鵜野《うの》くんから連絡があったの」

荒れくるう感情の首根っこを摑《つか》んで押さえつけて、全力で余裕を取り繕《つくろ》って、そう答えた。

もう必死。やばい。頭の中めちゃパニくってる。わけわかんない。

ムカつく！　なんでこいつ、こんなっ……！

「衛《まもる》がへばってるから、こっちにいるなら慰めてあげてくれませんか、って。久しぶりの連絡

で、何事かと思っちゃった」

どうにか言い切って、微笑《ほほえ》んだけど、心臓はバクバクしてた。

私が惑わされてどうすんだ……！

衛《まもる》が「なるほど」ってこくこく頷《うなず》いた。

状況を呑《の》み込めてきたらしい。あと私の動揺には全然気付いてないっぽい。

よし。とりあえず、この調子で、どうにかこっちに来てもらおう……

「でも、どうして、この場所まで……？」

不思議そうに聞かれた。つい「え？」って少し調子が外れた声を上げてしまう。

どうして？　……言われてみれば、衛からすれば私がここにいるのは不思議かも。

あー……なんて答えよ。「んー」って指を顎《あご》に当てて考える。

いやもうこれは素直に答えるしかないか。

「ただの勘だけど」

答えたら、「勘？」って呆《ほう》けた顔で繰り返された。

うっわ。ポケッとした顔もすごく可愛い…………違う！

可愛くない！

気持ちを切り替えて「そ、そ」と頷く。

ほんとに勘以外の理由なんかない。なんとなくいそうだって思ったら、実際いただけで……

けど衛は「何言ってんだ」みたいな顔で私を見つめてきて、居心地が悪い。

なんで私が適当言ったみたいになってるんだ？

マジなんだけど、って念押ししようと口を開きかけて、ふと、衛の背後に目が行った。

真っ暗な空。

たった一歩踏み出せば、その先は足場のない、暗闇。

ぁ、って吐息を漏らす。生唾《なまつば》を呑み込んだ。この状況って……強い言葉で、不用意に衛を刺激したら、飛び降りられたり………い、いや、さすがにそんなことないよね？

でも不安がぬぐえない。だって、現に、衛は柵の向こうに立ってる。

死のうと思わなきゃ、そんなとこに立つわけない。

……急に怖くなってきた。

刺激しないようにしないと……もう少し言い方を考えなきゃ……

えと、でもなんて言えば……

なんで衛がここにいるのかわかったかっていうと……あ、わかった。

「勘がしっくりこないなら、愛でもいいんだけどね」

キャパオーバーしてるなりに、衛を刺激しないよう微笑みながら言って、ん？

あれ……？

いや違う。絶対にこれは違う。そうじゃない。付き合いが長いから衛の考えくらい簡単にわかるってだけで、愛とかそんな全然……いや私マジでなに言ってんの？
待って。言い直さないと。付き合いが長いから、なんとなくわかっただけだよって。
「私ってば、衛《まもる》のことならなんでもわかっちゃうからさ。仕方ないんだよ」
あら？　なんかこれもちょっと変な意味に取られそうな……？
いや取られる。だから落ち着け。
怪訝《けげん》な顔をした衛に、とりあえず愛想笑いする。誤魔化《ごまか》さないと。
そしたら「あ、愛……？」ってまたオウム返しされて、いやほんと違うから。
あ、そうだ。今ならまだ姉弟愛っていうか親戚《しんせき》の情的な方向に修正できそうだから……
いやでもこれ、変にこじれる可能性考えたら、しれっと流した方がいいんじゃ……？
やばい、わかんない。いや落ち着け。
今はなんでもいいから早く誤魔化さなきゃ……あっ、違う！
まずは衛の話を聞いて、説得して、自殺をやめさせないといけないんだって！
誤解を解くとかそういうのは後でもできる！
落ち着け！
必死に考えを切り替える。衛に顔を寄せて「で、さ」と強引に話を進めた。
顔を近づけすぎみたいで、衛が軽く首を反らした。
「どうして死ぬの？」

ここで顔を離したらなんか負けって気がして、無視して尋ねた。

衛が口を閉ざして、顔を歪《ゆが》める。

すごく苦しそう。でも、私を見つめてくるだけで、何も言ってこなくて……ま、そっか。

言えるわけないか。

片思いしてる女子が、彼氏とキスしてたから死にます、なんてさ。

けど、そのくせこんなに、死ぬほどショックを受けた顔してさ……

衛の、瑞希《みずき》ちゃんに向ける想いの大きさが嫌でもわかってしまう。

なんだろな。心が急に、すんって冷えた。

元々は、うんと衛を慰めて、甘やかして、私に依存させようって考えてたのに……

そんな考えがみるみる薄れてくのが、自分でもわかった。

浮かび上がってきたのは、たくさんの色を混ぜて出来上がる、黒い感情。

「よく知らない男と、瑞希ちゃんがキスしてたのが、そんなにショックだった?」

胸の奥で渦巻く気持ちを尖《とが》らせて、言う必要がないことを言う。

衛が「そっ……!」と声を詰まらせて、もうそれ、図星を突かれた反応そのものだよね。

あー……………

そっかそっか、やっぱそっかー……

「ふうん」

どうにか鎮火させたはずの怒りに、また火が付いた。それはじりじり燃え広がる。

今は衛《まもる》を説得しなきゃいけないのに、悪い意味で焦りが消えてしまった。

でも冷静ってわけじゃない。

あのさ。

瑞希《みずき》ちゃんが一体なんだっていうの？

あの子がどれだけ衛を気にかけてるわけ？　私よりも衛を気にかけてる？　でも他の男と付き合ってんだよ？　なのに自殺するほど思い悩むって普通におかしくない？

あぁ。考えるとむしゃくしゃしてきた…………ていうか。

私に何かあったとして……その時、あんたは、自殺してくれる？

しないよな？

身体《からだ》が動いた。勝手に。

「よっ」って柵を乗り越えて、衛の隣に立つ。

衛が「え？」って私を見た。おかしい奴《やつ》を見る目だ。だろうね。

私も、おかしいことしてるなって思うし。

なんでこんなに苛々《いらいら》してんだろ？　わかんない。

頭と胸ん中が完璧《かんぺき》に焦げついてた。

衛が絡んだらいつもこうだ。

些細《ささい》なことでカッとなって、色々わかんなくなって、自分が抑えられなくなって……後悔するってわかりきってるのに、その時々の感情に突き動かされて、おかしなことをしてしまう。

「あ、危ないよ……？」

衛がおそるおそるって感じで言った。

いや、どの口で言ってんの？

落ち着きたいのに、心がざわついて鎮《しず》まらない。

「一緒に飛び降りてあげようか？」

試すように言うと、衛が呆《ほう》けた顔で「なんて？」って聞き返してきた。

全然意味が通じてなさそう。そうだよね。いくらなんでも突然すぎるよね。

足下を覗《のぞ》き込むと、地面を走る車が豆粒みたい。つまり落ちたら死ぬ高さ。

で、なんとなく思った。

瑞希ちゃんに、こんなことできるの？　……って。

「一緒に死んであげる、って言って、わからない？　心中だよ」

聞き間違えられないようしっかり言い聞かせると、衛が怯《おび》えた目で唾《つば》を飲み込んだ。

まるで虐待されてる動物みたい。可哀想《かわいそう》だな。

でも、そう思うだけでやめないいんだけど。

「急に、何を……」

理解できないのは当然。だって私が私自身の行動を理解できてないし。

でも、それはそれとして、理解されなくて腹が立つ。

「死ぬ時まで一人だなんて、みじめじゃん。見てられないよ」

思い切り悪意を混ぜて言うと、衛《まもる》が傷ついたみたいに口元を震わせた。

で、私を睨《にら》む。ほーん。そんな目するんだ。

「だっ……だからって、一緒に死ぬなんて、そんなばかな話、あるわけっ……！」

勢いよく言い返してきた衛だけど、黙って見つめ返してたら、声がみるみるしぼんでいく。

で、すぐに苦しそうな顔になって「どうして、そこまで……？」って私を見る。

聞く前に、もっとしっかり考えてほしいな。

「……野暮《やぼ》なこと聞くね」

なんとなく、衛の手を取った。

衛が「京子《きょうこ》……？」って意図を尋ねてくる。

でも、私だって自分が何をしたいのかわからなくて、だから返せない。

ただ。こっちを窺《うかが》う衛が、まるで私にすがってるみたいで……おかげで一瞬、ほんとに一瞬、このまま一緒に飛び降りるのもいいかもなって思ってしまった。

うん。手を握ったまま、飛び降りたら……

もちろん気の迷いで、すぐ思い直したけど。

瑞希《みずき》ちゃんに片思いしたままの衛と死ぬなんて、みじめすぎる。

けど……もし、衛が瑞希ちゃんじゃなくて、私のことを好きだったら……

そんな想像をして、つい指に力がこもって、衛の手を強く握り込んでしまった。

衛が呻《うめ》いた。

「痛っ……！」

「理由なんていくらでもある」

私は瑞希ちゃんとは違う。

もしも衛が瑞希ちゃんじゃなくて私を好きだったなら、私は、ほんとに……

「少なくとも私は本気。でもさ。その前に、一つだけいい？」

「い、痛いってば！」

怒鳴られて、仕方なく力を抜く。

代わりに、衛の頰《ほお》に手を添えた。冷えた私の手が、柔らかくて暖かい感触に包まれる。

お互いにまだ小さかった頃は、こうして衛の頰に触れてたっけ。

どろどろした胸の内に、少しだけ、温かい思い出が顔を出した。

そうだ。昔は、衛が本当に大好きで、どうにか振り向かせようって必死で……

あの時の気持ちが、抑える間もなく膨らんでいく。

「私と付き合おうよ」

考える前に口にしてた。
衛《まもる》が「え」と口を半開きにする。
私も一拍置いて「あら？」ってなって…………え？
今……マジで、なに言った……？
待って。まっ……付き合っ………
へえぇ!?
過ちが、じわじわ意識に染み込んで、心拍数が駆け足に上がってく。
私……やっ、ちゃった……？
衛がおどおどと上目遣いに私を見た。
「……付き合うって、ぼくと京子《きようこ》が？」
「そ。一緒に死ぬなら、それなりの理由が必要だと思って」
テンパった勢いのままほぼ反射で続けちゃって、頭皮に汗が噴き出した。
ほんと落ち着け。そもそも衛の自殺を止めるはずが、なんで心中の………ん？　あれ？
心中？
……えと。つまり今、私は、衛と死んだげるために、その条件を出して……
てことは、衛が頷《うなず》いたら、二人仲良く、死…………
血の気が引いた。

で、でも、一度口にしたことを簡単になかったことにするなんて……や、死と見栄を天秤《てんびん》にかけるなんて馬鹿らしいけど、でも衛にマイナスイメージを持たれるのも………あっ。

あぁ！

天啓を受けた。

「付き合って……死ぬ前に、まず、二人で色んなことしてみない？」

とっさに言葉を続ける。そうだ。

もう、これしかない……！

「色々体験して、それでも、死にたい気持ちが変わらなかったら。改めて、一緒に死のう」

わかってる。こんなのただの場当たりな言葉で、自分の首を絞めてるだけって。

でも、今だけは！　見事に機転を利かせて、面子《メンツ》を保った自分を褒めたげたい！

って満足してたら、衛が「馬鹿げてる」って呟《つぶや》いて……は？

冷静になりかけてた頭が一瞬で過熱状態に戻った。

いや、馬鹿？

失恋で自殺する奴《やつ》の方が、絶対馬鹿だろ……ふざけんな。

「そうだね。でも、今の衛に言われたくないな」

苛立《いらだ》って、衛の肩を摑《つか》む。

ピキッときた。もう知るか。

「さ、選んで。今、一人で死ぬか。私と付き合って、もう少し、人生を続けてみるか」

攻撃的な気持ちが収まんない。もうやけくそ。

「いやっ、えっ⁉」

衛《まもる》が短く叫んだ。すがるように、私を見てくる。

けど無言で見つめ返すと、怯《おび》えるように「あ、あ……」って呻《うめ》いて目を逸《そ》らされた。

自分の足下を見た衛は、肩を震わせると、また私を見て……泣き笑いみたいな表情になる。

ぞわっときた。

頭に甘い電流が流れたみたいな、不思議な感じ。

思わず手に力が入って、衛の肩に指が沈む。

「早く答えて。ほら。付き合うの？　……それとも」

マンションの下、遠い地面に目をやった。

脅しみたいになっちゃったかな。まあもう、どうにでもなれって感じだ。

私の視線を追った衛が、固唾《かたず》を呑《の》んだ。

そして、ぎこちない笑顔で、こくっと頷《うなず》く。

「わ、わかった、わかったよ。付き合う……付き合います……」

……あぁ。

「そ」

短く返事して、大きな息を吐いて、なんとなく空を見上げた。
さっきまで雲で覆われてたはずの夜空に、ほんのりと星が見える。
少しずつ、この場を乗り切れたって実感が湧《わ》いてきた。
あー……おかげで冷静にもなってきて……うん。
やっちまった。
不安そうに私を見つめる衛に笑みを向けるけど、もちろん内心じゃ全然笑えてない。
だってこれ。
完ッ全に、やらかしてる。

二話

宵《よい》ケ《が》峰《みね》京《きょう》子《こ》

小さい頃……ほんとに小さな頃の話なんだけど。

私は、世界は私のために存在してるって本気で信じてた。

よくある話だと思うけど。

子供にとっての「世界」は、大人が認識する世界と比べると、箱庭みたいにちっちゃい。

そんな箱庭の中の数少ない住人たちと比べたら、私はあんまりにも特別だった。

小学校の誰より可愛くて、強い。どんな意地悪な子も私の言うことなら聞いたし、元気な男子ほど私にちょっかいをかけてきた。体育の授業はいつも独壇場《どくだんじょう》。テストも満点ばっかり。

箱庭で起きる事件は、何があっても、ぜーんぶ私に集約された。

今思い返しても、これで勘違いするなって、そんなの酷だ。

ま……完全にお山の大将だったんですけどね。

その思い違いは、衛《まもる》に箱庭の世界を壊されるあの日までずっと続いた。

まるで頭の中で刃物がぐるぐる回って、中身を細切れにされてるみたいな感じだった。

いつの間にか帰り着いた自分の部屋。

独房みたいなそこでベッドに倒れ込んで、天井を見上げて、私は思った。

わけわかんねぇな、って。

今は、衛の飛び降りを阻止して……つまり衛と付き合うことになった、少し後。

あれから屋上で衛と軽く話をして、明日のデー……買い物の予定も取り付けて、それから家に帰ったんだけど。私は、まだ状況を整理できずにいた。

着替えなきゃって思うのに、身体《からだ》が動かない。

「……なんでぇ……？」

しぼりだすように呟《つぶや》いて、ごろんとうつぶせになる。

枕元に放り投げたスマホのランプが緑の光を放ってて、ラインかなって手に取ると、桂花《けいか》からのメッセージだった。

『もう着いた？』

短いその一言は、一時間くらい前には届いてたらしい。

そういえば、地元に着いたことを桂花に報告してなかったな。そこまでする必要はない気もするけど、こうして安否の確認をされたら、自分が不義理みたいで申し訳なくなる。

とにかく返信しよう……そう、フリックした指が、止まった。

そういえば……私、桂花《けいか》に、衛《まもる》とは死んでも付き合わないって、自信満々に……

枕に顔を埋めた。

声にならない叫びを上げた。

「〜〜〜っ！」

やばい死ねる。恥ずかしさで、死ぬ！

歯を食いしばって、ベッドの上でのたうち回る。

顔が熱い……！　体が内側から燃やされてるみたいだ。

ほとんど反射でスマホを引っ掴《つか》んで、桂花に電話をかけた。

衛のことを報告して桂花に呆《あき》れられる恐怖より、この荒れた感情を吐き出して、共感してもらって、諸々に整理をつけて、楽になりたいって気持ちが上回る。

数コールで桂花が出た。

「どうした？」

少し低めな桂花の声に、ほんのちょっぴり気分が落ち着く。が。

自分から電話しといて「衛と付き合うことになった」って言葉が喉《のど》に詰まって出てこない。

「……あ、その、桂花？　起きてた？」

「うん。ゲームしてた」

口のなかに滲《にじ》む唾《つば》を呑《の》み込んだ。

言え……楽になるため、とにかく全部言うしかない……！

「遅くにごめん。その、あ、無事に地元に着いたんだけど」

「おー、おつかれー、今着いたのか？」

「少し前にね。それで、あのー……あー……」

「なんだよ」

「……その。さっき、衛と、付き合うことになったんだけど……」

「はあ？」

え、声低。怖。

短い返事に込められた桂花の感情を深読みしちゃって、怯《ひる》む。

桂花がすぐに「なんだって？」と半笑いっぽい声で聞き返してきた。

「……だから、衛と付き合うことになったんだってば。男女交際ね」

勇気を振り絞ってはっきり繰り返したら、桂花が黙った。

沈黙が重たい……やだ、めちゃくちゃ弁解したい……

でも、ここでべらべら喋《しゃべ》ったら、なんかやましい感じがしそう……

「……黙ってないで何か言ってよ」

「いや……お前、こないだ言ってなかったっけ？　従弟《いとこ》を恨んでて、復しゅ……」

「違うから」

桂花《けいか》を食い気味に遮った。

「勘違いさせちゃったかもしれないけど、これって衛《まもる》が好きだから告白したとか、そういう話じゃないいんだよ。衛のことはまだ恨んでる。復讐《ふくしゅう》も続けるつもり。だから、違うの」

すぱっと言い切って反応を待つけど、疑い深い息遣いしか聞こえてこない。

ぐっ……そういう反応が一番きついんだってば！

「あの。自分でもまだ理解が追い付いてないけど、そうだね、ちょっと説明を……」

「従弟《いとこ》くんとは絶対に付き合わないって、断言したよな？　つーか、告白させて、振ることこそが復讐だって、宣言してたよな？　あれは、嘘《うそ》だったわけ？」

わりと強めに指摘された。

声が妙に冷めてて、耳に刺さる。

「それはっ……した、けど！　告白させて、振るつもりだったけど！」

「まさかだ。こんな爆速で付き合うなんて。やっぱ従弟のこと大好きじゃねーか」

「ちがっ……！」

「京子《きょうこ》から告白したのか？　ははっ。おめでとーございまーす」

「違うってばぁ！」

耐えられなくなって大声で否定したら「はあぁ」って大きなため息を吐《つ》かれた。

だからそういう態度、ほんとやめて？

「違う、ねぇ……？　でも、好きじゃない奴《やつ》とは死んでも付き合わないだろ。京子は」

「お願い桂花。説明させて。これにはちゃんとした理由があるんだって」

頼み込むと、桂花が「そ」と短く言って、黙った。

ようやく話を聞いてくれそうな雰囲気になって、深く息を吐く。

よし。せっかくだし、桂花に考えを伝えながら、私も自分の気持ちに整理をつけよ。

誰かに話すことって、そういう意味でも大切だ。

まず……衛と付き合うことになったのは不可抗力。あいつを許したわけじゃない。

断じてない。だから復讐は別の形で続けるし、その方法も思いついた。

おかしなとこは……ないな。

じゃ、屋上での出来事から話そ。

「実は、さっきまで衛と会ってたんだけど……」

と。口を開いた瞬間に、気付いた。

衛が自殺しかけたことは……言わない方がいいよな？

きっとそれって衛にとって恥ずかしい話だ。私がぺらぺら喋《しゃべ》るのは、多分ダメだと思う。

それに、個人的にも気が進まない。理由はわかんないけど、言いたくない。

「……そこであいつと話してたら、告白させて、振る以上の、良い復讐を思いついたの。そのためには、一度付き合う必要があってさ」

だから端折《はしょ》った。結果が伝わるなら、過程は別にいらないし。

桂花《けいか》が「ふうん」とあんまり納得いってなさそうな声を出した。

「従弟《いとこ》にとって京子《きょうこ》を彼女にすることは苦痛だから、付き合うだけで復讐《ふくしゅう》になるって意味？」

は!?

「ちッ……なっ、なんでそんな酷《ひど》いことが言えんの!? しっ、信じらんないんだけど!?」

「付き合うことが復讐になるって、そういうことだろ」

「全ッ然違う！　あぁ、もう……！」

怒鳴る寸前までヒートアップした気持ちを落ち着けるため、ふうぅ、って息を吐いた。

落ち着け私。

「……そうじゃなくて……気づいちゃったんだよ」

「何を？」

「惚《ほ》れさせて、告白させて、振るより……一度付き合って、全力で依存させて、そのあと振った方が、ダメージは大きいって」

思わぬハプニングで当初の目的が果たせなくなったなら、別の手段を取ればいい……いや、悔しいけどね。だって私は衛《まもる》に、私じゃなくて瑞希《みずき》ちゃんに惚れたことを後悔させたかったし、私と同じ苦しみを……好きな相手に振り向いてもらえない苦しみを味わわせたかった。

それは、向こうからの告白を断ることでしか達成できない。

でも、こっちから告白して付き合うことになった以上、それはもう無理。

ほんと最悪。いや自業自得だけど。

だから考えた。それに代わる復讐がないか、必死に頭を働かせた。そして思いついた。

恋人として衛を甘やかして、依存させる。その上で別れ話を切り出せばいいんじゃん、って。

正直復讐の方向性は少し変わっちゃうけど、少なくとも振られる悲しさは与えられる。

それに、振った後も、衛が私を未練たらたらで追いかけてくるかもしれない。

そうなれば軌道修正にもなるし、ならまあ、いいかなって。

桂花が「うーん」と唸《うな》った。

「たしかに……」

「でしょ？　よく考えたら、告白を断るだけとか、復讐として温《ぬる》すぎたわけよ。やっぱあいつにはもっと苦しんでもらわなきゃじゃない？　だって、私が受けた苦痛ってほんとに……」

「告白は京子から？」

かぶせられて、口が止まった。

無意識に告白してしまったあの瞬間を思い出して、慌てて首を左右に振る。

「……ま、そうだね。でも、復讐のために仕方なくだよ」

「ふーん」

「なにか言いたいことでもあるんですか？」

「もうそのまま普通に付き合っちゃえよ。どうせ最後はそうなるって」

「ならないけど⁉　衛《まもる》にはもう愛想が尽きたって言ってるじゃん！」

「はいはい。じゃ、いつ従弟《いとこ》を振るんだ？　百年後？」

こいつッ……いや、いや、落ち着け、こんなんで怒っちゃダメだ。

熱くなったら口も滑りやすくなるし、あと変なこと言いかねない。

「……衛が私に依存したら秒で振るし。ま……年内には振るよ」

「へー……ちなみに、許容範囲はどこまでだ？」

「なに。許容範囲って」

「いやほら。ぶっちゃけ、やるのか？」

聞かれて、たっぷり数秒かけて、意味を理解した。

つまり衛とセッ……その、えと、それを一瞬想像しちゃって、頬《ほお》がひくつく。

いやない。それはない。

「……そこまで身体《からだ》は張れないわ」

「ふーん。ちゅーは？」

「それもなしで。あのね桂花《けいか》。私が衛と付き合うのは、あくまで……」

「冗談だよな？　ちゅーすらさせない二十歳《はたち》の女って、普通に地雷だろ。すぐ振られるって」

「いやいや！　待って待って！　ないから！　衛ってマジで純粋だから！　会えばわかるけ

ど、その辺の、脳みそが下半身にあるような男とは違う生き物なんだよ！」

「えー、そんななよなよしてんの？」

「清らかなの！　純粋で綺麗《きれい》なんだよ！」

「……あっそ。でも、どのみち、キスもなしに惚《ほ》れさせるのは無理だと思うけどな。だってそれじゃ付き合う前と何も変わらないだろ。ただでさえ女として見られてなさそうなのに」

桂花の言葉が胸に突き刺さった。

ひどすぎるだろ……でも、悔しいけど、その意見は正しいかも。

衛って私を女として意識してない節がある。それを依存レベルで惚れさせるなら、思い切ってそっち方面から攻めて、まず女ってことを意識させなきゃ、どうしようもないような……

でもなあ。

「それは、そうかもだけどぉ……」

「てか、キスはいいだろ、キスは。その年で悩むようなことじゃないよ」

言われて「うー、あー」とか唸《うな》ってベッドに倒れた。

「いやっ……そりゃ、好き合ってたら、余裕でするけどぉ……その先だってさぁ……」

「あ、そうか。従弟くんが自分を好きって確信が持てないから、キスするのが怖いわけか。キスして、嫌な顔されたら、つらいもんな」

「だっ……私っ！　私が、あいつを好きじゃないからしたくないの！　何回言わすわけ⁉」

「はいはい。でも復讐《ふくしゅう》なんだろ？　キスがなんだよ。ベロンとやれって」

「あーっ！　あーっ！　あ────っ！」

枕に顔を埋めて叫んだ。

「小学生みたいだな。本当にこれが、私たちが憧れた、あの宵ケ峰京子《よいがみねきょうこ》なのか？　復讐とかイキったこと言っておいて、キスする覚悟もないとか、あまりにもダサすぎない？」

「うっさい！」

あまりにボロカスに言われて、我慢できなくなる。

枕から顔を上げて、スマホに向かって叫んだ。

「あぁもう！　やればいいんでしょ!?　やればぁ！　キスくらいっ……余裕でやれるし！」

「ひゃあ、さすが京子さんだ。かっけー」

スマホの向こうから面白がる声がした。

乗せられたみたいでムカつく。ていうか、どう考えても乗せられてる。

でもやっぱり、桂花《けいか》の言い分そのものは正しい、と、思うし……

態度はともかく、アドバイスとしては間違ってない。はず。

それに、復讐のためにこの程度の犠牲も払えないなんて思われるのはマジで心外。

こっちは何年も身を削ってるんだぞ。マジで。舐《な》めんなよ。

「で、いつすんの？」

って聞かれて、意味がわかんなくて「は？」って声が出た。

いつ……あ。

「……もしかして、いつキスするかって聞いてんの⁉」

「うん。だって、時期をはっきり決めとかないと、だらだら引き延ばすかもしれないし」

「あぁ⁉　馬鹿にしすぎじゃない⁉　一度やるって言ったら、絶対やるけど⁉」

「うん、そうだね。で、いつやるの？」

「マジでっ…………明日！」

「えっ？」

「明日デートだから、そこでかるーくやってきますけど⁉」

煽《あお》りが効きすぎて、ムキになってるって自分でもわかるのに、どうしても止まれない。

ムカつきすぎて頭が破裂しそう。くそが。

もし桂花が目の前にいたら、引っぱたいてたかも。

「ほー……じゃ、明日の夜、本当にやったのか、電話して確認するぞ？」

「どうぞご自由に！　でもなんなの？　暇なの？」

「暇だよ。解散して仕事も減ったし。おかげで積みゲー崩すのが捗《はかど》る捗る」

桂花が軽い感じで言った。

でもその軽い言葉が、攻撃的になっていた私のテンションを一気に冷やす。

だってグループを解散させたのは私だ。

「あー……そう」

「だから時間の心配はしなくていい」

こっちの罪悪感を見て見ぬふりしてくれたのか、桂花《けいか》が話を流した。

「明日、連絡よろしくな」

「あぁ、うん。了解」

「ちなみに、べろは入れ……」

「さすがにそれはない」

森《もり》崎《さき》衛《まもる》

京子《きょうこ》が東京の高校へ進学するまで、ぼくはよく、彼女にかまってもらっていた。

ほぼ毎日、一緒にいたんじゃないかな。

特別な理由や用事があったわけじゃない。ただ、ぼくが京子と一緒にいたかっただけで、言ってみればただのわがままだったのに、ぼくが望めば、京子は嫌な顔ひとつせず、ぼくのために時間を使ってくれた。当時は京子もまだ小中学生で、友達と遊びたかっただろうに、だ。

彼女には頭が上がらない。

本当に、何の目的もなく、一緒にいた。

征矢《せいや》や瑞希《みずき》と一緒になって遊んでもらう日もあれば、京子と二人きりで過ごす日もあった。

京子の部屋で、くっつきながら映画を観た。

宿題がたくさん出た日は手伝ってもらった。

凛《りん》を怒らせた時は、庇《かば》ってくれた。

やることがない時は、だらだらして……たまにバスで福岡に行って、街をぶらぶら歩いた。

何をするにしても、いつも京子に手を引かれていた気がする。

今でも、握られた手の温かさと柔らかさを鮮明に思い出せた。

「ずっと、京子と一緒にいたい」

京子と別れる時は、こんなことを言って彼女を困らせたりもしたっけ。

ほとんど依存だ。ぼくは家族に甘えられない分、彼女に全力で寄りかかっていた。

「そうだね。ずっと一緒にいれたらいいのにね……ふふっ」

そんなぼくを、京子は柔らかな笑顔で受け入れてくれた。

京子の印象は、その頃から何も変わっていない。

いい意味でも。

悪い意味でも。

カーテンの隙間《すきま》から、白んだ空がのぞいている。

部屋に、光が帯のように差し込んでいた。その部分だけ、うっすらと埃《ほこり》が舞って見える。

いつの間にか夜が明けていた。

寝返りをうって光から目を背《そむ》けたら、ベッドのスプリングがゆるく軋《きし》む。

少し、吐き気がした。

気だるくて、頭も痛い気がする。

なんてことない、慣れ親しんだ自分の部屋が、なんだか異質に感じられた。

「……なんにも、わかんない……」

京子《きょうこ》に告白されて、付き合うことになった、その翌日。

ぼくは一睡もできないまま朝を迎えた。

別に眠くなかったわけじゃない。というか、眠気はかなりある。

だけど、寝ようとしても、どうしても京子のことを考えてしまって……眠れなかった。

京子は本気なのかとか。あれはその場しのぎの嘘《うそ》じゃないのかとか。自殺をするって勘違いされたままだけど大丈夫なのかとか。仮に京子が本気だった場合異性として意識できるのかとか。凛《りん》と犬猿の仲な京子と付き合って、無事で済むのかとか。

目をつぶると、勝手に思考が巡った。でも、一晩中悩み続けても、積み重なった疑問や悩みをすっきり解消するような、冴えた答えは出せないままだ。

……とはいえ。最低限の……京子と付き合うことに関してだけは、どうにか整理をつけたけど。このまま本当に京子と付き合うことになった場合、ぼくは京子とどう向き合うべきか。必死に考えて……睡眠を犠牲にして、自分の意志と立場を、ある程度定めた。

……まあ。その上で征矢《せいや》に相談をする予定だから、考えはまた変わるかもしれないけど。

「ふぅ……」

ベッドで脱力して、カーテンの向こうを眺める。

昨日の雨が嘘みたいな快晴だった。

「まぶし……休みたい……学校……」

かすれた声で呟《つぶや》く。

このまま、微睡《まどろみ》に沈んでしまいたい。

でも、今日は放課後に京子とデートだ。それまでに、征矢に相談をして、自分の考えをしっかり固めておかなくちゃならない。半端な気持ちでデートに臨みたくなかった。

そうなると、やっぱり、学校には行かなきゃ駄目だな……相談、学校でしかできないし。

はぁ、と息を吐いて、頑張って気持ちを切り替えて、どうにか起き上がる。

部屋を出て、不機嫌な凛にネチネチ責められながら身なりを整えて……家を出た。

「あー……きっつ……」

陽光に、徹夜明けの脳みそを容赦《ようしゃ》なく焼かれる。光に酔いそうだ。

駐輪場で自転車を取り出して、跨《また》がった。

登校はいつも一人だ。征矢《せいや》は部活の朝練で朝が早いから、仕方ない。

あくびをかみ殺しながらペダルを踏み込み、ぐんぐん進む。

ぬるい風を全身に受けて、少しだけ気分が良くなる。

天気予報によれば、今日は一日中晴れらしい。

この調子で早く梅雨《つゆ》が明ければいいのに。

学校に到着して、教室に入ると、瑞希《みずき》はまだ来ていなかった。

なんとなく安心するけど、どうせそのうち登校してくるから、ただの先延ばしでしかない。

友達に挨拶《あいさつ》をして、自分の席で赤本を解いていたら、チャイムが鳴った。

うちの高校はホームルーム前にゼロ時間目の授業がある。その予鈴だ。

すぐに数学の教師がやってきたから、赤本をしまって……視界の端を、瑞希の頭がかすめた。昨日の光景を思い出す。瑞希が彼氏とキスをしてた、あの光景を。

……まだ直接話してないからかもしれないけど、思っていたより平気かもな。

わざわざ飛び降りの真似《まね》事をして、気持ちを切り替えた甲斐《かい》があった。

もしくは、京子《きょうこ》に告白されて、衝撃が上書きされたか……どうだろ。両方かな。

なんにしても良かった。軽く胸を撫《な》で下ろす。

それから、寝不足のせいで何度も意識を飛ばしながらも、どうにか授業を受けて。

昼休みを迎えた。

日頃一緒に弁当を食べるクラスの友達に断りを入れて、教室を出た。

もちろん、征矢に相談しに行くためだ。

征矢は文系で、理系のぼくとは教室の場所が違う。

理系クラスと文系クラスは離れているから、そこへ向かう……と。

「ねぇまーちゃん、ちょっといい？」

着いた先、教室の中に入ろうとしたところで、肩を叩かれた。

聞き慣れた声に、確信を持って振り返ったら、やっぱり瑞希がいた。

追いかけてきたんだろうか。

意図せず間近で顔を突き合わせて、さすがに内心で「うっ」とむせてしまう。

「……なに、どうしたの？」

笑顔を向けられて、ぎこちなくだけど、どうにか笑い返す……本当に笑えているだろうか？

瑞希が両手を合わせた。

「えっとぉ、今日も放課後に勉強会、しない？　朝の数学で、わかんないとこがあってぇ」

可愛らしく小首まで傾《かし》げられてしまった。

相変わらず、愛嬌《あいきょう》の塊《かたまり》だ。この仕草に、何度理性を溶かされ、放課後の予定をくるわされてきたことか。でも、今日は違う。

「ごめん。ちょっと用事があって……」

幸か不幸か、今日の放課後は京子《きょうこ》とデートだ。

いくらなんでも、それを反故《ほご》にはできない……いやまあ、そのデートがなくたって、瑞希《みずき》と二人きりはまだ耐えられそうにないから、適当に理由を付けて断っただろうけど。

「えっ？」

瑞希が目を丸くした。でもすぐに苦笑して「あ、そっかぁ……」と頷《うなず》く。

「なら仕方ないねぇ。けど、どーしたのぉ？」

顔を覗《のぞ》き込まれた。

距離が近い。

無意識のうちに、瑞希のその唇に、ぐーっと視線を吸い寄せられて……目を伏せた。

「ちょっと、まあ……はは……」

京子と付き合うことになった。

その一言が出てこなくて、濁してしまった。

なんならここではっきりそれを伝えて、未練を断ち切らなきゃいけないのに。

まだ瑞希に未練があるから、無意識のうちに隠してしまったのか……？

だとすれば、情けないにもほどが……

一人で勝手に凹《へこ》んでいたら、瑞希が「ふぅん？」と凝視《ぎょうし》してきた。

心にやましさがあるせいで、くりっとした瞳に見つめられたら、責められている気分になってくる。

それでもやっぱり白状できなくて、そのうち瑞希が諦《あきら》めたように小さく息を吐いた。

「ざーんねん。なら、数学はまた今度教えてねぇ」

「あ、あぁ、うん。もちろん」

「へへ……じゃ、今日はとーまくんに聞いてみよっかなぁ」

何気ない一言に、体温が下がるような気がした。

放課後に……瑞希が、彼氏とキスしていたあの場所に、あの家に行って、二人きりで勉強を教えてもらう場面を想像してしまう。

……それで、果たして勉強だけで済むのか？　…………いや待て。

そんなの、どうでもいいことじゃないか。

だってもう、ぼくには何の関係もない。

あぁ、くそ。未練がましすぎる。気色悪い。

「それがいいかもね」

内心の動揺を押し殺して、明るく言った。

「彼氏さん、理グレでしょ？　わかりやすく教えてくれるんじゃない？」

「そーだねぇ」

理グレというのは、理系グレードクラスの略で、各学年の理系トップを集めた特進クラスのことだ。うちの高校は普通科しかないから、その特進クラスは進級時に成績優秀者が指名されて自動的に配属されることになる。

で、とーまくんは三年の理グレだから、数学は得意なはず……多分。

ちなみにぼくと瑞希《みずき》は二年の理グレで、征矢《せいや》は文系のグレードクラス、つまり文グレだ。

「ごめん。ぼく、征矢に用事があるから」

早く話を切り上げたくて、目の前の、文グレの教室を見ながら言う。

瑞希が「うん。引き留めてごめんねぇ」と頷《うなず》いた。

「じゃあ………あ、ちなみに、鵜野《うの》くんには、何の用事？」

踵《きびす》を返そうとしていた瑞希が踏みとどまって、またぼくに向き直った。

表情は柔らかいけど、目が少しだけ冷たい、ような……？

瑞希と征矢の不仲を知っているから、バイアスがかかって、そう見えてるのかな……

「相談することがあって」

「えっ、なにそれ！　鵜野くんだけずるーい！　私も相談乗るのに……ていうか乗る！」

瑞希が怖くない怒り顔で、ぐっと体を寄せてきた。

胸が触れそうで、慌てて一歩離れて……苦笑いする。相談は京子《きょうこ》との交際についてだ。当然、流れで瑞希にも触れることになる。それを本人に聞かせるなんて、絶対に無理だ。

でも善意からの申し出って断りにくいんだよね。どうしよ。

「おい。さっきから何してんだ？」

どう穏便に断ろうか考えていたら、教室から征矢が出てきた。

話し込んでいるうちに気付かれたらしい。

相変わらず気だるげというか、やる気が感じられない、眠たそうな顔をしている。

でも視線は瑞希にガチッと固定されていて、不穏だ。

「あ、征矢。良かった。その、内緒の相談があって……」

瑞希が傍《そば》にいるせいで、奥歯に物が挟まったような言い方になってしまう。

征矢が瑞希を見つめたまま顎《あご》を軽く引いた。こっちの意図を汲《く》んでくれたらしい。

「よぉ、瑞希」と、征矢が口の両端を吊《つ》り上げて悪魔みたいに笑った。

「久しぶりじゃねぇ？　てかお前、まぁた男を変えたんだってなぁ？　会うたびに男が変わってんだけど、リース契約でもしてんのかぁ？　え？　今回の契約はいつまでだ？」

うっわ……

出会い頭《がしら》に悪意をぶつけられた瑞希が、一瞬顔をしかめた。でもすぐ笑顔に戻る。

「相変わらず、鵜野くんは性格が悪いなぁ。今度は別れないもん」

「無理だろ。お前みてぇなクソ女、内面を知られりゃ、すぐに振られるわ」

「違うもん。振ったの、全部私だもん。このあほ、鵜野くんのくそあほ。死ね」

瑞希《みずき》が「べぇ」と征矢《せいや》に舌を出して、ぼくを見た。

「鵜野《うの》くんがいじめるから、私、もう戻るね。じゃあね、まーちゃん」

そして「ばいばい」と手を振って、教室へ帰っていく。

その背中に「勉強会、ごめん!」とだけ声をかけて、征矢と向き合う。

「……口、悪すぎない? いや、追い払ってくれたのはわかるし、すごく助かったけど」

「俺は死ねって言われたんだぞ。あれでも全然言い足りねぇよ……で、相談って?」

「あぁ、うん、えと……その前に、昨日はありがとう」

「は?」

その「は?」が照れ隠しじゃなくて本気でわかってなさそうな「は?」だったから「京子《きょうこ》に連絡してくれたでしょ」と付け加える。征矢がどうでもよさそうに「あぁ」と頷《うなず》いた。

「なんだ。別に…………いや、クッソ緊張したし、やっぱ感謝しやがれ」

「へぇ。征矢も緊張することがあるんだね」

「当たり前だ。俺をなんだと思ってんだ? 大会前なんて、いつも緊張で死んでるわ」

「絶対嘘《うそ》だ……とにかく、京子のことで、少し話したいっていうか、相談っていうか……」

「そーか」と頷いた征矢が、「ちょっと待ってろ」と教室に戻った。

そして、一緒に弁当を食べていたっぽいきらきらした連中に声をかけて、すぐに戻ってくる。手には総菜パンが入ったコンビニの袋が握られていた。

「外、行こうぜ」

「うん……あ、売店寄っていい？」

一階の売店で紙パックの紅茶を二つ買って、一つ征矢に手渡した。相談に対するお礼のつもりだ。けど買ってから、総菜パンとは合わないような、と少し後悔した。

まあいっか。「さんきゅ」って何も文句言わずに受け取ったし。

で、一階の渡り廊下から外に出た。ぼくらが通う高校……東高《ひがしこう》は、校舎内も土足だ。出入りで靴を履き替える必要がないから、どこからでも外に出られる。

なんなら一階の教室にはどこも、外と自由に出入りするための扉が付いているくらいだ。

少し歩くと、教室棟の裏側に到着した。

征矢が背の高い石垣に背中を預ける。東高は城跡に建てられたこともあり、敷地を石垣で囲われている。ちなみにすぐ隣には天守閣が残っていて、真裏には海と砂浜と広大な松原が広がっているから、景観がびっくりするくらい良い。

まあ、どれだけ景色が良くても、一年半も通えば見慣れちゃうけどね。

征矢が紙パックにストローを差した。

「で？」と話を促される。

「えと。実は、その………京子と付き合うことになったんだ」

変に勿体《もったい》ぶるのもなんだし、すっぱり伝える。

ストローを咥《くわ》えようとしていた征矢《せいや》が、顔を上げた。

「……は？　マジで？」

眉間に皺《しわ》が寄って、人相の悪さに磨きがかかる。一瞬だけ怯《ひる》むけど、この険《けわ》しい表情は怒っているわけじゃなくて、驚いただけだろう……多分。

「こんな冗談は言わないよ。昨日、征矢と別れてから色々あったんだ」

腹を括《くく》り、飛び降りごっこから、京子《きょうこ》に告白されるまでの一部始終を説明する。

どうにか全部話し終えた頃には、羞恥《しゅうち》で頬《ほお》が熱を帯びていた。手の甲を当てて熱を取る。

「突っ込みどころが多すぎんだろ」

パンを食べながら話を聞いていた征矢が、紅茶で口の中のものを流し込んでから、言った。

「まず、なんで自殺しようとしてんの？　馬鹿か？　意味不明すぎる。死ぬんかお前」

さっそく一番触れられたくないところを突かれた。容赦《ようしゃ》がない。

さらに顔が熱くなった。溶けてしまいそうだ。

「……だから、本気じゃなかったんだって。死ぬ想像をして、気持ちを整理しようと……」

「自傷で気持ちを落ち着けるって、リスカが趣味のメンヘラと一緒じゃねぇかよ」

「うるさい。とにかく、重要なのは京子と付き合うとこだけだから、他はほっといて」

ぶっきらぼうに言うと、征矢が「面倒くせぇなぁ……」と呟《つぶや》いた。

「まあいいわ。で？　京子さんと付き合うことの、何が問題なんだ？」

問題だらけじゃん、と突っ込みたくなったけど、すぐに、征矢は「ぼくが」何を問題視しているのかを知りたいんだろうな、と思い直した。

んー……正直、勢いに圧《お》されて付き合うことになった点を含めて、京子との交際に関しては思うところが多いんだけど、でも、まずは……

「どうして京子は、告白してきたんだろう」

根本的なところに大きな疑問がある。

普通に考えて、京子には、ぼくと付き合う理由がない。

つまり前提からしておかしいわけだ。

「そりゃあ……」と、征矢が腕を組んだ。

「お前の自殺を止めるためじゃねぇの？　お前が失恋で自殺しそうだったから、自分が恋人になることでその穴を埋めようとした、みてぇな……言ってて信じらんねぇけど、でもあの人、引くほど過保護だし。それしかねぇだろ」

その意見に「やっぱり？　征矢もそう思う？」と同意する。

多分それは正しい。あの時の京子の様子からしても、そうとしか思えない。

「でもさ。だったら、ぼくは自殺する気がないんだから、付き合う意味ってなくない？」

「じゃ、誤解を解けよ」

「したよ。もちろん解こうとした。でも、全然信じてくれなかった」

昨晩、京子《きょうこ》と付き合うことになってから……屋上で、ぼくは京子とそれなりに話をした。

その際、当然、自殺をする気がないことも伝えた。

でもその訴えは「はいはい」って感じで軽く流されてしまった。びっくりするほど信用がない。まあそれはそうだろうけど。実際、飛び降り寸前って状況にしか見えなかっただろうし。

「あー……まあ、そう簡単には信じてもらえねぇわな。状況的に」

「そこだよね」

「……なあ。逆に、京子さんが、お前を普通に男として好きって可能性はねぇの？」

「え？」

「いやほら。状況にテンパって、隠してた本心が飛び出したとか」

「あるわけないじゃん。小さい頃からずーっと姉弟みたいな関係だったのに」

馬鹿なことを言い出した征矢《せいや》を、かぶせ気味に否定する。

「あっそ」と簡単に引き下がられた。それほど本気じゃなかったんだろう。

征矢が「つーかさ」とぼくと目を合わせた。

「結局、これ、京子さんと別れたいって相談か？」

「え？　あ、いや、別れたいっていうか……そもそも付き合うべきじゃないっていうか……」

頭を掻《か》きながら、なんて説明すればいいか、考えた。

「……まず、ぼくは、今はまだ、京子を異性として見れない。あと、付き合う理由が、多分だけど、ぼくの自殺を止めるためなのも引っかかる。なによりぼくは自殺する気がない。そうなると、もう全部無意味っていうか……だから、付き合う以前の問題って感じで……」

「なんとなくわかった。結局、別れたいってことじゃねぇか」

　改めて指摘されて、返す言葉に困る。

　別れたいわけじゃない。

　つまり、本題はここからだ。

「あのさ。散々文句言ってなんだけど、ぼく、このまま京子と付き合おうと思ってるんだよ」

　告げると、征矢が要領を得ないように「はあ……？」と気の抜けた声を出した。

「別にいいんじゃねぇの？　俺は止めねぇけど……」

　言いたいことが全然伝わってなさそう。

　ちょっと回りくどすぎたな。

「いや、ごめん。こっからが相談なんだけど」

「前置きが長ぇよ」

「だからごめんって。えっと……ぼくさ。瑞希《みずき》を綺麗《きれい》さっぱり忘れたいんだよ」

「は？　忘れりゃいいじゃん」

「忘れようと思って忘れられるなら、こんなに苦しんでないよ」

「まあ、お前、キモイくらい瑞希のこと好きだしな」

「……とにかく。京子《きょうこ》との交際って、そういう意味じゃ良い機会だと思ってて……つまり、京子と付き合うことで、京子を異性として好きになれたら、瑞希《みずき》を忘れられそうだなと」

始まりは突然で不本意だったけど、一晩じっくり考えて、そういう結論に至った。

瑞希への思いが風化しないなら、それ以上の何かで上書きするしかない。

その点、京子との交際は渡りに船だ。だって京子を瑞希より好きになればいいんだから。

征矢《せいや》が「なるほど。そりゃいい」と頷《うなず》いた。

適当な返事だな。

「……本当にいいと思ってる？　ぼくが聞きたかったのは、そこなんだけど」

「逆に、なにが駄目なんだよ」

「駄目っていうか、今はまだ好きじゃないのに付き合うのって、京子に不誠実じゃない？」

「あほくさ」

心の底から馬鹿にするように吐き捨てられて、さすがにちょっとムッとなる。

「なんで馬鹿にされたのかわかんないんだけど」

「付き合う理由なんかどうでもいいだろ。互いの相性が良けりゃそのまま続くし、悪けりゃ別れる。人間関係で重要なのは、過程より、結果だろが」

言い切られて、極論だろって思う反面、一理あるなとも思ってしまう。

でもなぁ……うーん……

「たしかに、それは、そうかもだけど」

「うぜぇな。それでも不誠実だって思うなら、もう自分は不誠実だって割り切って、その上で京子さんに付き合ってよかったって思ってもらえるよう頑張れや」

「あ、なるほど」

言われて、すとんと腑《ふ》に落ちた。そっか。そう考えたらいいのか。

少なくともそれは、ぼくにとっては満点の答えだった。

しっかり背中を押してもらえた。

「うん……そっか、いいね、それ」

こくこく頷いて、征矢に笑顔を向ける。

「すっきりした。相談に乗ってくれてありがと。気持ちが楽になった」

「どーも」

征矢が紅茶をすすり、空になった紙パックを袋に突っ込んだ。

「ま、いうて、京子さんがどこまで本気かわかんねぇけど。それこそ、自殺する気がないって気づかれたら、スパッと振られるかもしれねぇし。その辺の覚悟はしとけよ」

その通りだ。

だけど、そうなったら、それはもうおとなしく受け入れるしかない。

「わかってるよ」

頷《うなず》くと、石垣に寄りかかっていた征矢《せいや》が「よっ」と体を起こした。

「あっそ。じゃ、話が終わったなら、もう戻ろうや」

「うん……あ、そうだ。今日の放課後は、一緒に帰れない。ごめん」

「おう。じゃ、他の奴《やつ》と帰るわ……凛《りん》さんがまた癇癪《かんしゃく》起こしたんか？」

「凛はまた癇癪起こしてるけど、それが原因じゃなくて。京子《きょうこ》と出かけるんだよ」

征矢が「へぇ」と口元だけで笑った。

「いいじゃん。どこ行くんだ？」

「えっと、博多《はかた》だっけ？　とりあえずそっちの方」

「……それ、放課後じゃ時間足りねぇだろ。泊まんの？」

「まさか。駅ビルだけで用事が済むから、放課後でも時間は大丈夫らしいよ」

征矢が「ふぅん」と頷いた。

「ま、初デートなんだし、頑張って良いとこ見せてこいよ」

「うん。頑張る」

◆

放課後になってすぐ、京子にラインを送った。

『学校終わった。今から行くよ』

アプリを閉じる直前に既読が付いたけど、返信を待たずに校舎を出た。

駐輪場で自転車を取り出して、跨《また》がる。

校舎の裏から流れてくる潮風の香りを感じながら、ペダルを踏み込んだ。

待ち合わせ場所のバス停は、通学路から少し外れたところにある。

大型の土産物屋《みやげ》の前で、便によっては始発にもなる場所だった。

十分ほどペダルを漕《こ》いで、そこに着いた。

すぐ近くの駐輪場に自転車を止めて、バス停に向かうと、すでに京子が屋根付きのベンチに座っていた。有線イヤホンで音楽を聴きながら、膝《ひざ》元の文庫本に視線を落としている。

肩まである黒髪が垂れて、横顔が隠れていた。顔がよく見えなくても、体に芯が通ったような姿勢の良さや、滲《にじ》みだすオーラから、京子だとわかる。

「お待たせ」

緊張しながら声をかけると、京子が差し込んだ影に気付いて、イヤホンを外した。

そしてぼくを見上げて、つぼみが花開くような、美しい笑顔を浮かべた。

「おつかれさま。こんな時間まで授業だなんて、高校生は大変だね」

意外なことに京子は変装をしていなかった。フェミニンな装いはメディアで散々目にしてきた「宵ケ峰《よいがみね》京子」そのもので、そんな彼女が寂れたバス停に座ると、モノクロの世界に原色の

絵の具を垂らしたみたいに、鮮やかな違和感を放ってしまう。

なんとなく辺りを見渡す。人の姿はあんまりない……けど、ゼロってわけでもない。

こんなに目を惹《ひ》くのだから、遅かれ早かれ誰かに気付かれそうだ。

「バス、まだしばらくこないから、座って待ちなよ」

隣を手でポンポンと示された。ありがとう、と腰を落ち着ける。

握りこぶし一つ分空けて座って、すぐに考え直す。肩が触れ合うまで距離を詰めた。

京子《きょうこ》を好きになると決めたんだから、それらしい距離感でいた方がいいに決まっている。

「……京子の匂いだ」

ほんのかすかに、控えめで主張しすぎない程度の甘い香りが流れてきた。

香水か、シャンプーか、正体はわからないけど、覚えがあった。

それは、京子が上京してからまとうようになった香りだ。

だからか、こうして地元にいるのに、この匂いがするのは……少し、違和感がある。

京子が困ったように笑った。

「ちょっと変態っぽいね。もしかして、臭《にお》う？」

「あ、違う、この匂い、好きだなって……それより、今日は変装しないの？」

なんだか墓穴を掘った気分になって、慌てて、誤魔化《ごまか》すように尋ねる。

京子が「んー」と迷うように低い声を出した。

「もう芸能人じゃないしなぁ……変装、した方がいい?」

今に限れば人通りも少ないし、道路を行き交う車もまばらだ。心配するほどじゃない。

でもこの後、福岡まで行けば、きっとたくさんの目を集めることになる。宵ケ峰京子《よいがみねきょうこ》という存在はまだまだ記憶に新しいし、何よりかなりの美人だから、普通に目を惹《ひ》く。

「うん。京子ってすごい美人だから、どうしても目立っちゃうし……それで、もし知らない人にデートの邪魔をされたら、嫌かな」

素直に言うと、京子が少し目を大きくして、ぼくを見つめてきた。

なんだ? 気に障るようなことを言ってしまったんだろうか。

いや、それにしても、相変わらず、綺麗《きれい》な顔をしているなぁ……なんて。

至近距離で見つめ合ったせいで、状況とはまったく無関係なことを考えてしまう。

京子の顔はとにかく均整が取れている。端正だ。特に目の形が際立って綺麗で、他のパーツも欠点らしい欠点が一切ない。誰が見ても美人以外に表す言葉がない、そんな顔だ。

……ん?

京子と見つめあっていたら、なんだか動悸《どうき》がしてきたな……不思議な気分だ。

見惚《みと》れているのだろうか? いや、まさか。京子が綺麗なことは間違いないけど、さすがに見慣れているし、特別に何かを感じたりはしない。

もしかして、昨晩京子に感じた、あの恐ろしさが、まだ尾を引いているとか……?

あー……それとも、付き合いだしたから、変に意識しているのかも……わからない。

ぐるぐる色々考えていたら、京子がハンドバッグに手を入れて、眼鏡《めがね》を取り出した。

「……じゃ、眼鏡でもかけようかなー。度は入ってないけど」

黒縁で少し野暮《やぼ》ったいけど、変装用ならわざとそういうものを選んだんだろうな。

眼鏡をかけた京子が「似合う？」といたずらっぽい笑顔で聞いてきた。

軽くだけど印象が変わる。というか、存在に焦点が合いづらくなった。

よく見れば京子だってわかるけど、ぱっと見だと多分気付かれない……かもしれない。

どうかな。元が美人過ぎるから、ファンなら普通にわかるかも。

まあでも、ないよりはマシか。

「うん。すごく可愛い。美人だと、なんでも合うね」

「……はい、どーも」

自分から聞いてきたくせに、京子の対応はやたら塩だった。そっぽまで向かれる。

京子の視線が、道路の向こう、バスがやってくるだろう方向に向けられた。

つられてぼくもそっちを向くけど、当然、まだバスが来る気配はない。

「あとどれくらい？」と尋ねると、京子が細い腕時計に目を落とした。

「十分くらいかな」

視線を戻した京子が、怪訝《けげん》そうに目を細めた。

「それ、隈《くま》？」

聞かれるなり、頬《ほお》に手を添えられた。

気遣うように、親指の腹で目の下を優しくこすられて、少しくすぐったい。

「あ、うん。考え事してたら、朝になってて。あんまり眠れなかったんだよ」

「……やっぱり、心配？」

京子《きようこ》が微笑《ほほえ》んだ。

「でも、大丈夫だよ。これから、恋人として色々経験してってさ……それでも衛《まもる》が瑞希《みずき》ちゃんを忘れられなくて、死にたいままだったら……その時は、ちゃんと一緒に死んであげるから」

いつもの明るい調子で、さらりと、とんでもないことを言われた。

柔らかな、包み込むような微笑だ。そこにネガティブなものは一切ない。

それがすさまじい違和感で……昨日の、あの恐ろしかった京子を思い出す。

京子の目を見ていられなくなって、顔を逸《そ》らした。

「……ん。ありがと」

京子が何を考えているのか、ぼくにはわからない。

でも、京子がどう思っていようと、ぼくのやることに変わりはない。

京子を好きになって、京子にも幸せになってもらう。

それがはっきりしているなら……とりあえずは、いいんじゃないかな。多分。

高速バスで一時間半ほど揺られて、博多《はかた》駅に着いた。

バスから降りて空を見上げると、薄暗い。スマホを確認すると、もう六時半だった。

帰りはかなり遅くなりそうだ。

当然だけど、凛《りん》にはこのことを伝えていない。というか、伝える勇気がなかった。

昨日も帰りが遅くて、相当機嫌を損ねたのに、連日でこれだと……はぁ。

帰った後のことを考えたくなくなる。

とはいえせっかくの初デートだ。沈んだ顔でいるのも失礼だし、気持ちを切り替えなきゃ。

バスセンターから出たところで、自然に手を繋《つな》がれた。

京子の長くて細い五指がぼくの手に絡みついてくる。恋人繋ぎだ。小さい頃もよく手を繋いでもらっていたけど、あの頃とは違う繋ぎ方で、生々しさを伴った熱を感じた。

不思議だった。よく知っているはずの京子が、細かなところで、記憶とは違っている。

でも、別にそれが不快だとか、怖いとかはない。

自分の気持ちを確認するように握り返すと、京子も同じように指に力を込めてきた。

でも、お互いに何も言わない。

なんとなく、それが心地よかった。

「……地元での新生活に必要なものが、山ほどあるんだよ。悪いけど、少し付き合ってね」

と、京子《きょうこ》に手を引かれて、そのまま駅ビルにある東急ハンズへと連れていかれた。

聞けば、引っ越しに合わせて日用品の大半を処分したものの、ばあちゃんの家に予想外に物がなかったせいで、結局また買い揃《そろ》えなければならなくなったらしい。

だろうね。

「じいちゃんが死んでさ。遺品整理してたら、ばあちゃんが急に、断捨離に目覚めたんだよ」

調理器具のコーナーを見て回りながら、説明した。

京子が、不思議そうな目を向けてくる。

「どういうこと？」

「じいちゃんの遺品が山ほどあって、整理が大変だったから、ばあちゃん、自分が死んだ時、ぼくらに遺品整理をさせるのは申し訳ないって思ったらしい。それで、遺品整理のついでに、自分の私物まで捨てて……ついでに伯母《おば》さんの私物も処分してた」

ちょうど京子がライブか何かで忙しくて、帰ってこられなかった頃の話だ。

ただ、伯母さんは帰ってきていて、半ば強制的にばあちゃんに持ち物を捨てられていた。

京子が「そっか」と頷《うなず》いた。

「おばあちゃん、まだ当分死にそうにないのに。気が早いな」

「なんならぼくらより長生きしそうだよね」

言ってすぐに、この発言は変な意味に取られそうだなと思った。

京子が面白そうに口元だけで笑う。

「そうだね。私たち、心中するかもしれないからね」

案の定、変な意味に取られた。

そういう意味じゃなくて、って言い直すのも気が進まない。

黙って京子を見つめたら、京子が口元をへらりと緩める。

「ま、きっと、そうはならないけどね」

その言葉の意味を少し考えた。

「それ……ぼくが京子に惚《ほ》れて、瑞希《みずき》のことを忘れて、自殺する気がなくなるって意味?」

「そうそう。そういうこと。衛《まもる》は、絶対私に夢中になるよ。すぐに私しか見えなくなる」

さっぱりと告げられた笑顔の奥に、マグマのように煮えたぎるエネルギーを感じた。

とんでもない自信だ。でも、そうでなきゃアイドルなんかできないか。

自分の正しさを疑わず、常にまっすぐ生きる京子は、ぼくからすると少し眩《まぶ》しい。

「……実は私、一人暮らしして、料理ができるようになったんだよね」

京子が陳列されていた小さなフライパンに手を伸ばした。

そして、具材をあおるジェスチャーする。

「そうなんだ。変なの。京子が料理してるとこ、想像できないなぁ」

「お、私のこと舐《な》めてるな?」

京子《きょうこ》が少し意地悪な笑顔を浮かべて、ぼくの頬《ほお》をむにーっとゆるく引っ張ってくる。

「いふぁい、いふぁい……ごめんって」

「めちゃ上手《じょうず》なんだぞ。今度、食べにきてよ」

「いいの？」

「もちろん。楽しみにしときなさい」

京子が「これ買お」と、ぼくが持っているカゴにフライパンを入れた。

そして「ところで、さ」と目を細くした。

「衛《まもる》は、どう思ってるの？」

「え？」

「私は、衛を惚《ほ》れさせるけど……衛は、どう？　私を好きになれそう？」

いきなりぶっ込まれた。

ていうか「私に惚れさせられそう？」じゃなくて「私を好きになれそう？」なんだ。

まあどっちでもいいけど。

学校で征矢《せいや》に相談したことを思い返す。

「……好きになるよ」

京子の顔を見上げて、目をまっすぐ合わせて、はっきり告げた。

形だけとはいえ、流されたとはいえ、もう付き合っているんだ。

なら、気持ちを改めて固めるために、思いを口にしたっていいはずだ。

「きっと、京子のことを一番好きになる。だから、少し待ってて」

京子が、伊達眼鏡《だてめがね》の奥で目を丸くした。

「あ、そ、そう……？」

小声で、しかも少し上ずってて、なんだか思っていた反応じゃない。

まるで動揺しているような……不思議に思って見つめたら、京子がハッと息を呑《の》んだ。

「んっ、んんっ……！　それは、結構なことだね。えらい、えらい」

「どうしたの？　なんか様子が変だよ」

「どうもしてない。それより時間ないし、他のとこ見に行こうよ」

京子がすたすた歩き出した。

慌てて追いかけて、手を、指を絡めた。

引き留めるように、ぎゅっと力を入れて握ったら、京子が肩を震わせた。

「ぴゃっ!?」

「えっ、な、なに？　手、駄目だった？」

「あ、違う、ちょっとびっくりして……お、驚いただけで、ドキッとかはしてないし？」

よくわからない返事だけど、京子の目が妙に怖いから……流しておこう。

別に、手は繋《つな》いでも良いらしいし。

それにしても……指先で京子《きょうこ》の手の甲をこすりながら、今の自分の宣言を思い返すと、段々恥ずかしくなってくる。そもそも、すでに付き合っている相手に「好きになるから待っていて」と告げるなんて、おかしな話だ。

同時に、京子はどうなのかなって、疑問が芽生えた。

京子の気持ちはあんまり気にしないつもりだったけど……やっぱり聞いてみようかな。

「ね。答えづらかったら、別にいいんだけど……京子こそどうなの？」

「はい？」

「ぼくを、その、好きとか……別に、そういう理由で、付き合おうって言ったわけじゃないんだよね？　なら、その……いつか、京子も、ぼくを……」

気恥ずかしさから、はっきりとは言葉にできない。

でも意図は伝わったらしい。

京子が立ち止まった。気持ちを窺《うかが》い知れない、なんともいえない表情でぼくを見てくる。

でもすぐに、苦笑した。

「野暮《やぼ》だな。それは、衛《まもる》が私を好きになった時に、あらためて教えてあげるよ」

「……そっか」

誤魔化《ごまか》されたけど、それならそれでかまわない。

今のぼくにとって重要なのは、やっぱり、ぼくが京子を好きになれるかどうかだ。

京子の思いは……何を考えているかとかは、まだ、気にしなくてもいいや。

つくづく不思議な関係だけど、それでいい。

「じゃあ、京子のことを好きになれたら、はっきり伝えるよ。ぼくから、改めて告白する」

言うと、京子が目を細めた。

「……うん。楽しみにしてるね」

◆

買い物は大体一時間もせずに終わった。

思っていたより随分早いけど、これは用事を全部済ませたわけじゃなくて、ぼくも京子も両腕を買い物袋で塞《ふさ》がれて、物理的にこれ以上何も買えなくなってしまったからだった。

ちなみに買い物袋は全て京子のもので、いずれも新生活に必要な生活雑貨だ。

「他のお店も見たかったなぁ」

まだ買い足りないらしく、京子は不満げだ。

駅ビルには当然、ハンズ以外にもテナントが山ほどある。

「せめてロクシタンは行きたい……けど、荷物的にもバスの時間的にも無理か……ね。衛？」

京子が少し腰を折って、やや下からぼくを見上げてきた。

「お泊まりして、もう少し、遊んじゃおっか?」

なんだか、挑発するような笑みだ。

初めて目にした、京子《きょうこ》の蠱惑《こわく》的な仕草に、クラッとくる。

思わず頷《うなず》きかけて……でもすぐ、凛《りん》の怒り顔が頭に浮かんで、冷静になった。

「……そうしたいけど、明日学校だからね。すぐに日曜だし、また改めて来ようよ」

「だーね。そりゃそうだ。じゃ、今日はもう、ご飯食べて帰ろっか」

さすがに京子も本気で言ったわけじゃなかったらしい。あっさり引き下がった。

そんなわけで、駅ビル上階のレストランエリアへ向かう。

「ねえ。本場のもつ鍋を食べてみたいんだけど」

せっかくだしおしゃれな店がいいかなと思っていたら、京子がそんなことを言い出した。

初デートの締めがもつ鍋とは……と思いつつも、断るのも悪いし、もつ鍋専門店に入る。

めちゃくちゃ美味《おい》しかった。

「あ、奢《おご》るから。お財布はしまって」

レジでお金を出そうとしたら止められた。

さすがに財力が違いすぎるので、ありがたく奢ってもらう。

時間が迫っていたから、その後はバスセンターへ直行した。

乗り場に並んだ直後にバスがくる。ギリギリだったな。

「衛《まもる》。今日はありがと。荷物持ち、助かったよ」

乗り込んで、買い物袋と通学鞄《かばん》を網棚に上げていたら、先に座席に座った京子が言った。

「いや、こっちこそ。ご飯奢ってくれて、ありがとう」

バスは四列シートだ。二列と二列の間に、狭い通路がある。

通路側にはぼくが座り、京子には窓際に座ってもらった。

近くに、京子の正体に気付いていそうな人たちがいた。

別にそれで何か問題が起きるとは思わないけど、なんとなく、通路側に座らせるのが怖い。

本人がまったく気にしていないから、ぼくの考えすぎなんだろうけど。

でも、用心するに越したことはないしね。

少しするとバスが発車した。

周りの乗客に迷惑にならないよう、小声で京子と話をする。

次の日曜のデートでは何を買うかとか、どこでご飯を食べるかとか、あと離れていた間の話とか……どうでもいいことを、色々と、長々と。

すぐに天神《てんじん》のバスセンターでバスが止まる。乗客がたくさん乗りこんできた。

座席があっという間に埋まって、補助席まで全部埋まってしまう。それでも乗り場には乗り切れなかった人たちがまだ数人残っていた。彼らは次の便を待つんだろう。

「相変わらず、客が多い……地元民、みんな福岡好きだなー……」

「そうだね……ね、あの制服って、衛《まもる》の高校の？」

京子《きょうこ》が、離れた座席に座る女子を指さした。

「……あぁ。ほんとだ」

見れば、たしかに、ぼくの高校のセーラー服だった。

顔は……だめだな、後頭部しか見えない。でも、多分知らない人な気がする。

そもそも学年が違うのかも。

「なんで東高生《ひがしこう》がここにいるんだろ。こっちの予備校にでも通ってるのかな？」

「私たちみたいに、放課後に遊びにきたとか？」

「あぁ……まあ、人のこと言えないし、どうでもいいか」

バスが発車した。バスセンターを出て、そのまま都市高速に入る。

ここから先は、もう福岡側にバス停はない。地元まで一直線だ。

流れる夜景を眺めていたら、睡魔に襲われる。そういえば、徹夜したんだった。

意識した途端、眠気が一層押し寄せてきた。

やばい。これは、抗えないかも……

「眠いんでしょ？」と、京子に顔を覗《のぞ》き込まれる。

綺麗《きれい》で、美しい顔が、優しい笑顔を形作り……それは、今日一日、ずっと知らない顔ばかり見せていた京子の、慣れ親しんだよく知る顔で……妙に安心して……

「いいよ。寝てなよ」

「ん……いや、いや、起きてる……」

さすがにデート中に居眠りなんて、申し訳ないって、必死に頭を振った。

京子が微苦笑する。

「いいから。徹夜したんでしょ？　あ、そうだ。昔みたいに、頭、なでたげよっか」

耳元でこしょこしょ囁《ささや》かれて、さらりと頭を撫《な》でられて……

くそ。眠気が……

「もう、子供じゃないよ……でも、ごめん。やっぱり、少しだけ、寝てていい……？」

「いいよ。向こうに着いたら起こしたげるね。おやすみ」

優しい声が頭に染み入るようで、安心して……目を閉じた。

我慢できずに、京子の肩に頭を乗せると、包み込むように抱き寄せられる。

曖昧《あいまい》な意識の中で、走馬灯のように、この数時間のことを思い返した。

京子と二人で福岡に来て、手を繋《つな》いで、歩いて、買い物をして、ご飯を食べて……

楽しかったな。

京子の知らない顔も、見られて……でも、昔と変わらないところも、もちろんあって……

あぁ。やっぱりまだ、親戚《しんせき》のお姉さんって、意識が抜けきらない。

恋人繋ぎや、蠱惑《こわく》的な笑みに、ドキドキもしたけど。

こうして寄り添っている今は、心が落ち着いて……眠気のせいも、あるだろうけど……
でも、もし、これが瑞希《みずき》だったら。
きっと……こんなに、冷静じゃいられなかっただろうな……
あぁ。考えるべきじゃないことを、考えてしまった。
くそ。どうすれば、京子《きょうこ》を、女性として好きになれるんだろう。
好きになりたいのに。異性として。彼女として。
瑞希よりも……ううん、誰よりも……
そんなことを考えるうちに。
意識が途切れてしまった。

「衛《まもる》。そろそろ着くよ。ほら、起きて」
小声で囁《ささや》かれて、肩を揺さぶられて、瞼《まぶた》が薄く開いた。
すぐ目の前に、京子の顔があった。
柔らかな笑みで、ぼくを見つめていて……そうだった。
ぼく、バスに乗ってて……
頭蓋骨《ずがいこつ》に鉛《なまり》を詰められたみたいに意識が鈍い。寝足りない。
でも起きなきゃ。

「ん、ありがと……」

指先で目を擦りながら、お礼を言う。

車内アナウンスが流れた。

どうやらもう地元には着いていて、市内のバス停を順に回っている最中らしい。

座席も大半が空席になっている。

ぼくらが下りるのは終点だけど、窓の外の景色からして、あと数分もあれば着きそうだ。

「爆睡だったね」

京子が、なんだか嬉《うれ》しそうに言って、ぼくの口元を指さした。

「よだれ。垂れてるよ」

「えっ」と慌てて腕で口元を拭うと、ぬとっとした気持ち悪い感触があった。

「うわ。恥ずかしい……」

「そう？　小さい頃は、もっと恥ずかしいとこ、見せてくれてたじゃん」

「自我がなかったころの話をされても……」

そうこうしているうちに、終点が近づいてくる。

終点一つ手前のバス停に停車したタイミングで、網棚の荷物を手早く下ろした。

買い物袋を京子に手渡していると、視界の端に、ちらっとセーラー服が入り込む。

さっき話題に出た、同じ高校の女子がまだいた。

まだ降りていないのなら、あの子もぼくらと同じく終点で降りるのだろう。

まあ……いいや。

バスが発車して、少しして、京子《きょうこ》が「ね」と声をかけてきた。

「今日はどうだった？」

「え？　……あぁ。久しぶりに京子と遊べて、楽しかったよ。もつ鍋も美味《おい》しかったし……」

「や、そうじゃなくて。初デート、ドキドキできた？」

顔を向けたら、視線がぶつかった。

京子が、真顔でぼくを見つめていた。

「……うん。した」

自然と返していた。

強い眼差《まなざ》しを向けられて、本心を引きずり出される。

「でも、重ねてきた関係もあるし……やっぱりまだ、親戚《しんせき》の印象が強いかも。その、ごめん」

「ううん。わかるよ。それは、仕方ないよね」

頷《うなず》いた京子が、小声で「そっかそっか。仕方ない……うん。仕方ないよね」と繰り返した。

その視線は、ぼくの口元の辺りに向けられていた。

視線を、あえて外されているみたいで、少し距離を感じる。

なんだかいたたまれなくなって、弁明をしようとしたら、バスが止まった。

終点だった。

アナウンスと共に、圧縮されていた空気が抜ける音がして、前方のドアが開く。

「京子。でも、ぼくはさ……」

「降りないと」

促されて、言葉を遮られて、渋々通学鞄《かばん》を背中にかける。

他の乗客がみんな降りてから、買い物袋を両手に摑《つか》んで、ドアへと向かう。

カードで運賃を支払って、降りると、ドアが閉まってバスが走り去っていった。

「私も楽しかったよ。じゃ、おばあちゃんちもすぐそこだし、今日はここでお別れだね」

「え？　いや、送るよ。荷物もあるし……」

「大丈夫。一人で持てないほどじゃないから」

ぼくの手の荷物を受け取るためか、京子が距離を詰めてきた。

声や表情は柔らかいけど、有無を言わせない雰囲気を感じた。

なんだか、嫌な感じだ。

バスで眠りにつく直前まではあったはずの、温かな空気が冷めてしまったみたいな……

これはきっと、良くない流れだ。

今すぐどうにかしなきゃ。

「ねぇ。さっきのことだけど……」

改めて弁解、というか、言い訳をしようと口を開くと、京子《きょうこ》が買い物袋を地面に置いた。

そして腕を伸ばしてきた。

ぼくの荷物を受け取ろうとしているんだろうか。

だったら、まだ渡せない。それは、この流れを変えてからだ。

避けるように、手を後ろにやる。

でも違った。

京子の両手は、避けた荷物を追わずにそのまま上がっていって。

ぼくの両頰《ほお》をガチッと挟んでくる。

顔を固定されて、あれ？　と思ったら。

京子の綺麗《きれい》な顔が、まっすぐ迫ってきて。

形の良い二つの目が閉じられて。

「えっ、ちょっ、んむっ！」

唇を重ねられた。

柔らかな感触が、口に押し付けられる。

何が起きたのかわからなかった。

目がチカチカするほどの超至近距離に京子の顔がある。

口元には温かな感触。

リップを塗っているのか、唇同士がへばりつく感じはなくて、ぬるぬるしていた。

口を通じて、濃い息遣いと、匂いを感じて……

あ、キスだ、と思った。

「ぁっ……っふぅ」

なんて、京子《きょうこ》の小さな声が、脳を痺《しび》れさせる。

動けずに硬直していたら、上唇を甘く噛《か》まれて、電気が流れたみたいに意識が遠のいた。

京子が息継ぎをしたときに、生々しい、水気を含む音がした。

状況を理解したところで、身体《からだ》は動かせない。

たっぷり数秒たって、唇が離れた。

遠ざかる顔は、夜の闇の中でもわかるほど赤くて……なまめかしい笑顔だった。

「……っ、あっ、え……」

何も言えない。

口を開閉させたり、きょどきょど京子の顔を見たり……

本当に、理解が追い付いていなかった。

そんなぼくの手から、京子が荷物を奪い取る。

「……ね、言ったでしょ？」

「えっ、えっ？」

「すぐ、私に夢中になるって。瑞希《みずき》ちゃんなんか忘れさせるって」

そして、地面に置いた袋も「よっ」と拾い上げる。

「今日はありがと。じゃ、また日曜ね」

そして、それだけ言って、ぼくの返事も待たずに、背を向けて、歩いていった。

早足に……ぼくは、その背中を、ただ黙って見送ることしかできなかった。

だって、その……いや……

え、えぇー……？

三話

宵《よい》ケ《が》峰《みね》京《きょう》子《こ》

Mamorukun to ai ga omotai syoujotachi

夜が好き。

もっというと、地元の夜道が好き。

地方の、田舎《いなか》の夜ってすごく濃い。

夜が更けてくにつれて、この町は一息に闇に包まれる。

居酒屋もバーもそんなにない上、カラオケボックスなんか片手で数えられるほどしかないような町だから、一番遊べる場所でさえ、日付が変わる前にはもう真っ暗。

昼間からすでに寂れた雰囲気を漂わせる商店街は、夜になればもう朽ちて死体みたいだし、すぐ近くの駅には客待ちのタクシーすら止まってない。

聞こえるのは走り去る車の音だけ。あ、夏なら虫の鳴き声も聞こえるかも。

だからこそほどよい静寂がどこにでもあって、そんな田舎の夜道が、私は好き。

どうしようもないものを抱えちゃった時でも、ぶらぶら一人でこの町を歩けば、色んなものを闇の中に隠してしまえる気がするから。

初デートを終えて衛《まもる》と別れた私は、家路についてた。

街灯がなくて暗い夜道を、大股でぐんぐん進む。

頭の中は、鞄《かばん》を地面にひっくり返したみたいな大惨事。

だってキスした。衛に、キスした。

今すぐ駆けだしたいし、とび跳ねたい。

体に溜《た》まった熱が呼気に混じって溢《あふ》れ出した。

火照《ほて》った顔が夜風に冷やされて、どうしようもないほど気持ちいい。

「～～ッ！」

顔が火を噴きそうなくらい熱かった。

力を抜けば頰《ほお》が緩みそう。ていうか手遅れなくらい緩んでるから、ぐっと口を引き結ぶ。

口元には、生々しい感触がまだ残ったままだ。

両手を買い物袋に塞《ふさ》がれて、口元を拭えなくて、だからずっとあの唇の感覚が離れない。

瑞々しい弾力と、沈み込むような柔らかさが両立した、不思議な触感。

内側は少しぬとっとしてた。口を行き交うぬくい吐息は、晩ご飯の残り香が混じってた。

そんな感触が、悪くなかった。嫌悪感なんか一切なかった。

「うー……！　うぅー……！」

だからつい、甘噛《あまが》みまでして……衛《まもる》の上唇を軽く食《は》んで、舌でなぞってしまった。

そこまでしてやるつもり、なかったのに。

ガチガチに固まった衛に「あ、もっといけるな」って、そんなことを思っちゃって……

いけるってなんだ?

いくな、アホ!

復讐《ふくしゅう》を一歩前に進めてやった達成感と、そんなこと抜きにキスそれ自体を嬉《うれ》し……ポジティブに捉《とら》えてしまった自分への怒りが混ざって、もうぐちゃぐちゃ。

あいつは敵で、復讐対象だ。ほんとに憎んでる。

気持ちを踏みにじられたことを忘れたわけじゃない。

毎年二人きりで過ごしてたクリスマスも、いつの間にか瑞希《みずき》ちゃんに誘われたらそっちを優先するようになったこととか。寝ぼけて私を「瑞希」って呼んだこととか。初詣《はつもう》でで瑞希ちゃんと両思いになれますようにって祈願してたこととか……私が初めてテレビに出演した時、あいつはそれを瑞希ちゃんと一緒に見てたし……くそ。数え上げたらキリがないな。

とにかくあいつは私より瑞希ちゃんを優先してきた。全部覚えてる。忘れるもんか。こっちはつぎ込める時間全てを衛に費やしたのに、あいつはそんなのお構いなしだったんだぞ。

私の気持ちを考えないし、私を優先したりもしない。そんなの、許せるわけない。

だからそう、これは気の迷い………気の、迷い、だけど……!

でも、あぁ。唇を離したあの瞬間、衛が熱っぽい潤んだ目で、私をじっと見つめてきて……

あの顔を思い出すだけで、怒りがドロドロに溶けて、胸が切なくしめつけられる。

私はあの時、際限なく、愛《いと》おしさを感じてしまった。

気を抜けば、きっと願望のまま抱きしめて、もう一度、キスしてた。

違うのに。全ッ然、違うのに……！

こんなはずじゃなかった！

私はただあいつを惚《ほ》れさせたかっただけ。キスとかどうでもよくて、なのに、なのに私の方がこんなに感情をかき乱されて、それじゃ話が全然違う！

私は……慌てふためくあいつを余裕たっぷりに手のひらで転がして、弄《もてあそ》んで、そうでなきゃ嘘《うそ》で、ていうかほんとそのつもりだったのに、こんなっ……！

だからきっと、今の私はどうしようもなくどうかしてる。

だってこれじゃ、ただの自爆だ。

たかがキスで、キスくらいで、私の復讐は、恨みはっ……！

あー、駄目！

とにかく落ち着け！

冷静になれ、冷静に……くそ。無理。

もう泣きそう。

何度も深呼吸して、茹《ゆ》だって馬鹿になった頭を必死に冷やす。

あくまでこれは気の迷いだぞって自分に言い聞かせる。

だって私はあいつを憎んでる。ほんと無理、嫌い……

足は止めないまま、念仏みたいに自分の気持ちを確かめてたら、家に着いた。

おばあちゃんに「ただいま！」って声をかけて、自分の部屋に駆け込む。

ベッドと段ボール以外何もない殺風景な部屋に荷物を放り投げて、部屋着に着替えて、ベッドにダイブ。そんで枕に顔を埋めて「んぁーっ、あーっ!!」って叫んでのたうち回った。

くぐもった呻《うめ》き声が家に響くかもだけど、気にする余裕なんかない。

叫んで発散。まずは心に溜《た》まった澱《おり》みたいなこの感情を全部吐き出す。

そしたら煮えたぎった頭だって、きっと落ち着くはず。

「ううう！　んー！　んぅー！　あぁぁぁぁ！　……あー」

十分か二十分か。とにかくへとへとになるまで叫び続けたら、目論見《もくろみ》通り落ち着いてきた。

埋めていた枕から顔を上げて、深呼吸して、自分の気持ちを改めて確かめる。

「……うん。やっぱ気の迷いだよね……うん、うん」

そうだ。さっきは、初めてのキスで焦っただけ。

あいつにときめいたとか、そんなんじゃない。

よし……よしっ、もう大丈夫。私は、まだちゃんと衛《まもる》を恨んでる……

「……あ」

冷静になったおかげか、ふと、桂花《けいか》に連絡する約束してたことを思い出した。

誰かと話したい気分だったからちょうどいいや。

トーク画面から桂花を呼び出して、枕元にスマホを置く。スピーカーにして「んっ、んっ」て喉《のど》の調子を整えてたら「はいはーい、おつかれー」って低めな声が聞こえてきた。

「あ、桂花？　おつかれ。時間、大丈夫？」

無意識に指先で唇をくにくにしながら聞くと、「大丈夫、ひま」って返ってきた。

「そか。あ、デートが終わって、今帰ったとこなんだけど」

「どうだった？」

「いい感じだったよ」

無理なくいつもの調子で答えられた。

もう大丈夫かな。さっきまでの混乱は、跡形もなく消えちゃったみたい。

「キスもしたし、完璧《かんぺき》だったね」

「えっ。マジでキスしてきたのか？」

驚いた声が返ってきた。

「したよ。まさか、口だけだって思ってた？」

軽く非難する感じを出すと、桂花が「まさか。ははっ」なんて誤魔化《ごまか》すように笑う。

これ、思ってたな。くそ。

桂花《けいか》がとりなす感じで「いやー、よかった」って声を明るくした。

「彼ピとキスできて、めでたいなぁ」

「なんか馬鹿にしてない？」

「してないしてない。被害妄想ヤバすぎだ。マジで祝福してるから。彼ピと末永くお幸せに」

スマホの向こうからパチパチ手を叩く音がした。

「……あのさ。キス自体は別に嬉《うれ》しくもなんともないから。勘違いしないでよ。あくまで義務感で事務的にやっただけだし。復讐《ふくしゅう》が進展したのはよかったけど」

「あそう。はいはい。面倒くさ。もう素直になれよ。で、ベロは入れた？」

「入れてない。ねえ、素直になれってどういう意味？」

「別にぃ？　それよりどうだ？　キスして、彼ピは惚《ほ》れてくれそうなわけ？」

キスした直後の衛《まもる》の様子を思い出す。

ほっぺたを染めて、ぽーっと私を見つめてきた衛を……あぁ……

あの衛……マジでヤバかったな。ただでさえ美少年なのに、誘うみたいに目を潤ませて、見たことない艶っぽさで……あの誘惑に打ち勝てた私は、偉すぎ……って、いやおい違う。

違うから。

マジでッ……私って奴《やつ》はッ、気を抜くとッ、すぐにッ、馬鹿なことッ……！

あいつにされた仕打ちを思い返せ！

ちょっと顔が良いくらいで、絆《ほだ》されるな！

「……ふーっ！」

「どうした？」

気分を落ち着けるために大きく息を吐いたら、訝《いぶか》しげに聞かれた。

「なんでもない。はいはい、キスね、正直かなり手ごたえあったよ？　キスした後は顔真っ赤になってたし、様子も変だったし。あれは完璧《かんぺき》私を女として意識してた。間違いないね」

様子が変なのは私もそうかもだけど、そこは棚上げ。今は関係ないし。

とにかく衛だ。あの様子だと、私を見る目も変わったに違いない。

「ま、私にキスされたら、仕方ないいか」

「何年も片思いしてたくせして、よく言う…………え？　あ、うわっ」

桂花が変な声を出した。

「なに？　どうしたの？」

「あ、いや……電話しながら、ツイッターで、宵ケ峰京子《よいがみねきようこ》って検索してたんだけど……」

「本当になにしてんの？」

「デートの目撃情報とか呟《つぶや》かれてないか、調べたかったんだよ」

「あぁ……そっか。今日は軽くしか変装してなかったから、見られてるかも。どう？」

「……目撃情報っていうか。京子《きょうこ》が、彼ピにキスしてる画像が拡散されてるんだけど……」

「は⁉」

大声が出た。でもだってあんまりに想定外すぎっていうか、え、マジなの？

慌ててアプリを立ち上げて、エゴサして……

「……マジじゃん」

一瞬で、桂花《けいか》の言う画像が見つかった。

『これ、宵ケ峰《よいがみね》京子だよね？　なんかうちの生徒とキスしてるんだけど』

なんて誰かのツイートに、私が衛《まもる》とキスしてる画像が張り付けられてた。

衛の斜め後ろから撮影されたのか、衛の肩越しに私の顔が写ってる。

両手で衛の顔を挟んで、逃がさないって感じでキスしてるのがえぐすぎて最悪。

よりによって、衛の唇嚙《か》んでるとこだし。

てか暗闇だったのになんでこんな綺麗《きれい》に撮れてるんだ。夜間モードの精度が高すぎる。

目を瞑《つぶ》ってたからフラッシュに気付かなかった。いやこれ、フラッシュを焚《た》いてなくない？

「濃厚なちゅーだなぁ。これで恋愛感情がないとか、絶対嘘《うそ》だろ」

そう言った桂花の声は楽しそうに浮ついてて、半笑いの顔が目に浮かぶようだ。ムカつく。

「うるさい。てかマジで誰よ、こんな盗撮みたいな………ん？」

うちの生徒って文面から、バスで見かけた衛と同じ高校の女子を思い出した。

もしかしてあの子か？

「……や、誰だろうと、こんなの撮られるなんて、最悪だけど」

「気を抜きすぎ。ついこないだまで自分が有名人だったって自覚がないのか？」

呆《あき》れた感じで突っ込まれる。

おっしゃる通りすぎて何も言い返せない。

「私の顔しかわかんないのは、まだ助かったって感じだけど……」

もちろん全然助かってないんだけど、でも衛は角度で顔が大体隠れてて、特定は難しい。これはほんとに不幸中の幸いだ。もちろん知り合いが見れば、衛ってわかるだろうけど。

てか、勢いよくリツイート数が増えてくの、見てて生きた心地がしない。

「……捨て垢《あか》作って荒らすか」

新規アカウントに切り替える。その垢で『これ盗撮？　宵ヶ峰京子はもう一般人なのに何考えてんだ？　消した方がいいよ、問題になるから』ってリプした。

面識がない人にクソリプを送ると、すごく気分が悪くなるな。でも今回は仕方ない。

だってこの子にツイ消しさせなきゃいけないし。

そりゃ画像はもう取り返しがつかないほど拡散されてるし、ツイートが消えたところで焼け石に水だけどさ。そうわかった上で、やらなきゃ気が済まない。

私はもう一般人なのに、こんなことされたらほんと迷惑だし、腹が立つ。

それに……衛《まもる》が特定されたら、迷惑をかけることになる。それが何より嫌だ。

やっぱ、元ツイートは消してもらわないと。

「お。この怒濤《どとう》のクソリプしてるアカウント、もしかして京子《きょうこ》か？」

会話を切って、黙々とクソリプを打ち込んでたら、桂花《けいか》に聞かれた。

でも悪いけど今は相手をしてる暇が……あ、そうだ。桂花に手伝ってもらおう。

「そ。ね、桂花も手伝ってくれない？　助けて」

「いいけど。じゃあ私も裏垢《あか》で……あ、そういえば、京子に聞きたいことあるんだった」

「なに？」

指を止めずにきいた。

「彼ピの名前って森崎《もりさき》衛だよな？　東高校《ひがしこう》の二年生で、小柄な男子。合ってる？」

それは、昨日電話で桂花に聞かれたから教えてあげた、衛の情報だ。

でも、この状況でそれを確認される理由がわからない。

「合ってるけど、それが？　今はそれどころじゃ……」

「今日、暇すぎたから、衛くんがＳＮＳやってないか、探してみたんだよ」

「えっ。もしかして、見つけたの？」

流れから特定できてそうで、聞き捨てならなくて、思わず手を止めた。

だってついこないだ、私が衛に聞いた時は、ＳＮＳやってないって……

なのに、もしアカウントがあるなら、それは嘘《うそ》を吐《つ》かれたってことだ。

「おうよ。ツイッターでそれっぽいのを見つけた。確定じゃないけどな」

は？　ってなった。

「……ふーん。けどあいつ、私には何もやってないって言ってたんだけどなー」

「身内には知られたくなかったんじゃないか？　私も、お前に伝えていいか、悩んだし」

「なんでよ」

さっぱり意味がわかんなくて聞き返したら、桂花が「実際に見た方が早いぞ」ってＩＤを送ってきた。打ち込むと、『まるまる』って名前のアカウントが出てくる。

まず目に入ったのは、ヘッダーとアイコンだ。コスプレした女の顔が使われてる。

これって本人の画像？　だとすれば、ふーん、可愛いな。

固定ツイートには、その子の画像が何枚か貼り付けられてた。どれも有名なアニメのコスプレ画像だ。被写体のレベルはかなり高い。ただ、背景が普通のリビングでわりと台無し。

アカウントがフォローしてるのはほんの数人だけど、フォロワーは数万人いて……うん。

これ、コスプレイヤーのアカウントじゃん。しかも女レイヤー。

「ねえ、送るＩＤ間違えてない？　なんかコスプレ女の、……あー？」

文句が途切れた。プロフに「女装男子です」って一文を見つけたからだ。

てことはこいつ、女じゃない……？

そんな馬鹿な。これで男は絶対嘘《うそ》だ。や、仮に万が一男だとしても衛《まもる》なわけ……

それに肩幅も女性くらいの広さしか……ん？

あ、これ、よく見たら骨格誤魔化《ごまか》せる服しか着てないな……なるほど。上手《うま》い。

たしかにこれなら男子だとしてもおかしくないかも。

いやけど、だからって、これが衛はありえないって。

悔しいけどあいつは美少年だし、女装すれば絶対に似合うと思うけど、でも本人が自分の女顔を嫌ってる。あいつが進んで女装するわけがない。

だからきっと、桂花《けいか》の勘違いだ……って思いつつ、念のため固定ツイのコスプレ画像を拡大して、これが衛じゃないって情報を探し……あっ。

あぁッ!?

これ、背景……森崎《もりさき》家のリビングっぽいような……いや、まさか。

それっぽいだけで他の家に決まってる。

認められなくて、ツイートを遡《さかのぼ》って、他の画像も確認してみて……私は小さく息を吐いた。

いやこれ、森崎家だ。だって……食卓と観葉植物の配置もそうだし、カウンターに乗っかった小物や、壁や床の色なんかも、全部見覚えがある。

何より、短い動画が何本か上げられてて、それには普通に衛と凛《りん》の声が入ってた。

こんなの観念するしかない。衛だ。この『まるまる』ってレイヤーの正体は、衛だ。

「……桂花、よく見つけたね。これ衛だよ。断言してもいい」

「お前の彼ピ、すっげーな」

桂花は若干引いてた。仕方ない。だってガチで美少女にしか見えないし。

でもなんで？　自分の女っぽい顔を嫌ってる衛が女装だなんて……

……もしかして、凛か？

ツイートを見た感じ、メイクは凛がしてるっぽいし……衛、強要されてる……？

あの女、昔から衛を見る目が、明らかに変だったしな。

ふーん……

「ありがと。情報、すごく助かった」

「そりゃよかったよ。余計なお世話かと思ったけど」

「ううん。そんなことない。けど、これもめちゃくちゃ気になるけど、一旦《いったん》置いといて、まず
あのキス画像のツイートをどうにかしなきゃ」

後ろ髪をひかれるけど、今はこの事実を追及するより先にやらなきゃいけないことがある。

桂花も「ま、そうだな」って頷《うなず》いた。

「じゃ、改めてリプ欄荒らそうぜ。あと、ツイ主にＤＭも送ってみるわ」

「ありがと……………んあ？」

さっそくクソリプの爆撃を再開しようとしたら、出端《でばな》を挫《くじ》くみたいにラインがきた。

忙しいし、雑談だったら後回しにしようと、送り主だけ確認する。

「え」

見えたのは、朝山瑞希《あさやまみずき》って名前。

つまりそれは、目下最大の、恋敵からの連絡だった。

森《もり》崎《さき》衛《まもる》

人間関係は流動的だ。その様相は、些細《ささい》なことでくるくる変わっていく。

ぽつ、ぽつ……と、冷たい何かが、遠慮がちに頬《ほお》を叩いてくる。

意識を引き寄せられた。指先で頬を拭うと、その何かは水滴だった。

「……雨？」

空を見上げたら……星が一つも見えない。いつの間にか、全天が厚い雲に覆われていた。

雨雲だ。

熱に浮かされて馬鹿になっていた頭が、現実的な問題を前に、冷静さを取り戻していく。

あぁ、そうだ。いくら京子《きょうこ》に、キ、キスされたからって……いつまでも、呆《ほう》けて、バス停に突っ立っている場合じゃない。本格的に降る前に、帰らないと。

キスや、京子については、後でゆっくり整理をつけよう。うん。
最後に一度だけ唇に触れてから、駆け足で駐輪場へ向かった。
少しずつ雨脚が強くなる中、鞄《かばん》を自転車のかごに突っ込んで、鍵を開けて、跨《また》がる。
安全にだけはしっかり気を遣って、立ち漕《こ》ぎして、家路を急いだ。
マンションに辿《たど》り着くまでの間に、結構濡れてしまう。でも騒ぐほどじゃない。
良かった、と胸を撫《な》で下ろして、息を軽く乱したまま家に入った。
「ただいま……」
玄関で靴を脱ぐ……と、ふと、何かを感じた。
顔を上げると、廊下の先……闇に溶け込むように、凛《りん》が立っていた。
病的なまでに白い顔が、闇に浮かぶようだ。
目が合う。
冷えた手で心臓を掴《つか》まれたみたいに、「ひっ」と体が跳ねた。
「……あんた、なに考えてんの？」
凛の声は地の底から響いてきたみたいに低かった。苛立《いらだ》ちが目に見える。
もしかして、ずっとここで、ぼくを待っていたのか……？
下手《へた》したら、一時間か、二時間か……
全身から血の気が引いた。

ぎっ、ぎっ、と廊下を軋《きし》ませて、凛《りん》が歩み寄ってきて、生唾《なまつば》を呑《の》み込む。

リビングから漏れだした光を背負った凛の顔は、表情は、よく見えない。

でも……ぼくを睨《にら》みつけるその目だけは、くっきりとしていて。

「……あ、お、遅くなって、ごめん、なさい……」

どもりながら、どうにか、必死に、それだけ伝える。

凛が「は?」と、短く言った。

威嚇《いかく》されて身がすくむ。

「なんで謝ってんの?」

「え?」

言葉の意味がわからずに聞き返したら、肩を両手で摑《つか》まれた。

指が、爪が、ぎちぎちと肌にめり込んで、鈍い痛みが広がる。

「い、痛いっ……!」

「昨日……あんた、昨日、あれだけ私に謝っといてさ。なのに今日もこんな遅くなって、ごめんなさい? え、どういうこと? ふざけてんの? 反省してないのに謝ったら、それは嘘《うそ》だろ。嘘吐《つ》くなよ。私が、嘘をつかれるのが嫌いだって、ねぇ、知ってるでしょ?」

痛みで息を詰まらせていたら、そのまま、身体《からだ》を壁に押し付けられた。

背中を打って、肺の中の空気が口から漏れる。痛いし、苦しい。

けど……凛の整った顔が激しく歪《ゆが》んで、たとえようもなく恐ろしくて、文句を言えない。

睨みつけられただけで、ぼくはもう、姉に逆らえなくなる。

「大体、なんで電話にすら出ないわけ？　昨日も、今日も……一度も。舐《な》めてんの？　私を」

「ち、がっ……気が、つかなくて……！」

「気が付かなかった？　じゃ、あんたずっと、スマホを触らなかったわけ？」

「でっ、電源が……」

「電源が、なに？」

凛の顔が迫ってきた。

悪い意味で、さっきのキスを思い出して、ギュッと目を瞑《つぶ》る。

凛は途中で止まったみたいで、口には何の感触もない。いや、当たり前だ。

「おい。目、開けろ」

命令されて、ゆっくり瞼《まぶた》を持ち上げたら……目と鼻の先に、凛の顔があった。

身じろぎすれば、互いの鼻先が触れるほど、近い。

ぼくを凝視《ぎようし》する目は完全に据《す》わっていて、底のない穴みたいだ。

これ以上機嫌を損ねたら、何をされるかわからなくて……ただただ、怖かった。

「誰と、何してた？」

「ひ……一人、だったよ。き、昨日の、ことが、忘れられなくて、公園で、考え事して……」

本当のことなんて言えるわけがなくて、嘘《うそ》を吐《つ》く。

凜《りん》が京子《きょうこ》とのデートを知ろうものなら……どうなるかなんて、考えたくもなかった。

「そ、そしたら、いつの間にか、こんな時間に……」

凜が「昨日と同じ理由、か」と呟《つぶや》いた。そして真偽を問うように見つめてくる。

怖い。嘘を見抜かれないよう、ぎゅっと手を握り、必死に平静を装う。

昨晩も帰りが遅れた理由を聞かれて……その時は、瑞希《みずき》が彼氏とキスしているところを見てしまって、ショックで放心して、帰りが遅れたと伝えていた。

屋上でのことは一切話してないけど、それで、納得はさせられた。

凜は、ぼくが瑞希に片思いしていることを知っている。

そして、それを快く思っていない。

なんならぼくが誰かに好意を向けることを、気持ち悪いとまで言ってくる。はっきり確認を取ったわけじゃないけど、凜は、ぼくから「性欲」の匂いがするのがとにかく嫌なんだろう。

そんな凜にとって、ぼくの失恋は、溜飲《りゅういん》が下がるほどに「面白い」話だった。

今回も同じ理由を……言い訳を使うしかない。

まっすぐ凜と見つめ合って、嘘なんか吐《つ》いてないって、目で訴える。

時間の感覚が麻痺《まひ》してきたあたりで……凜が大きく息を吐いた。

ゆっくり、顔が離れていく。

「……あのさあ。あんたが失恋して凹《へこ》んでんのは、私もわかってんの。つらいのもね。でも、だからって、帰りが遅くなっていいわけじゃない。それくらいわかるでしょ？」

凛の雰囲気が、ほんの少しだけ……本当に少しだけ、柔らかくなった。

怒りが収まったみたいだ。もう、声にも棘《とげ》がない。

安堵《あんど》して、強張《こわば》った体から力を抜いて……大きな息を零《こぼ》したくなるけど、堪《こら》える。

目を伏せて、殊勝に「うん」と頷《うなず》いたら、頬《ほお》に手を添えられた。

凛の手は熱い。雨に打たれて冷えた頬が、熱に包まれる。

「私は、あんたが憎くて怒ってるんじゃない。心配なのよ。女みたいなあんたが、夜遅くに出歩いたら、何があるかわかんないでしょう？　ねえ、衛《まもる》。私、間違ったこと言ってる？」

顔を左右に振った。それ以外の選択肢はない。

「言ってないよ。ごめんなさい。反省してます」

「……ったく。本当に、手がかかる。明日からは、放課後は一緒に帰るわよ」

えっ、と声が漏れそうになるのを、ぎりぎり耐えた。

凛は、ぼくとは違う高校に通っている。

同じ学区内にある、県内で広く名が知られた、私立高校だ。

「一緒に、って……授業が終わる時間が、違うし……場所も、離れてるのに……？」

「私が迎えに行く。正門についたら、ラインで知らせるから。いい？」

「でっ、でもぼく、いつもは征矢《せいや》と一緒に帰ってて……」

言葉は、凛《りん》の鋭い視線に遮られた。

「……あのさぁ。あんたは、家族と他人、どっちを取るわけ？」

声には苛立《いらだ》ちが滲《にじ》んでいた。

目つきが、また険《けわ》しくなってくる。

「あんたにとって一番大切なのは、誰よ」

駄目だ。これ以上の口答えは許されない。

「……り、凛だよ」

「聞こえない。誰？」

「凛、だってば……！　凛が、一番大切だから……凛と、一緒に帰るよ……」

「最初から、はっきり、そう言え。愚図《ぐず》」

吐き捨てて、凛が風呂場の方を見た。

「じゃ、とっととお風呂入ってきて。濡れたままで家の中歩き回らないでよ。それと上がったら肌のケアするから、すぐ私の部屋に来て。わかってると思うけど、何もせずに寝たら殺す」

一方的に命じられても、黙って頷《うなず》くしかない。

……はあ。それにしても、明日から凛と一緒に下校か。

なんだか征矢を裏切ったような気分だ。逆らえない自分が、とにかく情けなかった。

でも仕方ない。こんな関係が、もう骨の髄まで染み込んでいる。

そう。慣れてしまったんだ。いつものことだって。

でも、いいんだ。だってこの関係も、大学に進学するまでの辛抱だから。

ぼくが遠くの大学へ進学すれば、自然と、凛から離れられる。

だから、今だけ我慢すれば……

なんて。

自分に必死に言い訳をして、慰めて、脱衣所へ向かった。

◆

「あの人、衛《まもる》の知り合い？」

朝の教室。

ゼロ時間目の休み時間に、友達と集まって雑談をしていたら、突然そんなことを聞かれた。

脈絡のなさから、言われたことをすぐには理解できなくて、「え？」と聞き返す。

「廊下。さっきから、なんか見られてるんだけど」

背後を指さされて、振り向くと、廊下の男子と目が合った。

立ち止まって、ジッとぼくを見つめるあの人は……誰だ？

不思議に思って見つめ返したら、気まずそうに顔を逸《そ》らされる。

そのまま、その誰かは、足早に歩き去ってしまった。

教えてくれた友達に「知らない。誰だろ」と返して、頭をひねる。

心当たりもないのに、他人に凝視《ぎょうし》されるのは、当たり前だけどあまりいい気がしない。

まあ、でも……気にするほどのことじゃないか。

犬に噛《か》まれちゃったな、って感じで気持ちを切り替えた。

が。

すぐに、また、同じようなことが起きた。

次は一時間目後の休み時間だった。

二時間目が化学の授業だから、化学室へ向かうために廊下を歩いていたら、視線を感じた。

振り返ると、よその教室の中の、知らない女子数人がぼくを見ていた。

目が合った途端に、慌てたように顔を背《そむ》けられる。

かと思えば、その女子たちがにわかに盛り上がりだして、笑い声なんかも聞こえて……

「……?」

モヤッとした。まるで陰口を叩かれているみたいだ。

一体、なんなんだ?

視線は途切れなかった。

休み時間になるたび、教室の内外を問わず、誰かに見られる。

視線の先にいる人は、毎回違った。上級生が多い気はするけど、同級生や後輩から見られていることもあったし、男女も関係ない。本当にバラバラで、共通点がなかった。

注目される心当たりなんかないのに。

結局、その原因が判明したのは、昼休みになってだった。

「おい。衛《まもる》」

教室で、机を固めて友達連中と弁当を食べていたら、声をかけられた。

顔を上げたら、征矢《せいや》がぼくを見下ろしていた。

「あれ？　どうかしたの？　何か約束してたっけ？」

驚いて、少し高い声が出た。

征矢がぼくの教室までくるなんて珍しい。

「いや。話があんだけど、今、大丈夫か？」

「え？　……あぁ、うん」

二人きりで話したそうな雰囲気を察して、立ち上がる。

友達らに「ちょっとごめん。先に食べてて」と断りを入れて、教室を出た。

「校舎裏に行く？」

「そうだな」

征矢《せいや》と並んで廊下を歩く…………と、やっぱりどこからか、視線を感じた。

もうわざわざ振り向いたりはしないけど、気分は悪い。

何も言わずに見つめてくるなら、いっそ声をかけてくれたらいいのに。

「……今朝から、知らない人に見られるんだよ」

うんざりして、つい愚痴《ぐち》ってしまう。

征矢が「だろうな」とさらりと返してきて……え？

驚いて、隣を見上げた。

「もしかして、何か知ってる？」

聞くと、征矢が「あ？」とぼくを見下ろしてきた。

「……もしかして、知らねぇのか？」

確実に「知っている」返事だった。

つまりそれは、朝からぼくが注目されていたことに、明確に理由があったということ。

変な噂《うわさ》が広まっているのかもしれない。嫌だな、と思った。

「知らない。心当たりないし。何？」

聞くと、征矢が「あー……」とどこか呆《あき》れたような声を出した。

「お前、昨日、京子《きょうこ》さんとキスしただろ」

不意を突かれて、「へっ？」と変な声が出た。

だって、征矢にはまだ、デートの報告をしていない。

「なんで、それを……？」

「マジで知らねぇのか。見られてたんだよ、お前。盗撮された画像が拡散されてんぞ」

「画像……？」

「バス停で、お前が京子さんにがっつりキスされてるやつな。ったく……あんな有名人とキスするなら、どっかで隠れてやれや」

「ごめん、ちょっ……ま、待って！」

立ち止まって、スマホを取り出して、ツイッターで「宵《よい》ヶ峰《がみね》京子　キス」と検索をかけた。

そしたら、出るわ出るわ。

京子が道端で男にキスしていたことを話題にしているツイートが、山ほど出てくる。

実際に見たというよりは、そういう噂があることを前提に話しているものばかりだけど……

でも頭をぶん殴られた気分だ。心臓が、経験したことのない勢いで拍動しだした。

「う、わ……」

スクロールするうちに、ある画像を……ぼくが京子にキスをされている画像を見つけた。

クラッときた。

これが、ネットに、出回っている……？

やばい……

「誰が、こんな、盗撮なんて……嘘《うそ》だ……」

「最初に呟《つぶや》いたのはうちの女子だ。三年の……元のツイートはもう消えたけどな。バズって、変な連中から肖像権だのなんだの突っ込まれて、ビビッたっぽい。鍵垢《かぎあか》になっちまった」

後ろ姿とはいえ、元トップアイドルとキスしてるところが拡散されたなんて……

現実味がない。

ただ、頭から、血が滑り落ちていくような感覚があった。

自分の女装写真も何度かバズッたことがあるけど、これはあまりに方向性が違う。

漠然とした具体性のない焦りに襲われて、気色悪かった。

いや、そりゃ、公共の場でキスすれば、誰に見られたっておかしくはないんだけど。

「大丈夫か？　デートの話でも聞こうと思ってたんだが、それどころじゃねぇな」

校舎を出たところで、征矢《せいや》が言った。

「あっ、いやっ、大丈夫だよ！」

慌てて微苦笑を作った。

「それに、ぼくも話しときたいことあるし……」

「そうか。まあ、無理はすんなよ」

校舎裏に着いて、石垣に背中を預けた。

だけど足腰に力が入らなくて、ずるずる尻餅《しりもち》をついてしまう。

「で、話しときたいことってなんだ？」

　ぼくの前に立った征矢を見上げて、「えっと」と言い淀《よど》んだ。

「……悪いんだけど、しばらく一緒に帰れなくて。その報告っていうか」

　征矢がよくわからないというように眉間に浅く皺《しわ》を刻み、けどすぐ、納得したように「あぁ」と頷《うなず》いた。

「これからは放課後に京子《きょうこ》さんとデートすんのか」

「違う。凛《りん》だよ。ここ二日、帰りが遅くて、凛を怒らせちゃったみたい。今日からぼくを監視するんだってさ。放課後も、わざわざこっちまで迎えに来るって」

　できるだけ感情を出さないよう、淡々と言った。

　征矢が「うぇ」と、ドン引きしたように呻《うめ》いた。

「マジかよ。相変わらずあの人、束縛やべぇな……じゃ、これから毎日、凛さんと帰んのか」

「うん……あ、せっかくだし、征矢も一緒にどうかな？　三人で帰れば……」

「アホ。俺を巻き込むな」

　即答された。

　本当に死ぬほど嫌そうな顔をしている。

「……そんなに嫌？」

「当たり前だろ、ボケが。お前が絡んだ時の凛さん怖すぎんだよ。マジで近寄りたくねぇ」

ここまではっきり拒否されたら、さすがに説得は無理か。

まあ、半分くらい冗談だったし、頷《うなず》いてくれるとも思ってなかったから、いいけど。

肺の中身を全部吐き出すくらい、大げさにため息を吐《つ》いた。

「はあぁ……毎日凛《りん》と二人きりかぁ……胃に穴が開くかも」

「……ま、大丈夫だろ。今まで同じ家で暮らしてきて、無事なんだし…………おい」

何かに気付いたように、征矢《せいや》がぼくを見た。

「なに?」

「凛さんって、お前が京子《きょうこ》さんと付き合ってること、知ってんの?」

「いや、知らないよ。怖いな。そんなの、ぼくがわざわざ教えるわけ、あぁっ!?」

気付いた瞬間、ゾッと背中に怖気《おぞけ》が走って、叫んでいた。そうだ。画像がこれだけ拡散されているなら、ぼくが伝えなくても、凛が勝手にそれを見つける可能性は、十分に……

「どっ……え、あっ、そっ……」

にわかに状況のヤバさを理解する。

頭の処理が追い付かない。

恐怖が噴き出して、でもそれを言葉にできなくて、どもりながら征矢を見つめた。

「おい、落ち着け。落ち着いて……いや、無理か」

征矢の励ましも耳を素通りしていく。動揺して、立ち上がって、意味もなく辺りをぐるぐる足早に歩き回るけど、気持ちはまるで落ち着かない。

「うっ、うわ、うわぁ、え、あー……えー……？」

焦りを通り越して、絶望感にまでなって、わけもわからなくなってきた。

マズすぎる。

ただでさえ凛は京子を毛嫌いしているのに、京子との交際を知られようものなら……

しかも、キスまでして……さらに、昨日のことで、凛に嘘《うそ》をついたことまでばれる。

最悪だ。殺されかねない。

「もう祈るしかねぇな」

征矢が言った。

その通りだと思った。

ぼくにできることなんて……もはや、凛があの情報に触れないでくれるよう、祈るだけだ。


「まーちゃん、今日は暇ぁ？」

放課後。

教室で、凛からの連絡を待っていたら、瑞希《みずき》に声をかけられた。

あ、と思った。

それは今更ながら、今日、初めての瑞希との会話だった。

ぼくと京子《きょうこ》の噂《うわさ》が十分に広まってしまったのに、瑞希《みずき》がいつまでも何も言ってこないから、少し不気味に思っていたけど……こうして話しかけられて、変な話、逆に安心してしまう。

「……あぁ、うん。今は暇だよ」

応えると、瑞希が心配そうに、小首を傾《かし》げる。

「なんだか顔が疲れてるねぇ……よいしょっと」

そして、空いていた前の席に腰を下ろして、下からぼくを覗《のぞ》き込んでくる。

そのままぼくを元気づけるように、にこーっと笑顔を作った。

「大丈夫?」

大丈夫、と聞かれても、もちろん大丈夫ではない。凛《りん》に京子とのことを知られていないか気が気ではないし、なにより瑞希を前にすると、未《いま》だに複雑な気持ちにもなる。

でも、このまま瑞希から逃げ続けるわけにもいかない。

だってぼくは、瑞希と疎遠になりたいわけじゃない。

だったら、苦痛だとしても、そろそろ向き合うべきだ。

それに、今はたとえ瑞希でも、話し相手がいてくれた方が気が紛《まぎ》れる。

「大丈夫……今日は凛と一緒に帰るから、凛が迎えに来るのを待ってるんだよね」

「ほへー……凛ちゃんが、わざわざ、こっちまで？　んー、何かあったぁ?」

聞かれても「さあ?」と誤魔化《ごまか》すしかない。

瑞希に理由を説明する気はなかった。

「よくわかんないけど、とにかく凛が一緒に帰りたいんだって」

「そっかぁ。相変わらず、仲がいいねぇ」

瑞希がへらっと口元をゆるめた。

微笑《ほほえ》ましいと言いたげに笑われて、思わず「違うよ」と訂正したくなる。

でもやっぱり瑞希に家の問題を話すのは気が引けたから、曖昧《あいまい》に微笑んで濁すに留めた。

「じゃあじゃあ、凛ちゃんが来るまで、ちょっとお話、いーい？」

「……うん」

覚悟を決める……いや。

別に、瑞希に京子とのことを知られるのに、覚悟なんかいらない。

いつまでぼくは、未練がましいことを……自分が嫌になってきた。

瑞希への片思いは十年来のものだけど、そんなのもう関係ない。

ぼくにはもう、彼女がいるんだ。

だから素直に教えてあげよう。そうだ。ここで未練を断ち切る。

自分のためにも、京子のためにも……

意志を固めて「いいよ。どうかしたの？」と頷《うなず》く。

瑞希が「……実はぁ」と上目遣いで見つめてきた。

「とーまくんのことで、相談があってぇ……」

あれっ、と拍子抜けする。

なんだ、彼氏の相談をしたかっただけか……まあ、そうだよね。

切羽詰《せっぱ》まってすっかり頭から抜け落ちてたけど、瑞希《みずき》はこの手の相談をわりと持ってくる。

ほとんどは、愚痴《ぐち》だか惚気《のろけ》だかわからないような、どうでもいい話だ。でも本人はいたって真剣で、だからこれまでも、聞けば傷つくとわかっていても、聞かざるを得なかった。

いや、今だって別に、気分良く聞けるわけじゃないけど………って。

だから、こういう未練がましい心持ちが駄目なんだってば。

今日からは、気分良く聞く。彼女持ちとして、似た立場で相談に乗ろう。うん。

「何かあったの？」

「んー……」

促してみたけど、歯切れが悪い。

珍しいな、と思いながら、表情を崩して、話しやすい感じを出してみる。

瑞希が小さく声を漏らした。

「別れる、かも……」

「えっ？」

予想外すぎて声が上ずった……あ、いや、瑞希が彼氏と破局することそれ自体は、珍しくもなんともない。なにせ瑞希はここ二年だけで、四人もの彼氏と別れてきた。

だから、別れることに驚いたわけじゃない。

前もって関係の悪化を報告してきたことが珍しくて驚いたのだ。

瑞希は肝心なことは自分一人で決めてしまって、いつも結果報告だけしてくるから。

「えっ、と……どうして？　あんなに仲がよさそうだったのに」

一昨日《おととい》のキスをしていたあの場面を思い出して、尋ねる。

瑞希が「うー……」と唸《うな》った。

「……あのねぇ。昨日、とーまくんの家で、勉強を教えてもらってたんだけどぉ……」

「うん。言ってたね。教えてもらうって」

「それでぇ……勉強が終わって、お話ししてたら……そのぉ……うー……迫られてぇ……」

身体《からだ》が固まった。

意味がわからないわけじゃない。

ただ、なんだろう。瑞希からは、こういう話を聞きたくなかった。

よくわからないけど、異常にショックだった。

「あっ……と、そう、なんだ」

どうにか相槌《あいづち》を打つと、瑞希が顔を伏せた。

「そーいうのが、絶対にやなわけじゃないんだよぉ？　でもでも、なんか必死な感じが怖くてえ……それに、やっぱりまだ、するのは早いなあって……それで、断っちゃったの」

「うん、うん」

頷《うなず》きながら、なんて言ってあげればいいんだろうって必死に考える。

積み上げてきた経験値が少なすぎて、スマートな言葉を思いつけない。

情けないって思いながら、それでも全力で頭を働かせていたら、瑞希《みずき》が先を続けた。

「うー……そういうのって、一年くらい付き合ってからじゃないと、私はやだなぁ……」

「それ、話し合ったの？」

「うん。とーまくんも、焦ってごめんね、って」

「なら、いいんじゃ……？　もう少し様子を見ても……わざわざ別れなくてもさ」

「んー……でも、とーまくんのことが、もう怖くなっちゃってぇ。やっぱり、むりー……」

……あぁ。この頑《かたく》なな感じ。瑞希の中では、とっくに別れることが確定しているのか。

じゃあ、これは相談って体《てい》で、自分の考えを後押ししてほしいだけなのかも。

「なら、仕方ないね」

神妙な顔で頷きながら、なんともいえない気持ちになる。

瑞希のキスを見てしまったから、ぼくは大ダメージを受けた。

その元凶が……いや、この言い方は良くないな。

とにかく、瑞希がこうも簡単に別れると、やっぱり思うところがある。

勝手な理屈だけどね。瑞希には何も非がないし。

「……まーちゃんも、やっぱりぃ……女の子と、すぐしたい？」

ぎょっとする。

別にやましい気持ちはないのに、瑞希の胸元に視線が吸いつけられて……顔を逸《そ》らした。

「あー……」と、慌てて京子《きょうこ》のことを思い浮かべる。

ぼくが、そういうことをするとしたら、今は瑞希じゃなくて京子だろう……

でも、ぼくと京子が……と、考えてみても、輪郭《りんかく》がおぼろな、ふわふわしたことしか思い浮かばなかった。なにせ現実味がなさすぎる。

そういえば……少し前に、京子に会うために東京に行った時、彼女にグラビア写真を山ほど見せられた。その中には、しれっと水着姿なんかも混じっていて……でも、それに興奮するわけでもなく、綺麗《きれい》だなって感想しか抱かなかったっけな。だからやっぱり、ぼくらがそういうことをするのなら、まずは京子をそういう目で見るところから始めなきゃならないのだろう。

……いや、まあ。こんなことを言っておいてなんだけど、昨日のキスを思い返せば、それだけで顔が熱くなるから……うん。

この意識が変わるのも、そう遠い未来の話じゃないのかもしれない。

「……ぼくも、そういうことをするなら、準備期間は欲しいな。すぐには無理かも」

自分の考えをもとに、そう答えると、瑞希が下唇を突き出した。

「うあー……」

へちゃむくれた顔で、可愛いな、と思った。

「なに？　どうしたの？」

「……まーちゃんが、彼氏なら良かったのに、って思った」

さらっと言われて、瑞希《みずき》を見つめ返す。

冗談を言っている顔じゃない。

だから、息をするのを忘れた。

そして思った。

なんでだ、って。

なんで今、そんなことを言うんだ、って。

だって、これまではそんなこと、冗談でも言わなかったじゃないか。

なのになんで、京子《きょうこ》と付き合い始めたこのタイミングで、こんな……

わかっている。もちろんこれは、流れでなんとなく出てきただけの言葉で、深い意味は込められていないって。彼氏と上手《うま》くいってない瑞希の、弱音なんだって。

でも、わかっているのに、忘れようと思っているのに、心を揺さぶられる。

こんな、些細《ささい》なことで……なんて単純な……

言葉を出せなくて、数秒、見つめ合う。

机の端に置いてあったスマホが震えた。

弾かれるように手に取ると、凛《りん》からのラインだった。

『そろそろ着く』『今すぐ正門』『待たせたら殺す』

細かく三つに分けられたメッセージに、恐怖と、救いを覚える。

スマホの画面を消して、瑞希に苦笑いを向けた。

「ごめん。凛が、もう来るって」

「そっかぁ」

瑞希が頷《うなず》いて、机に寄りかかっていた身体《からだ》を起こした。

そして、言った。

「……もぉ。タイミング、悪いなぁ……」

その言葉が一体どういう意味で……いや。

話を中断されたってだけだ。深い意味なんてない。あるわけない。

だって……ぼくはいつも、瑞希の言葉を深読みしすぎて、いちいち一喜一憂して、無駄に傷ついてきたじゃないか。

言葉が聞こえなかったふりをして、立ち上がって、鞄《かばん》を背負った。

「話したいことがあれば、いつでも聞くから。電話してね」

「ありがとー……別れたら、すぐに電話するねぇ」

「……あぁ、うん。まあ、別れない方向で頑張って……じゃあ、また明日」

瑞希《みずき》に手を振って、教室を出た。

◆

正門へ向かうと、すでに凛《りん》がいた。

下校するうちの生徒たちに紛《まぎ》れても、その姿はひときわ目立つ。

ぼくらの高校とは違うブレザーをまとった、すらりとした立ち姿は、まるで異物のよう。

すれ違う生徒たちも、凛の存在感に目を惹《ひ》かれていた。

でも、凛本人に、向けられる視線を気にした様子は見られない。

梅雨《つゆ》のジメジメした空気の中、涼しそうなすまし顔で校舎を眺めている。

「……お待たせ」

おそるおそる、声をかけた。

凛がぼくを一瞥《いちべつ》した。

そして返事もせずに家の方へ向かって歩き出す。

そっけないとかそんなレベルを通り越して、ぼくを避けているんじゃないかとさえ感じられる対応だ。

機嫌が悪そうだな。元々沈んでいた気持ちが、さらに深いところへ落ちていった。

こんな状態の凛と、二人きりで帰るのか……

隣に並ぶのもはばかられて、斜め後ろをついて歩く。

どれくらい、そうやって、無言で歩いていただろう。

頭の中は、凛があのことを……京子《きょうこ》とのキスについて知ったのか、まだなのか、その疑問でぎちぎちになっていた。そこに凛の不機嫌な様子まで合わさって、息苦しささえ覚える。

でも、自分から尋ねたら藪蛇《やぶへび》になりそうで、それもできない。

凛は京子を嫌うあまり、京子に関する情報を目に入れることさえ嫌がる。

だから、あの盗撮写真に辿《たど》り着いていない可能性は、十分にある。

それは都合の良い願望かもしれない。だけどもう、その可能性にすがるしかなかった。

生きた心地がしないな、と思っていたら、凛がため息を吐《つ》いた。

「……あんたが、うちの高校に合格してれば、こんなとこまで迎えに来なくて済んだのに」

やっと口を開いたと思ったら、嫌味を言われた。

言い返せない。

ぼくの通う高校……東高《ひがしこう》は、学区内の公立高校としては一番偏差値が高い。

入学すれば、この辺りでは「優秀な子」扱いをしてもらえるような高校だ。

けど、凛が通う私立高校は、学区内どころか、全国で見ても偏差値が高い。目の上のたんこぶと言ったら言葉が悪いけど、そこと比べたら、どうしてもうちは見劣りしてしまう。

そしてぼくは元々、家族から、凛《りん》が入学した私立に入るようにと言われていた。

もちろんその努力もしていた。

中学の頃は毎日毎晩塾に通っていたし、家では凛につきっきりで勉強を見てもらっていた。

父さんと凛が、ぼくに相当期待していたことはわかっていて、だから本気で頑張った。

けど、落ちた。

たまに、思うことがある。

もしぼくが、凛と同じ高校に入学できていたら、凛との関係は、今よりマシなものになっていたのかなと。それとも……何も、変わらなかっただろうか。

わからない。けど。

少なくとも、今ほど凛に怯《おび》えることはなかったはずだ。

何をしても、ぼくより優れている姉に、学歴だけでも並べていたら……

「そうよ。あんたが、落ちてさえなきゃ……」

なおもぶつぶつ文句を言う凛に、身がすくむ。

「……ごめん。遠くまで迎えに来させて。あ、明日からは、ぼくが迎えに……」

謝ると、凛が立ち止まって、振り返った。

正面から向き合う。

「そういうの、いいから。てかさぁ……迎えに来るとか来ないとか、その前に、私に言うことはないわけ？」

「え？」

「とぼけんな。京子《きょうこ》だよ」

フッと意識が遠のいた。

バレ、てる……

やばい。

無意識に一歩、後退《あとずさ》ったら、凛に腕を摑《つか》まれた。

逃がさないと、握り潰《つぶ》さんばかりに力を込められる。

熱と勘違いするような、染み入るような痛みに襲われた。

でも、痛みを訴えることはできない。

ぶつけられた視線を、まっすぐ見つめ返すだけで精いっぱいだった。

「あぁ、くそ。最悪、最低。私が、あんたをもっとしっかり管理できてたら……あんな女と、あんな汚らわしいことをさせずに済んだのに。そこは、それだけは、本当に後悔してる」

「ち、がっ……！」

「でもさぁ。同じ高校だったら……毎日、毎朝、毎晩、もっと楽に管理できた。そうすれば、こんなことにもならなかったわけでしょ？　……つまり、やっぱりあんたが、全部悪い」

否定できなくて、でも頷《うなず》きたくもなくて、ただただ凛《りん》を見つめ返す。

凛が「なにより」と顔を歪《ゆが》めた。

「私に嘘《うそ》を吐《つ》いたな……絶対に許さない」

宵《よい》ケ《が》峰《みね》京《きょう》子《こ》

東京には五年くらい住んでた。

五年ってすごく長いはずだけど、でも向こうでの日々はあまりにも目まぐるしくて、まるで一瞬の出来事みたいで、パッと過ぎ去ってしまった。

だからその歳月の長さを実感、いや、痛感できたのは、地元に帰ってからだ。

昨日今日と町を歩いてて、町並みが記憶と比べて少しずつ違うことに気付いた。

中学の頃よく通ってた書店が、よく知らない建築会社のオフィスになってた。

自転車で通るとタイヤが跳ねてたボロボロな道路が、綺麗《きれい》に舗装《ほそう》されてた。

家の近くの田んぼが、コンクリートで埋められて駐車場や道路になってた。

私がいない間も、この町では当たり前に日々が流れてた。

そういう変化が最初は楽しかったけど、そこここで数えきれないほど目にするうち、段々町に裏切られたみたいに感じられてきて、後悔に近い、耐えがたい感情に変わりだす。

我ながら勝手すぎると思うけど、でもその思いが止められない。

「そりゃ、自分から出てったけどさぁ……」

田舎《いなか》には似つかわしくない、オシャレな喫茶店。

そのボックス席で、思わず呟《つぶや》いた。

「たった五年で、こんなに変わらなくても、いいじゃん」

瑞希《みずき》ちゃんから待ち合わせ場所に提案されたこの喫茶店も、私の知らない町の新顔だった。

上京する前には影も形もなかったくせして、今は我が物顔で街の中央に居座ってやがる。

「田舎のくせして小ぎれいになっちゃって……」

店内の雰囲気は正直悪くない。

壁や床はもとより、席もテーブルも全部暗めの茶色で統一されてる。ランプの光もかなり優しめ。あとお店のイメージカラーが緑なのか、メニューとかにその色が使われてる。

店内は広め。ボックス席が四つあって、他には小さな丸テーブルの席がたくさんあった。

落ち着いた雰囲気だ。でも、なんだろ。居心地が悪い。

お店が好みじゃないって意味じゃない。瑞希ちゃんが、衛《まもる》とここに来たことがあるって言ってたからだ。なんだか遠回しに、衛と彼女の関係を見せつけられたみたいでさ。

……さすがに被害妄想入ってるか。

怨敵《おんてき》と久しぶりに会うから、気持ちが昂《たかぶ》りすぎてる。

落ち着け。こんなの、ライブ前の緊張に比べたらなんてことないんだし。

あー……でもこれ、ライブ前の綺麗《きれい》な高揚とかとは違って、くすぶるような……私を裏切ったメンバーたちに復讐《ふくしゅう》した時の、もっと攻撃的な、あの昂《たかぶ》りに近いんだよな……

胸に溜《た》まった空気を全部吐き出した。冷静になれ。

瑞希《みずき》ちゃんは敵。それは間違いない。

だけどそれはこっちの都合だ。理不尽《りふじん》な苛立《いらだ》ちを向けるのは違う。

「意気込みすぎてる」

スマホで時間を確認すると、待ち合わせ時間の十九時まで、あと十分。

私を呼び出した張本人が来る気配は、まだない。

マスクを顎《あご》にずらして、氷が解けだして薄くなったデカフェをくぴくぴ飲む。

手持ち無沙汰《ぶさた》だ。なんとなく、瑞希ちゃんとのライン画面を開いた。

『お久しぶりです。いきなりですけど、会って話せませんか？　できたら二人きりで』

昨晩、瑞希ちゃんから届いたメッセージ。

今、こうして見返しても、なんで？　って思う。

私は、瑞希ちゃんと二人きりで遊んだことがない。

何かのはずみで二人きりになったことはあるけど、あくまでそれは不可抗力。

私にとって瑞希ちゃんは衛《まもる》の幼馴染《おさななじみ》兼恋敵でしかなくて、瑞希ちゃんにとっての私も幼馴染の親戚《しんせき》でしかない。つまり関係としては友達っていうより顔見知り。

間に衛がいれば遊ぶのに抵抗はないけど、二人きりで会うのは、なんか違う。

ただ、いざこうして誘われたら、断るのに罪悪感を覚える程度に親しさはある。

ほんと微妙な関係。めんどくさいな。

ま、私も伝えたいことがあるから、誘いを受けたんだけどね。

「あのぉ……きょーこさん、ですかぁ？」

ぼけっとスマホの画面を眺めてたら、声をかけられた。

顔を上げると、水色のセーラー服を着た、背の低い女の子と目が合う。

前髪をゴムでとめてデコを出したその子は、とろんとした目で私を見つめてる。

少し内斜視《ないしゃし》？　可愛いけど目の焦点が微妙にわかりづらくて、掴《つか》みどころがない。あと背の低さに反比例して、胸がでかい。セーラー服がテントを張って、着膨れして見えるレベル。

記憶とはずいぶん違ってるけど、でも見覚えある気もする。

なにより、私を呼んだ、間延びした口調……

壁にかけられた時計を見れば、いつの間にか待ち合わせの時間だ。

「もしかして……」

「はい、朝山《あさやま》ですぅ」

その子が自分を指さして、ようやく記憶の中の女の子とその子がぴったり重なる。

「……瑞希《みずき》ちゃん！　可愛くなってたから、全然わかんなかったよ！」

瑞希ちゃんが「えへぇ」ってはにかんだ。

芸能界で綺麗《きれい》な子を山ほど見て、目が肥えちゃって、手放しでは褒められないけど、瑞希ちゃんは普通に可愛いと思った。それに小柄なのに胸でかいし、ほわほわしてるし。

衛《まもる》が入れ込むのもわかる……いやでも、私の方が可愛いし綺麗だよな？

うーん。身近に私がいたのに、そっちにいくのはやっぱ意味不明……

瑞希ちゃんが「お久しぶりでーす」って私の向かいに座る。そして手に持ってたアイスカフェラテ……かな、中身が入った半透明なグラスをテーブルに置いた。

で、笑顔を浮かべて、無言で私を見つめてくる。

「……え、なに？」

「あ、えっとぉ。それ、変装ですかぁ……？」

間延びした声で聞かれて、苦笑いしてしまった。

「うん。そうだよ」

昨晩のいざこざから、まだしばらくは身を隠す必要性を思い知らされた私だ。

今日は全力で変装してきた。

顔は眼鏡《めがね》とマスクで覆って、メイクはナチュラル。髪は束ねて帽子に隠したし、服も地味なのを着て、もはや不審者一歩手前。だけどこれくらいやらなきゃ意味ないし。

「わぁ。変装って、すっごく芸能人って感じ」

「引退したからもう芸能人じゃないけどね」

「あ、そーでしたぁ……へへ」

そこで話が止まった。

沈黙がじっとり満ちる。なんか気まずい。

早く本題に入ればいいのに、瑞希ちゃん、にこにこ笑うだけで何も言わないし。

でもこっちから催促するのは、昔馴染《なじ》みなのに話を急かして感じが悪いような……仕方ないから何か適当な話題とかないかなって探すけど、あれ？　ほんとなにを話せばいいんだ？

てか私、瑞希ちゃん相手にどんなノリで行くべき？

わからん。なんもわからん。

んー……改めて思うけど、私ってやっぱ、瑞希ちゃんを一人の人間としては見てないな。

あくまで彼女を通して衛を見てるだけで、今こうして対峙《たいじ》しても、興味があるのは、この子が私と衛との関係にどんな影を落とすのかってことだけ。

シンプルに薄情。

でも仕方ないか。私はあえて、彼女と仲良くならないようにしてきた。だって、もしも瑞希ちゃんが衛に好意を向けるようになれば、私は彼女と争わなきゃいけなくなる。

衛が瑞希ちゃんに好意を寄せる限り、瑞希ちゃんが衛に振り向く可能性ってゼロじゃない。

で、もしそうなった時、彼女に友情なんか感じてたら、だるいし。

私は友情と恋愛を天秤《てんびん》にかけたら躊躇《ちゅうちょ》なく恋愛を取るタイプのクソ女だけど、だからって良心がないわけじゃないし、友情は友情で大切にする。つまりこれは自衛。

ちらっと瑞希《みずき》ちゃんを盗み見たら、目が合った。

ぎこちなく微笑《ほほえ》んで……お見合いか？

はあ。雰囲気作りとか、もういいかな。

とっとと本題に入ってもらおう。

「ね。今日は、どうしたの？」

切り出すと、瑞希ちゃんが居住まいを正した。

「あ、はい。あの、一つ、聞きたいことがあってぇ……このことなんですけどぉ」

そしてスマホを取り出して、私に画面を見せてきた。

見れば、画面いっぱいに、見飽きたあの画像が……私と衛《まもる》のキス写真が映ってた。

うーわっ……また出た。昨日と今日だけで百回くらい見たぞ、これ。

「……まーちゃんと、付き合ってるんですかぁ？」

なるほどね。それを聞きに来たのか。

真面目《まじめ》な顔した瑞希ちゃんに、なんて返そうかなって悩む。

実は話ってこのことかなって、少し考えてはいた。連絡がきたタイミング的にもね。

でもいざこうして写真を見せつけられたら、うーん、って感じだ。

だって意図がわかんない。

これってさ。私じゃなくて衛に聞けばそれで済む話だ。なんなら、そっちの方が瑞希ちゃんにとっても都合が良いはずで、だから私を呼び出す理由になってるようでなってない。

けど、ま。

「付き合ってるよ。てかその画像、めちゃ拡散されてるよね」

一瞬だけ悩んだけど、もったいぶらずにさらっと伝えた。

後ろめたいことは何もないって強調するため、笑顔も添える。

そもそも私が瑞希ちゃんの誘いを受けたのは、彼女に衛とのお付き合いを伝えて、釘《くぎ》を刺すためだから、今聞かれなくても、どこかで話題にするつもりだった。

危険な芽は早く摘むに限る。初動が大切なのだ。こういうのは。

共用の冷蔵庫にスイーツを入れる時、マジックで名前を書いとくのと同じこと。

私のものには手を出すなよ？

伝えたいのは、ただそれだけ。

「……どーしてですかぁ？」

瑞希ちゃんが、大きな瞳でぐりっと私を見つめてきた。

お。意外と目力あるのな。

「だから……どーして、まーちゃんと、付き合ってるんですかぁ？」

瑞希《みずき》ちゃんの声が低く、険《けわ》しくなった。

空気が、変わった。

あなたが悪いことをしたから怒ってるんだぞ、って言わんばかりだな。

なんか私が責められる感じになってて、微妙にムカついてくる。

「そりゃ、告白を受け入れてもらえたから、付き合ってるんだけど」

正直に答える気なんかないから、すっとぼけた。でも、とぼけながらもしっかり合意の上だぞってアピールはしとく。このアピールに意味があるかは、わかんない。

でもやって損するわけじゃないし、マウントは取れるだけ取っとくに限る。

「そーいう話じゃないですよぉ。てゆーか、きょーこさん、わかってますよね？」

「ごめん、全然わかんない。何か駄目なわけ？」

「駄目ですよぉ！　きょーこさんは、まーちゃんと付き合っちゃ、駄目じゃないですかぁ！」

断言された。

さすがに頭がついてかなくて「え」て声を出してしまう。

「……なんで駄目なの？」

「だってぇ。二人って、従姉弟《いとこ》だし」

「え、なにが？」

思ったよりわかりやすい理由に拍子抜けした。

従姉弟だから？　いやいや。それ、ただの好みの問題じゃん。

「従姉弟の何が問題なの？　結婚もできるのに」

「私、法律とかは、わかんないですけど。でもでも、従姉弟同士で付き合うって、普通に気持ち悪いじゃないですかぁ！　そう考える人、結構いると思いますよぉ？」

瑞希ちゃんの声が大きくなってくる。

「気持ち悪いって……」

世間にそういう意見があることは知ってるけど。血も近いといえば近い。四親等の結婚が禁止されてる国もあるくらいで……つまり、本能的に気持ち悪く感じる人もいるわけだ。

でも私からすれば、そんなの知るかよとしか言えないんだけど。

瑞希ちゃんのスマホに映ったままの、キス写真を一瞥《いちべつ》した。

「気分を損ねたなら申し訳ないけど、でも、他人にどう思われたって私には関係ないかな」

一歩も引かずに言うと、瑞希ちゃんが口を閉じて黙り込んだ。

無表情っぽいけど目つきの悪さが隠れてなくて、ムッとしてるってわかる。

おーおー。雰囲気悪くなってきたぞ。

正直、私も結構「なんだこいつ」って感じになってるし。

「えーっと。つまり瑞希ちゃんは、私に、気持ち悪いから衛《まもる》と別れろって言いに来たの？」

ストレートに聞いた。

喧嘩《けんか》を売られてるなら買わなきゃならない。

瑞希《みずき》ちゃんが「そうじゃなくてぇ！」って、テーブルの上で両手を握りしめた。

「まーちゃんのために、別れた方がいいんじゃないかなーって、思ったんですぅ！」

「は？　……衛《まもる》のため？」

「従姉弟《いとこ》ってことも、そーですけど！　きょーこさんって、元アイドルじゃないですかぁ！」

「だからなに？　ますますどうでもよくない？　元アイドルは、恋愛しちゃ駄目なの？」

「じゃなくてぇ！　この写真が広まって、まーちゃん、学校ですっごく悪目立ちしてるんですよぉ!?　知らない人からも適当なこと言われてるし、可哀想《かわいそう》じゃないですかぁ！　これで、従姉弟ってことまで知られたら、大変ですよぉ!?」

さすがに言葉に詰まった。

この画像が貼り付けられてたツイートは、桂花《けいか》と協力して、クソリプ送りまくって、ツイ消しまで追い込んだんだけど……やっぱり手遅れだったか。

や、ツイ主が衛と同じ高校って時点で、こうなるのは止められなかったかもしれない。

「……もしかして衛、これが原因で、高校でイジメられてる？」

「それはないですけど……あっ、でもこの先どうなるかは、わかんないですよぉ!?」

慌てて言い直した瑞希ちゃんに、とりあえず一安心。

今はまだ、ただ目立ってるだけか。

でも、衛にも直接話を聞いてみないとだな。もしも厄介《やっかい》なファンが学校にいて、目を付けられたら大変だし。何かありそうなら、対策を一緒に考えなきゃだし……はあ。

つくづく、アイドルをやったのは失敗だった。

けど。

「噂《うわさ》になったのはほんとごめんって感じだけど、別れる気はないな」

きっぱり告げた。

復讐《ふくしゅう》を遂げるまで、止まるつもりは一切ない。交際は死んでも続ける。

ここで衛と別れたら私には打つ手がなくなるし、あと単純に、誰かの言いなりになって別れるっていうのがすごく嫌だ。

「……まーちゃんが迷惑してるのに、ですかぁ？」

「衛が迷惑だって言ったの？　てかこの話、衛にもした？」

瑞希ちゃんが「まーちゃんには、何も言ってないです」って憮然《ぶぜん》と呟《つぶや》いた。

へえ。ふうん。衛を飛ばして、私にだけ話してるのか。

なるほど、なるほど。

「ね。なんで私にこの話をしたの？　まずは、親しい衛と話してみようって思わなかった？」

「それは……」

「瑞希《みずき》ちゃんが何を言いたいのか、何を考えてるのか、私にはわからない」

不快感や不信感を隠さず、いいや、むしろ全開にして言う。この短いやり取りで、理解できないなりに、この子が私に敵意を持ってることは確信しつつあった。

「衛《まもる》のためみたいな雰囲気出してるけど、全然そうは思えないんだよ」

本当に衛のためを思ってるなら、まずは私より、近しい衛から説得しようとするはずだ。その上で、並行して私にも接触してきたなら、まだわかるけど。

でも違うし。

昨日の今日で、私だけを煽《あお》って別れさせようとしてる時点で、絶対に何かがおかしい。

「親戚《しんせき》で気持ち悪いとか、元アイドルだからとか、本心じゃないでしょ？　それっぽい理由になるから使ってるだけで。ね、私たちを引き裂こうとする本当の目的は何？」

それともこれって、瑞希ちゃんへの敵対心が生み出した、一方的な勘違いかな？

ま、どうでもいいけど。どうせ別れないし。

瑞希ちゃんはすぐには答えなかった。

ただ私を睨《にら》みつけてくる。

根気強く見つめ返してたら、渋々って感じで口が開かれた。

「……まーちゃんが、きょーこさんと付き合うなんて、おかしいもん」

絞り出されたような言葉。

理屈がないな。感情だけの主張だ。つい、ため息を吐《つ》いた。

「だからさ。別に、おかしくなんか……」

「違う！　そーじゃなくて……まーちゃんの好きな人、きょーこさんじゃないし！　だから、二人が付き合うのは、おかしいの！」

「は？　なにそれ？」

瑞希ちゃんは答えなかった。それどころか、勢いよく立ち上がると「もういいです！」って鞄《かばん》とスマホを引っ摑《つか》んで、私を睨んで、大股で出口へ向かってって……

そのまま店から出てって……えっ、うそ。

帰っ……た？

予想外すぎる行動に、一拍遅れたけど慌てて立ち上がって……

「……ま、いっか」

でも、後を追いかけるのもなんか違うなって気がしたから、座り直す。

ていうか追いかけたって多分意味ないし。

追い付けたとしても、話を聞いてくれない気しかしない。

マスクをずらして、すっかり薄くなったデカフェで喉《のど》を潤した。

それにしても、何を言いたかったのかマジで謎。しかも癇癪《かんしゃく》起こして帰ったし。

わかったのは、私と衛を別れさせたいってことだけ。でも理由はさっぱり。

てか、衛《まもる》の好きな人は私じゃないって、あの言葉、引っかかるな。

もしかして瑞希《みずき》ちゃん、自分が衛に好かれてることを知ってる？

いや、どうだろ。考えすぎかな。わかんない。

けど、確実なこともある。

あの子は私の邪魔になる。

つまり敵だ。

……瑞希ちゃんについて、対策練らなきゃいけないな。

「とりあえず、疲れた。衛に連絡しよ……」

なんだかどっと疲れが出て、衛と話したくなった……あっ、違うから。

別に彼氏と連絡を取って気持ちを落ち着けようとかそんなんじゃない。ただ、えっと、そう、復讐《ふくしゅう》対象とやり取りすることでモチベーションをアップして、やる気を出そうってだけで、あとそう、明後日《あさって》の、日曜のデートの予定も立てなきゃいけないし、だから違う。

一人でなんとなく「うん」て頷《うなず》いて、スマホを取り出した。

で、ラインを開いて「何してる?」ってメッセージを打ち込む。

けど……どれだけ待っても、既読は付かなかった。


そして次の日。

私はようやく、自分が衛にブロックされたんだと察した。

森《もり》崎《さき》衛《まもる》

日曜日の朝。

ベッドの上でうつらうつらしていたら、凛《りん》がいつものように、ぼくの部屋にやってきた。

「起きろ」

その一言で、簡単に意識が覚醒する。

ストレスで気持ちが四六時中緊張したままなのか、ここ最近眠りが異様に浅い。

瞼《まぶた》を開けたら、表情筋を死滅させた凛が、能面みたいな顔でぼくを見下ろしていた。

「……お、おはよう」

怯《おび》えながら挨拶《あいさつ》をするけど、当然のように返事はない。

向けられる無表情がいつにも増して恐ろしい……依然として、凛の機嫌は最悪だった。

京子《きょうこ》との交際を知られたあの瞬間から、ずっとこの調子だ。

いや。これでも少しはマシになったか。ぼくと京子の関係を知った当日……金曜日は、とにかく酷《ひど》い荒れ様で、ぼくの話を一切聞かず、ただ一方的に、あらんかぎりの罵詈雑言《ばりぞうごん》でもって詰《なじ》られた。怪我《けが》こそなかったけど手も出されたし、スマホも取り上げられた。

本当に地獄だった。

それを母さんも父さんも大して咎《とが》めないのが、また、つらい。

家に居場所がないようで……いや、それはいつものことだけど。

なんにせよ、あれから二日経過して、今は凛《りん》も、荒れてるけど相応に落ち着いた。

ただ、今日は日曜で学校がないから、一日中家にいないといけなくて……少し落ち着いたとはいえ、荒れたままの凛とずっと一緒にいなければならない。

おかげで、目覚めた瞬間から憂鬱《ゆううつ》だった。胃がムカムカする。

ベッドから体を起こすと、凛に、折りたたまれた衣服を押し付けるように手渡される。

受け取ると、厚手のワンピースで、当然のように女物だった。

「シャワー浴びたら、それに着替えて」

短く命令されて、うん、と頷《うなず》く。

ぼくらの間では、日曜日は女装をする……させられることが、暗黙の了解になっている。

凛はまだ不機嫌だけど、これは普段通りにやるつもりらしい。

こんなことでも「いつもの日常」が帰ってきた気がして、安心感を覚えてしまう。

完全に躾《しつけ》られていた。

まるで笑えないけど、どうしようもない。

なんにしても、もたもたすると怒られるから、そのまま風呂場へ向かった。

軽くシャワーを浴びて、洗面台で化粧液や乳液、化粧下地を肌に塗り込む。

それから髪を手早く乾かして、カーキ色のワンピースに袖を通した。

胸元にはレースがあしらわれている。全体的にクラシカルな感じで、レトロガーリーの系統みたいだ。少しだけコスプレ感があるから、趣味じゃない……けどまあ、これはまだマシな部類だ。少なくとも、先週着せられたゴスっぽいパンクドレスよりはよっぽどいい。

胸に詰め物をして、深呼吸で気持ちを整えて、ダイニングへ向かう。

メイク道具を食卓の上に並べた凛が、腕組みをして待っていた。

ダイニングとリビングを仕切る引き戸のレールの向こう側では、母さんがソファに座って、ぼくらに背を向けて、テレビを見ている。

父さんは休日出勤だ。今日もいない。

「遅い」

「ごめん」

苛立《いらだ》ちを隠さない凛に、素直に謝る。

座れとばかりに引き出されていた食卓の椅子《いす》に座ると、凛が手を伸ばして、ぼくの頬《ほお》に触れた。軽く押されて、なぞられる。

「……よし」

肌の調子を確認したらしい。

化粧下地まではぼくが済ませて、メイクは凛《りん》が全部やるのがお約束になっていて、もし下地を雑に済ませようものなら、ここで凛に詰《なじ》られることになる。

凛がファンデーションとブラシを取り出して、ぼくの顔に塗り広げていく。

真剣な眼差《まなざ》しをした凛の顔が少しずつ迫ってきたから、目を閉じた。

女性に作り変えられていく事実を、現実から切り離すため、心を無にする。

「動いたら殺す」

ファンデーションを塗り終えたのか、凛が低い声で言った。

「余計な口をきいても殺す」

それは、アイライナーで目元にラインを引く前の、合図みたいなものだ。

口答えなんかしないし、できない。目を閉じたまま、無言で頷《うなず》いた。

そこからは、あっという間だった。

目も、まつ毛も、チークも、リップも……流れるように、整えられてしまう。

今日は、ハイライトとシェーディングまで入れられた。

仕上げに明るい色合いのウィッグをかぶせられる。

「できた……」

凛が熱っぽい声で言った。

見なければ良いものを、つい、姿見を横目で確認してしまって……大昔の外国映画に出てきそうな、クラシカルでレトロな少女と目が合った。

……あれが、ぼくか？

いや……違う。そんなわけない。あれは、ぼくだけど……ぼくじゃない。

軽く頭を振って、自分にそう言い聞かせる。

そんなぼくの内心など知ったことかと、凛が「可愛い」と抱き着いてきた。

「好き」

そして、甘ったるい声で囁《ささや》いた。

熱い吐息が耳孔《じこう》に入り込み、ゾワッと怖気《おぞけ》が走る。

「大好き、愛してる。本当に、本当に女の子みたい……まもる、今、すっごく綺麗《きれい》だよ……？」

ぎゅううぅ……と、まるで溶け合おうとしているかのように、身体《からだ》を押し付けられた。

日頃の惨《むご》い態度がまるで嘘《うそ》のようで、ここまでくると、もはや豹変《ひょうへん》と言ってもいい。

ぼくを女装させたあと、凛は必ずこうなる。

「ごめんね……昨日も一昨日《おととい》も、あんなに怒って、酷《ひど》いことして……ねぇ、許してくれる？」

謝られても、ぼくは答えない。

許すつもりがないとかじゃなく、この状態の凛に話しかけると、著しく機嫌を損ねてしまうからだ。見た目はメイクで変えられるけど、声はどうしたって変えられない。

「傷つけるつもりなんて、なかったんだよ？」

凛《りん》が腕の力を緩めて、少しだけ、離れた。

かと思えば、両肩を掴《つか》まれて、至近距離から潤んだ瞳で見つめられた。

「だって、まもるが、私に嘘《うそ》をついて……しかも、あんな女と汚らわしいことして……違うよね？　本当は、まもるは、私が、私だけを、好きだもんね？　あの女は……ねぇ、誑《たぶら》かされたんでしょう？　無理やり、されちゃったんだよね……？」

何も考えずに頷《うなず》く。

従順なぼくに、凛が「あぁ」と吐息を漏らして、また抱き着いてきた。

「可哀想《かわいそう》……まもるが、女の子だったら、良かったのに……そしたら、あんな女に……」

それからも何かを言われ続けたけど、感情を殺して全部聞き流した。

まともに取り合っていたら正気じゃなくなりそうだし、返事をする必要もない。

そのうちに満足したのか、凛がぼくから完全に離れた。

「写真、撮るから」

宣言と同時にスマホを向けられて、返事をする前にフラッシュが焚《た》かれた。

細かくポーズを指定されるので、機械的に要求に応えていく。

何枚も、何枚も、数えきれないほど撮られて……やがて、目を焼くフラッシュが途切れた。

「今日も良い出来ね」

撮ったばかりの写真を確認しているのか、凛はスマホから目を離さない。

良くも悪くも、すっかりいつもの調子に戻っている。

さっきの異様な甘ったるさも、昨日までの不機嫌さも、どこにも見当たらなかった。

ほっと安心して……ふと、凛の機嫌に一喜一憂する自分が、ひどく滑稽《こっけい》に思えてくる。

「じゃ、厳選したやつを何枚か送るから、それをツイッターに……あ」

凛が言葉を呑《の》み込んで、ぼくを見た。

「あんたのスマホ、私が取り上げたんだった。これじゃツイッターに上げられないじゃん」

ぼくのスマホは凛に没収されている。ぼくに、京子《きょうこ》と連絡を取らせないためだ。

没収直後に京子とのラインまでブロックするという念の入れようで、とにかく接点を消したかったらしい。よっぽど、ぼくが京子とキスをしたことが許せなかったのだろう。

病的ですらある。

……京子が、ショックを受けていないか、心配だった。

突然、ぼくに拒絶された形となった彼女のことを思うと、いたたまれない。

きっとこの二日間のどこかで、京子はぼくに連絡をしてくれたはずだ。そこで、自分がブロックされていることを知った時の、京子の気持ちを思うと……消えてしまいたくなる。

特に、キス直後というのが、あまりにタイミングが悪い。

これじゃまるで、キスが嫌だったから避けているみたいだ。

そんなわけないのに。

むしろドキドキさせられたくらいで……

それに、今日は福岡へ出かける約束をしていたのに、当然それも、無言で破った形になってしまった。

せめて、どうにかして、京子《きょうこ》に連絡を取れたら良かったけど……朝も放課後も凛《りん》に見張られて、自由な時間を一切作れなくて、やっぱり無理で……とにかく申し訳ない。

凛なんか無視して、やりたいようにやれたら……そう思っても、実行に移せない。

……こんなだから、駄目なんだ。

「しょうがない」

凛が大げさにため息を吐《つ》いた。

「スマホは当面触らせらんないし、私がやるしかないか……ったく」

そして機嫌を損ねたように言って、ダイニングから出ていく。

自分の部屋に隠してある、ぼくのスマホを取りに行ったのだろう。

ダイニングに一人、残される……いや、すぐ向こうのリビングには一応母さんがいて、ソファに座って我関せずとテレビを眺めているけど。

テレビでは、見慣れたワイドショーが流れていた。

政治系の内容だったから、興味を持てず、意識を切って天井を見上げる。

そのままぼーっと放心していたら……電話が鳴った。

食卓のすぐ近く、ダイニングと廊下を隔てる扉のすぐ横に置いてある、固定電話だ。

母さんが動く気配はない。ぼくの方がずっと電話に近いから、当然と言えば当然だ。

立ち上がり、電話の前に立つ。

オレンジ色に光るディスプレイを確認すれば、見覚えのない番号が表示されていた。携帯の番号だ。フリーダイヤルや非通知じゃないから、受話器を取った。

「はい、森崎《もりさき》です」

「あ、一発で出た」

受話器の向こうから聞こえたのは、覚えのある女の声……え？

「衛《まもる》だよね？　私、私、京子」

思わず背後を振り返る。

凛は……いない。

まだ、自分の部屋だ。

ついでに母さんも背を向けてテレビを見ている。

「……京子!?　あのっ、ごめん、凛にスマホ取り上げられて、ブロックされて……！」

安全だと判断するや否や、前置きもせず、とにかく伝えなきゃいけないことを伝えた。

凛が戻ってきたら、話せなくなる。

電話の向こうで京子が「あぁ」と頷《うなず》いた。

「そんなことだろうと思ったよ。私たちのことが、バレたの？」

「うん……ネットで、あのキスしてる画像を見つけたみたいで……」

「やっぱり。実は昨日、高校の近くで衛《まもる》を待ち伏せしてたんだけど、なんか凛《りん》と一緒に帰ってたから、声かけられなくてさ。だから、何となく、そうかな？　って思ってたんだけどね」

「うん……？」

と頷《うなず》きつつ、心の中で「待ち伏せ……？」と引っかかりを覚えた。

けど時間の余裕がないから、深く聞けない……いや、でもっ…………、まあ、いいか。

京子《きょうこ》が「はあぁ」と、気の抜けた声を漏らした。

「………じゃ、さ。私が嫌になって、着拒やブロックしたわけじゃ、ないんだね？」

弱々しい声が、どれだけ心配させてしまったかを雄弁に語っていた。

罪悪感が押し寄せてきて「そんなわけっ……！」と、叫びそうになる。

慌てて声を抑えて、振り向いて、凛がいないことを確認して……戻ってくるの、遅いな。

もしかして、部屋でそのまま、ツイッターをしているのだろうか。

「……でも、ごめん、しばらくは連絡したり、会ったりが、できなくて……！」

「さっきから様子が変だけど、何もさせてもらえない。監視ってそんなにキツいの？」

「本当に、何もさせてもらえない。凛、めちゃくちゃ荒れてたから」

「へぇ。今は大丈夫なの？」

「ちょうど凛が自分の部屋に籠《こも》ってて、なんとか」

「そっか。タイミングが良かったのか。いざとなれば、衛が電話を取るまで何度もかけ直すつもりだったから、ほんとに良かったよ。ま、けどできれば直接会いたいかなー、なんて」

「そりゃ、ぼくも、そうしたいけど……」

「……ていうか、私今、衛のマンションにいるんだよね。屋上だけど」

「えっ」

「今から会えない？　凛の目がないんなら、短い時間だけでも出てこられないかな？」

「あっ、と……」

反射的に、姿見に映る自分の姿を確認していた。

鏡に映る……凛の言いなりになって、女装した、情けない自分の姿が目に入る。

……ぼくだって、連絡できなかったことを直接謝りたい。

それに、たしかに、今なら短時間くらいは、出ることもできるかもしれない。

でも、この恰好《かっこう》を見せるのは……さすがに……

言葉を返せずにいたら、京子が「あ、そっか」と言った。

「ね。衛が今、どんな恰好をしてても、私は驚かないよ。わかってるから」

それがまるで、ぼくの心を読んだかのような内容だったから、ぎょっとする。

「それ、どういう……」

「とにかく、会えるなら屋上に来て。そうだな……今から三十分だけ待ってるから」

それだけ言って、電話が切られた。

まるで突き放されたようだけど、そう感じるのはきっと、ぼくが甘えているからだろう。

受話器を戻して、どうしたらいいか……いや、どうしたいか、考える。

京子《きょうこ》には会いたい。謝りたい。

でも怖い。凛《りん》にバレたら……短い時間、家を出るくらいなら、どうにでも誤魔化《ごまか》せるかもしれないけど、でも、もし京子に会ったことを知られたら、いよいよどうなるかわからない。

なによりも、この姿だ。京子には、女装したところを見られたくなかった。

男らしさの欠片《かけら》もない、こんな姿………でも。

京子の「どんな恰好《かっこう》をしてても驚かない」「わかってる」という言葉が頭の内にこびりついていた。

もしかして、京子は女装のことを、知っているのだろうか?

……ありえなくはない。

ぼくのアカウントは、ぼくを特定できる程度には、個人情報をまき散らしている。

身内に本気で調べられたら、辿《たど》り着くのは、きっとそう難しいことじゃない。

じゃあ……京子はぼくのアカウントを見つけたから、あんな意味深なことを……?

だったら、女装を見られたって、別に問題は……

でも。もし、見つけていなくて、あの言葉が、別の意味だったら……
心臓がばくばくしていた。
音を立てないよう、そっと廊下に出る。
凛の部屋の扉は、しっかり閉じられていた。
未《いま》だに戻ってこないのは、多分、投稿の拡散具合を確認しているからだろう。
なら、行くなら今だ。今しかない。
数秒、葛藤《かっとう》して……腹をくくった。
行こう。ぼくのせいで、京子に迷惑をかけた。
せめて、今謝るぐらいはしないと、申し訳が立たなくて、自分を許せなくなる。
「よし……」
短時間で戻れば、外出がバレても、少し怪しまれるくらいで済むだろう。
仮にもし追及されたって、いくらでも誤魔化しようはある。
そう、願うように希望的観測を立てて……靴を履いて、外へ出た。
スカートでの移動に苦戦しながら、屋上に侵入すると、すぐに京子の姿が目に入った。
縁の柵に背中を預けて、スマホを眺めている。
「京子」

歩み寄りながら声をかけると、京子《きょうこ》が顔を上げた。

「早かっ、うぉっ!?」

そしてぼくを見るなり、素《す》っ頓狂《とんきょう》な声を上げた。京子らしからぬ反応だった。

明らかに女装姿に驚いている……まさか、女装のことを知らなかったのか？

だとすれば、さっきの言葉はパジャマくらいの気持ちで……つまり、墓穴を掘った？

みるみる後悔が押し寄せてくる。

「……すごく、驚いてるね。あー……女装、知らなかった？」

苦笑しながら聞くと、京子が慌てた様子で「あっ、いやっ、ごめん！」と謝ってくる。

「違うんだよ!?　驚いたのは、その……実物が、写真よりずっと可愛くて、ビビって……」

声にも表情にも嫌悪の色はない。ただ純粋に、驚いているだけに見えた。

……写真より可愛い、か。やっぱり、知っていたみたいだ。

そりゃそうだよな。あんなに思わせぶりな言い方をしていたんだから。

胸を撫《な》で下ろせばいいのか、落ち込めばいいのか、よくわからなくなる。

「ツイッターのアカウント、これだよね？　一昨日《おととい》見つけた」

京子が手に持っていたスマホの画面を見せてきた。

そこには、ついさっき撮られたばかりの、レトロガーリーな女装写真が映し出されている。

凛《りん》が投稿したものだ。コメントは簡素で『今日はこれ』の一言。適当すぎる。

ぼくは、毎回気色悪さと戦いながら、凛《りん》が気に入りそうなコメントをしているのに……

「毎週日曜の午前に女装の写真をツイートしてるから、今日もそうかなって」

京子《きょうこ》が、ぼくとスマホの写真を見比べる。

誤解されたくなくて「凛の趣味だよ」と補足した。

「無理やり付き合わされているんだ。女装なんて、反吐《へど》が出るほど嫌だ」

「わかってる。でも可愛いけどね。見た目だけなら、芸能界でも通用するんじゃない？」

京子がずいっと迫ってきた。

詰め物を入れた胸を指先で触られて、思わず「やめてよ」と力なく呟《つぶや》く。

「可愛いって褒められても、全然嬉《うれ》しくない。知ってるでしょ？」

「相変わらず、自分が好きじゃないんだね」

「そりゃね。非力で、情けなくて、見た目もこんなんだし。好きになれる要素がない」

それこそ情けないことを吐き捨てた。

「んー……」

そんなぼくを、京子がまじまじと、鑑賞するように頭から足の先まで、見つめてくる。

「私は好きだけどな。衛《まもる》の顔も、体型も。もちろん、その女装が似合うところも」

「……どうも。それより、この二日間、ごめんね」

楽しい話じゃないし、時間もないから、適当に流して本題に入る。

「どうにかして、連絡を取らなきゃって思ってたんだけど……凛に逆らえなくて。今日のデートもすっぽかしちゃったし。本当にごめん」

謝ると、京子が「あぁ」と腰に手を当てた。

「その辺、ムカついてなくもないけど、凛のヤバさは私も知ってるからね。仕方ないよ」

仕方ない。その言葉が、胸に突き刺さる。

自分があまりに情けなくて、気が沈んだ。

「……絶対に埋め合わせはするから」

でも、ぐだぐだ言い訳しても鬱陶《うっとう》しいだけだろうから、余計なことは言わない。

京子が「埋め合わせかぁ。期待しちゃおっかな」と微笑《ほほえ》んだ。

「けど……家族のことは難しいよね。私も今は分別がついちゃって、昔みたいに森崎《もりさき》家の問題に割って入ったりって、どうしても難しいし。助けてあげるのが、難しいや」

京子が、柵の外側を向いた。

視線の先にある空は、鈍色《にびいろ》に澱《よど》んでいる。

気を遣わせてしまって、申し訳なかった。

「……さすがに、京子に、家のことまで助けてもらおうなんて思ってないよ」

「そ？　……ま、森崎家は凛を中心に回ってるし、だから衛が凛に逆らえなくて、それで私との約束が守れなくても、仕方ないよ。気にしないで」

京子《きようこ》が柵に乗り出して、地面を見下ろす。

どうしてそんなに優しいんだろう。

ぼくはまだ、京子を異性として好きになれていないのに。

それどころか、瑞希《みずき》を忘れるための、代用品みたいに考えているところさえあるのに。

息苦しかった。何も返せていない自分が、嫌になる。

「そういえば、金曜の夜に、瑞希ちゃんに会ったよ」

京子が言った。

いきなり話が変わって、しかも内容が内容だから、ドキッとする。

「えっ？　な、なんで……？」

ずっと片思いしてきた相手と、彼女が二人きりで会うとなると、心穏やかにはいられない。

大体、京子はぼくが瑞希に失恋して自殺しようとしたって、勘違いしたままだし……

京子が、唇の片端を器用に持ち上げた。

「話がしたいって呼び出されたから。バスセンターの喫茶店で会ってきたんだよ」

攻撃的な笑顔だ。妙に様になっていて、またドキッとする。

「へぇ……何を話してきたの？」

「衛《まもる》と別れろだって。そう言われたんだよね」

「……はい？」

「凛《りん》だけじゃなくて、瑞希ちゃんも、ネットであの画像を見つけたみたいでさ。それを見て、わざわざ私に連絡してきたんだよ」

やっぱりか。瑞希はぼくには特に何も言ってこなかったけど、学校であれだけ噂《うわさ》になっていたんだから、知らないわけがない。

けど……

「そうなんだ。でも、なんで別れろなんて……」

「さあね。とにかく私は別れる気はないって答えたけど」

瑞希の意図がさっぱり摑《つか》めない。

金曜日か。あの日、瑞希に何か変わった様子はあっただろうか？

放課後に、瑞希から恋愛相談をされたのが、ちょうど金曜日だったっけ。

彼氏と別れるかもって話だったけど、それが何か関係があったり……わからない。

考え込んでいたら、京子に「ねえ」と声をかけられた。

「もし、瑞希ちゃんに告白されたら、どうする？」

京子と目を合わせる。

「……急になに？」

「衛が好きだから、彼女の私に別れろなんて言ってきたのかなって思って」

その推測に、金曜の放課後に瑞希からかけられた一言を思い出した。

『……まーちゃんが、彼氏なら良かったのに、って思った』

もし仮に、瑞希《みずき》が実はぼくに好意を持っていたとすれば、その言葉の意味も、京子《きょうこ》を呼び出してまで別れろと言ったことにも、説明がつく。

でも……そんな都合の良い話は、ありえないだろ。

瑞希がぼくを好きだったなら、そもそもとっくに付き合えているはずで……いや待て。瑞希は自身がぼくに惚《ほ》れられていることを知らない。だったら、瑞希もぼくと同じように、何らかの理由でぼくを勝手に諦《あきら》めて、妥協で他の男と付き合っていたという可能性も……

そこまで考えて、我に返った。

落ち着け。そんなわけがない。そもそもぼくは瑞希のタイプから外れている。瑞希が彼氏に選んできた男たちが、もれなくぼくとは正反対のタイプだったことが、何よりの証拠だ。

瑞希がそういった男としか付き合わないから、ぼくは勝手に諦めて、瑞希へ告白することさえしなかったわけだし。

なにより、瑞希がぼくを好きかどうかなんて、今は関係ない。

ぼくはもう京子と付き合っている。

少し可能性を感じたからって、他の女について思い悩むなんて、不誠実だ。

ただ、もしも本当に、瑞希がぼくを好きだったら。

それはそれで、ぼくと京子が付き合う理由がなくなってしまうことも事実なのだ。

だって、ぼくは瑞希を忘れたくて京子と付き合うことを選んだ。京子もきっと、ぼくが失恋を苦にして自殺すると勘違いしたから、それを止めるために付き合ってくれているだけだ。好き合っているわけじゃないから、理由がなくなれば付き合う必要だってなくなる。

まずい、と思った。

よくわからないけど、それは、とてもまずい……理由がなくなると、ぼくは多分、困る。

「……もしかして、もうアプローチされてたり?」

京子が言った。

考えに夢中になって、返事をしなかったから、怪しまれたのかもしれない。

すぐに「そんなわけっ……!」と否定しかけるけど、でも瑞希が口にした「まーちゃんが彼氏だったら良かったのに」という言葉をまた思い出してしまって、口ごもってしまう。

あれを額面通りに受け取れば、それこそアプローチの言葉でしかない。

「心当たり、あるんだね」

「だ、だとしても、今のぼくは京子の彼氏だし、もちろん断るよ!?」

慌てて言い募ると、京子が柵に背中を預けた。

そして「ふーん」と呟《つぶや》く。

原因不明の不快な焦りが胸中に芽生えて、心を燻《いぶ》す。

自分が今、どういう気持ちなのか、わからなくなってきた。

「……ね。衛《まもる》って、なんで自分の顔とか姿を嫌ってるんだっけ?」

京子《きょうこ》が言った。

話が急に明後日《あさって》の方向に飛んだ。

「……は? え、なに? なんで今、そんなことを……」

京子が「だってさ」とぼくを指さした。

「恵まれてるし。お世辞じゃなくて美少年なのに、なにが不満なわけ?」

「いや……だって男らしくないし……華奢《きゃしゃ》で、女顔だなんて」

両手を広げて、女装した、情けない姿を京子に見せつける。

「これじゃ、男として見てもらえない」

「誰に?」

「え?」

京子が柵から身体《からだ》を起こして、ぼくの前に立った。

無表情で……少しだけ、怒っているようにも見える。

「男として見てもらえないって、誰に? 誰が、衛を男として見てないの?」

丁寧《ていねい》に言い直されて、やっと自分の失言を悟った。

そうか。ぼくが、自分の見た目を嫌うようになったのは、瑞希《みずき》の彼氏が男らしかったから
……つまり、瑞希がぼくのような華奢な男は好みじゃないと思ったからで……

京子は、それを知っている。これまでに何度も相談したし、愚痴《ぐち》ってきたから。

さらに、京子は、女装が似合うぼくの容姿を、別に悪いとは思っていなくて……

「それは……その、一般論としてで……」

弁明するけど、自分でも無理があるとわかっているから、しどろもどろになる。

京子が、ぼくの頭からつま先までを、なぞるように見た。

「……私は衛を男として見てるよ。ていうか、そうでなきゃ付き合わないし。衛は嫌かもしれないけど、その綺麗《きれい》な顔も、華奢な体も……女装が似合うとこも、全部好きだよ」

それは、ありのままのぼくを肯定してくれる、救いの言葉であるはずだった。

でも、今は、断罪の口上にしか聞こえない。

「そっ、か……はは。京子が、そう言ってくれるのは……」

「瑞希ちゃんの彼氏がみんな逞《たくま》しかったから、華奢な自分が嫌なんでしょ？」

「……あ、あー」

言い逃れはできない。

京子はきっと、こう言っている。ぼくが自分の容姿を好きになれないのは、瑞希に強い未練を残していて、瑞希の目をまだ気にしているからだ、と。

自覚をしていたわけじゃない。でも、無意識下ではまさにそう考えていた。

何も言えなくなった。胃をキリキリさせながら、京子を見上げることしかできない。

「……ま、いいけど」

沙汰《さた》を待つ気分で、しばらく見つめ合っていたら、京子《きょうこ》が投げやりに言った。

かと思えば、おもむろにぼくの両頬《ほお》を摘《つま》んで、むにーっと引っ張ってくる。

痛い。

「ちょ、なに……？」

「ごめんね。誤魔化《ごまか》されて、すっごくムカついたから、イジメてる」

ぐうの音もでなかった。

「けど、実際どうしたもんかなー。私たちって、衛《まもる》が瑞希《みずき》ちゃんに失恋したから付き合い始めたわけじゃん。瑞希ちゃんが衛を好きってなると、前提が崩れちゃうよね」

ぼくの頬を引っ張ったまま、京子が言った。

「それは、困るなぁ」

どうして困るのか、聞きたかった。

でも、頬を限界まで引き伸ばされて、痛くて、「ふぃぃ」と呻《うめ》くことしかできない。

「……ま、杞憂《きゆう》かもだけど。瑞希ちゃんにそんな気が全然ない可能性も、十分あるし」

呟《つぶや》いた京子に同意を示すため、こくこく頷《うなず》く。

京子がぼくの頬から手を離して微笑《ほほえ》んだ。

「様子を見よっか。どうせ凜《りん》のせいでしばらく会えないし、その間に考えを整理しよう」

ひりひりする頬をさする。

「整理もなにも、ぼくは京子と付き合ってるから、瑞希に告白されても断るよ……」

「でも、まだ未練があるでしょ？　忘れられないでしょ？」

「それは……」

ない、と断言はできなかった。一度誤魔化そうとした手前、何を言っても言い訳にしか聞こえないだろうし、実際、未練がないわけじゃないからだ。忘れるなんて、当分無理だろう。

「責めてないからね。何年間も続けてきた片思いを、たった数日でなかったことにできるなんて、私も思ってないし」

あっけらかんと見透かされて、情けなさがさらに増す。

本当に、何も言えない……

「ただ、それはそれとして、衛を惚《ほ》れさせるって決意して、キスまでした私にとって、今の状況が嫌ってことはわかるよね？　とにかく気持ち悪いし、モヤモヤする」

「……ごめん」

「だから責めてないって……あ。でも、申し訳ないと思うなら、一週間だけ待ってくれる？」

意味がわからない。

無理解が顔に出ていたのか、京子が「つまり」と補足した。

「もし瑞希ちゃんから、告白みたいなことをされても、明日から一週間だけ、それに応えないでほしいなーって……返事を保留してほしいって、お願い」

「……誰かに告白されても断るってば」

「そうしてくれるなら、嬉《うれ》しいけどさ。でも、衛《まもる》は瑞希《みずき》ちゃんが彼氏とキスしてるとこを見ただけで、心が折れて、飛び降りようとしたわけでしょ？　……信じられないかな」

耳が痛い。

「いや、飛び降りる気は本当になかったんだよ……」

弁明するけど、やっぱり京子《きょうこ》は信じる気がないみたいで「あっそう」と流してしまう。

こっちとしても、信じられたらそれはそれで都合が悪いから、強くは言えない。

「と、とにかく、断るつもりでは、いるから」

「ふうん」

「……けど、一週間待って、どうなるの？」

気になって尋ねた。

一週間待つことで、何かが劇的に変わるとは思えない。

「どうにかするよ」

「何を？」

「それはまだ秘密」

京子が短く答えて、スマホの画面を見た。

「ね。そろそろ戻らないと、まずい？」

「あっ。そうだった。あんまり、長話は……」

「だよねー。もっと話したかったけど、仕方ないか。じゃあ、とりま、来週の日曜の同じ時間に電話するから。電話は衛が取ってね」

「わかった」

「それにしてもほんと不便だな……ね。難しいだろうけど、凛《りん》をどうにかできない？」

期待の眼差《まなざ》しを向けられて「う」と詰まる。

向けられた思いを裏切りたくはない、けど……

「……できるだけ、頑張っては、みるけど」

絞り出して言うと、京子が口元を緩めて「応援してるよ」と笑顔を浮かべた。

そしてすばやく顔を寄せてきて……頰《ほお》に、柔らかな感触をした何かが、押し付けられた。

「えっ⁉」

キスされた⁉

「……今日の衛は優柔不断でムカついたから、ほっぺだけね」

素早く身を引いた京子が、いたずらっぽく言った。

固まって、口をぱくぱく開閉させていたら、京子が軽やかな足取りで非常階段へ向かっていく。そして一瞬だけ振り返って。

「じゃ、また来週」

と言って、返事も待たずに柵を乗り越えて……さっと姿を消してしまった。

「……マジか」

嵐のような勢いに、呆然《ぼうぜん》と呟《つぶや》いて……って、そうだ。

ぼくも早く帰らないと。

ぼんやりしてる場合じゃない。

消えた京子《きょうこ》の後を追うように、非常階段へ駆けて……少し考えた。

京子は、どうして、ぼくなんかのために、ここまでしてくれるんだろうと。

だってぼくは、京子に好かれることなんか、何もしていない。

なのに、なんで……

わからない。生まれた頃からの付き合いなのに、ぼくは京子のことを何もわかっていなかったのかもしれない。

だから知りたいと思った。

好きとか嫌いとか、そういうことの前に。

京子のことを、もっと、たくさん。

四話

朝山瑞希《あさやまみずき》

Mamorukun to ai ga omotai syoujotachi

うちの家族で、一番早く家に帰るのは、私。

小学校の三年生に上がった頃に、お母さんがお仕事に復帰することになって、それから私はずっと鍵っ子をしてる。

学校が終わって、家に帰っても、私を出迎えてくれる人はだぁれもいない。

おかえりって言葉を最後に聞いたのは、いつだったかなぁ？

玄関で靴を脱ぎながら、薄暗い廊下に向けて呟く「ただいまぁ」って挨拶《あいさつ》は、いつだって、誰にも受け取られないまま、空気に溶け込んで消えてしまう。

寂しい家だよ。

だから私は、帰ったらまず、家の電気をつけて回る。パチパチパチッとスイッチを押してって、廊下も、自分の部屋も、リビングも……とにかく家中を照らして、明るく彩っていく。

あとは、見たい番組がなくても、テレビを必ずつけることにしていた。

声と光は賑やかし。寂しさをほんの少しだけ和らげてくれるんだよね。

うちは小さいアパートで、どの部屋も狭いけど、私にとってはちょうどいい広さだ。どーせ普段家にいるのは私だけだし。広くても、その分寂しさが増すだけだし。

そーいうわけで、今日も私は、帰ってすぐに電気とテレビをつけた。

片付けができてなくて、服や物が散らばった床を、ひょいひょいと進む。

「……あ、けーかちゃんだ」

自分の部屋で家着に着替えたあと、夕ご飯の準備をするためにリビングへ戻ったら、テレビでクイズ番組が流れてた。キリッとした顔立ちの女の子が、何かの問題に答えてる。

綺麗《きれい》系で、パンツスタイルのその子は、タレントの喜多河桂花《きたがわけいか》ちゃんだ。

けーかちゃんは、元々グループで活動してたアイドルだけど、今はピンで活動してる。

私はけーかちゃんのファンだ。彼女を知ってから、ゆるーく推し続けてる。

けーかちゃんは、本当に綺麗。きりっとした顔で、スタイルが良い。

長い手足はダンスで映えるし、地声が低めだから歌声も身体《からだ》に響く。

あと、性格も落ち着いてて、頼りがいがあって……けーかちゃんは、私にないものを全部持ってる。とにかくかっこいいの。なのにネットじゃ、グループが解散して、喜多河桂花にソロの需要はないから、今に消えるだろうって言われてた。

しょせん、宵ヶ峰京子《よいがみねきょうこ》のバーターだって。

「頑張ってほしいなぁ……」

世間じゃ、あのグループの看板はきょーこさんで、正直けーかちゃんの人気はいまいちだ。

だから、そう言われてしまうのは、嫌だけど、わかる。

でも……やっぱりおかしいと思うんだ。

私は、けーかちゃんが、きょーこさんより人気がないってことが、納得できない。

こないだ喫茶店できょーこさんに会って、その思いはさらに強くなった。

だって、きょーこさんって全然可愛くない。かっこよくもない。

なんか、全部が中途半端だ。

そのうえ性格まで悪いんだから……良いとこ、ないよねぇ？

なのに、あんな女に、けーかちゃんが負けるなんて、絶対変。おかしい。

「なんか、思い出したらムカムカしてきたなぁ……」

けーかちゃんを見てたら、きょーこさんの顔も浮かんで、そこから喫茶店のやり取りまで連想しちゃって……うぇ。気分悪くなってきたなぁ。

「えい」

このままじゃけーかちゃんまで嫌いになりそうな気がして、チャンネルを変えた。

賑やかしにちょうど良さそうなバラエティが目に留まって、それにする。

うん。興味ないけどこれでいいや。

リモコンをソファに放って、今度はご飯の準備にとりかかる。

準備っていっても、タッパーに詰めた、作り置きの料理をレンジで解凍するだけだけど。

料理って面倒くさいから、私は嫌い。

作るのも、調理器具の洗い物も、ぜーんぶ面倒。

だから私は、料理は作れるときに大量に作って、小分けにして冷凍することにしてる。

そしたら朝、炊飯の予約さえしとけば、あとは解凍するだけでご飯にありつける。洗い物も少なく済む。楽ちんだよね。

ちなみに今日はビーフシチュー。ていうか、ここのとこシチューしか食べてない。

十皿分くらい作って、冷凍しといたから……うーん。さすがに横着しすぎかなぁ？

……まあいっか。

だって食べるの、私だけだもんね。

「今日は、頑張って、ドリアにしーちゃおーっとぉ」

耐熱容器にご飯を盛って、その上に解凍したシチューとチーズをのっけて、オーブンに入れる。ひと手間加えて料理をした気になれて、罪悪感が消えてなくなった。

オーブンのタイマーをセットして、ソファにごろんと寝転ぶ。

テレビは興味ないからスマホを手に取ると、とーまくんから何件もメッセージがきてた。

「うぇー……」

トーク画面を開いてみると「電話に出てくれ」とか「ごめん」とか「やり直したい」とか、

そんな想像通りの、なよなよしたメッセージがずらずら並んでて……はあ。だるぅ……

返信する気が起きなくて、既読だけ付けて会話画面を閉じた。

うんざりだな。元彼のとーまくんは、案外しつこい。付き合う前は、年上の余裕とか包容力が感じられて、面倒くさくなさそうでいいかなって思って、告白を受けたんだけど……

別れた瞬間こうなるなんて、もう詐欺《さぎ》だよ。

このしつこさを先に知ってたら、絶対付き合わなかったのになぁ。

「勝手に私に執着しないでほしい……面倒くさぁい」

私は、付き合う相手には、三つの条件を求める。

身体《からだ》と顔が男らしいこと。運動部であること。そして、私に執着しないこと。

そーいう男が好きって意味じゃない。この条件を満たした男を彼氏にすると、色々便利ってだけ。彼氏なんかただの道具だから、便利に使えないなら必要ないし。

私、彼氏と恋愛したいわけじゃないんだよね。

ただ、彼氏を使ってまーちゃんの反応が見たいだけっていうか。

私が誰かと付き合えば、まーちゃんはとても苦しそうにする。泣きそうな顔になる。

で、その誰かがまーちゃんと正反対なほど、まーちゃんの苦しみは大きくなるんだよねぇ。

それがとても重要なの。

私は、まーちゃんが苦しめば苦しむほど、安心する。

まーちゃんは、私を愛してる。

そんなまーちゃんが、私に彼氏ができたことに絶望して、それでも私を諦《あきら》めきれなくて、一《いち》途《ず》に私を想い続けることに、心の底から喜びを感じる。

私はまーちゃんと付き合う気はない。

でも、付き合ってもないのに、私を無条件で愛してくれるまーちゃんのことは、大好き。

その愛を確かめるために、私は男と付き合うし、別れる。

だから、とーまくんはどうでもいいし、むしろもう邪魔。

「……ばいばーい」

とーまくんのラインをブロックして、パズルゲームのアプリを起動した。

ドリアが焼けるまでに、溜《た》まったスタミナを消費しよっと。

あんまり頭を使わずに、なんとなくパズルを解いてたら、スマホが震えた。

画面の上の方に、メッセージが届いたって通知が表示される。

とーまくんしつこいなぁ！　って思ったけど、すぐにブロックしたことを思い出した。

「え、誰……うえぇ」

送り主はきょーこさんだった。

ゲームをやめてラインを開くと、次の日曜にまた会えない？　って内容で、げぇってなる。

こないだの最悪の別れ際を思い出すと、なんで？　って気分にしかならない。

話すことなんてもう何もないし、きょーこさんだって………あっ。

もしかして、考え直して、まーちゃんと別れる気になってくれたのかなぁ？

それなら、嬉《うれ》しいけど……違うよねぇ、違う気がするなぁ。

……てゆーか。まーちゃんはなんで、きょーこさんと付き合いだしたんだろ。

だって、まーちゃんの好きな人は、私だよね？

小さい時からずっと、何があっても、まーちゃんだけは、私を好きでいてくれたじゃない。

信じてたのに。

まーちゃんだけは、絶対に私を裏切らないって。

お父さんよりも、お母さんよりも、まーちゃんのこと、信じてたのに…………ううん。

違うよね？

ごめんね？　本当は……わかってるよ？

まーちゃんが、私をまだ愛してるって。

だって、まーちゃんの私を見る目が、訴えてくるんだもん。

好きだよって。大好きだよって。愛してるよって。

……そっか。そうだよね。やっぱり、まーちゃんは京子《きょうこ》さんに無理やり迫られて、押し切られて、付き合っちゃったんだ。

まーちゃんは、優しいから……一度付き合ったら、義理立てしちゃうもんね？

でも、そんなの間違ってるよ。京子《きょうこ》さんと付き合うなんて、間違ってる。
「許せない……」
純真なまーちゃんを、いいようにして……
こんなの、まーちゃんが、可哀想《かわいそう》だよ……！
私が……私が、どうにかしてあげなきゃ。
きょーこさんには二度と会いたくないけど、でも、私がやらなきゃ駄目だ。
まーちゃんと、私のために。
もう一度、きょーこさんからのメッセージに目を向ける。
んっ！　て気合を入れて……いいですよ、って返した。
……うん。もう一度だけ会って、しっかりお願いして、今度こそ別れてもらわなきゃ。
だって、まーちゃんの好きな人は私だもん。あの人じゃ、ない。
人のものは、盗《と》っちゃ駄目なんだよって、はっきり教えてあげなきゃ。
それでも、まだ、話が通じなかったら……
その時は……

宵《よい》ケ《が》峰《みね》京《きょう》子《こ》

「休みをありがたがれない人生って、健全じゃないよね」

日曜日の夜。

今はテレビで国民的なアニメが流れてる時間帯。

そんな夕飯時真っただ中に、私はベッドに寝そべって、桂花《けいか》と電話をしてた。

ご飯はとっくに食べ終えてる。なんならお風呂にも入ってしまった。

我ながら小学生みたいな生活リズム。

もしくはおばあちゃんに合わせてるから、老人みたいな生活リズムかも。

別にどっちでもいいけど、とにかくこっちに越してからずっとこの調子だ。

絵に描いたような健康的な生活は、東京にいた頃には考えられなくて、すごく新鮮。

「毎日が日曜日って、昔は憧れたけど、いざ経験すると不毛だわ。心が餓死する」

「わかるわ」

スマホから、桂花の同意が返ってきた。

「仕事に忙殺されてるくらいでちょうどいいんだよな。てか最近、マジで仕事が減ってきて、恐怖しかない。働きたい……けど、仕事は選びたい……」

相変わらず桂花は仕事があんまりないらしい。

グループで活動してた頃は、完全なオフなんて月に二日取れたらいい方だったのに。

世知辛《せちがら》いな……

「ま、けどさ。いうて京子《きょうこ》はここ数年、過労死寸前って勢いで頑張ってたんだから、しばらくはニートを楽しんでもいいと思うけどな」

「えー……そーお？　でも家事とか全部おばあちゃんがしてくれて、私ほんとに何もしてないから、罪悪感やばくて死にそうなんだけど」

「何もしないことに罪悪感があるなら、受験勉強始めたら？　看護学部の」

「そうだなー……うーん。もう少しゆっくりする予定だったけど、もう始めよっかな？」

「志望校は？」

「全然決めてない。でも国立がいいな。学費安そうだし」

「えっ。京子さん、男にうつつを抜かしながら、国立を受験するつもりなんですか!?」

「いや言い方。てか、復讐《ふくしゆう》のことを、男にうつつを抜かしてるって言わないでくれる？」

ムッとして言い返したら「はいはい、そうだね」なんて、軽くあしらわれた。

くそ。この女、相変わらず、私が衛《まもる》を恨んでるって信じてないな。

友達甲斐《がい》のない奴《やつ》め。

「……ま、京子は地頭いいし、本気を出せばどうにかなるかもな。受験は今年度？」

「模試の結果を見て決めるつもり。貯金的に、一年くらいは浪人しても大丈夫だけどね」

「ふーん……じゃ、来年度に彼ピと受験すれば？　近い大学を選べば、同棲できるし」

「あー、その手があっ…………いや待って。ない、それはないわ」

慌てて否定したら、「なんでだよ」って不思議そうに聞き返された。

「だってその頃には復讐終わらせて、衛を振ってるはずじゃん？　つまり、別れてる」

「あーね、はいはい、そうだったね。そりゃ駄目だね」

投げやりっていうか、どうでも良さそうな返事だ。

舐《な》めやがって。

「……ねえ。桂花《けいか》ってさぁ……私が衛を憎んでること、全ッ然信じてないよね？　なんで？」

「え？　信じてるけど」

「ほんとに？　衛をべた惚《ぼ》れさせて、向こうが私に依存してきたら、そこで振ってやって、地獄に叩き落としてやるっていうの、これマジだからね？　わかってる？」

「わかってるわかってる。あっ。そういえば、復讐対象の彼ピとは、連絡取れた？」

露骨に話題を変えられた。てかやっぱ馬鹿にされてるなこれ。

でもムキになっても仕方ないし、すっごいムカつくけど我慢するしかない。

「……取れたけど。てか、今朝衛のマンションまで行って、直接話してきたし」

桂花にはもう、衛と連絡が取れなくなったことや、瑞希《みずき》ちゃんと会ったことを伝えてある。

アイドルやってた頃より、最近の方が密に連絡取っててうけるんだけど。

「なんか衛、凛《りん》に私との交際がバレて、スマホ取り上げられてた。だから連絡が取れなかったみたい」

「凛《りん》って誰？」

「衛《まもる》の姉だよ」

「あぁ……あの、頭がおかしい」

頷《うなず》いて、桂花《けいか》に凛がいかに衛を偏愛してるかってことと、昨日の一部始終を伝える。

拡散されたキス画像を見つけた凛が、怒って衛の監視を始めたことや、今朝凛の隙《すき》を突いてマンションの屋上で衛と会ったこと。そしてそこで衛と話したことなんかも、全部だ。

聞き終えた桂花が「えー……」ってドン引きした声を上げた。

「その凛って奴《やつ》、弟が交際始めたことにブチギレて、弟からスマホを取り上げた上に登下校まで監視してるわけ？　ブラコンすぎて引くわぁ」

「引くよね」

「つーか彼ピ周りの女、全員やばすぎ。姉貴だけじゃなくて朝山《あさやま》もやっぱりおかしいし、京《きょう》子《こ》は京子でクソ重いし……なあ。彼ピ、過労で死ぬくね？」

「急に喧嘩《けんか》売るじゃん」

「冗談だって。それより、どうするんだ？」

「……何が」

「結局彼ピってまだ朝山が好きなんだろ？　その朝山が、彼ピと京子を別れさせようとしてるのに、京子は姉貴に妨害されて彼ピと会えないとか、状況最悪だろ。どうするんだよ」

言われるまでもなく、状況が最悪なのはわかってる。

たとえば瑞希《みずき》ちゃんが私たちの関係を壊すために、衛に何か適当なことを吹き込んだとしても、私はそれを把握できないし、仮に把握できても対処ができない。

もっと言うと、瑞希ちゃんが本気を出して、衛を誘惑なんかしだしたら……やば。想像するだけで、はらわたが煮えくり返りそう。

一応今朝、衛に、瑞希ちゃんに何をされても応えないで、ってお願いはしたけども。

でもそんなの気休めだ。私は、瑞希ちゃんが絡んだ時の衛を一切信用してない。

「どうする、かぁ……とりあえず今は瑞希ちゃんのこと、調べてるけど」

桂花が「はあ？」って聞き返してきた。

「調べてどうするんだ？」

「わかんないかな。結局、衛がまだ瑞希ちゃんを好きだから、問題なんだよね？」

「そうだな」

「うん。だったら、瑞希ちゃんの素行を調べて、ヤバいとこを見つけて、衛に告げ口して、幻滅させて、瑞希ちゃんへの恋心をなくさせば、状況は良くなるでしょ？」

スマホの向こうで桂花が一瞬黙った。

「……そりゃそうだけど、こすっからくね？　仮にも元アイドルだろ。魅力でおとせよ」

「時間があればそうしたけど、でも今はピンチじゃん。手段なんか選んでらんないって」

「……まあ、なあ。でも、そう都合よく、彼ピを幻滅させられるような情報が手に入るか？」

桂花《けいか》の疑問に、昨日のことを思い返した。

実は昨日、私は連絡が取れなくなった衛《まもる》に会うため、学校前で張り込みをしてきた。

衛の高校は土曜も普通に授業があるからね……いやま、私より先に凛《りん》がお迎えに来てたから結局衛とは話せなかったけど。

とはいえ、わざわざ学校まで足を運んだのに何も得ずに帰るのも癪《しゃく》じゃない。そんなわけで、気持ちを切り替えて、そのまま瑞希《みずき》ちゃんに関して聞き込みをしたんだけど。

「……ま、地道に聞き込みして、頑張って情報を摑《つか》むしかないよね。だから、昨日は学校の前で張り込んで、下校中の生徒に聞き込みしてきたし」

「は？」

「悪い噂《うわさ》は同級生に聞くのが一番でしょ。しかも運よく瑞希ちゃんの元彼を引き当ててさ。色々面白い話を聞けたよ。やー……やっぱフラれた男は別れた女の悪口をベラベラ言うよね」

「馬鹿か」

「は？」

「キス写真をばら撒《ま》かれたこと、もう忘れたのか？　また変な噂を流されたいのか？」

冷静に突っ込まれた。

「……いやそりゃ私も悩んだし。派手に動くのはマズいよなって。でも他に手段ないし」

「インスタやフェイスブックを調べろよ」

「調べたけど大した情報なかった。だから直接出向いたんですけど」

「だとしても、その行動力は怖いわ。無鉄砲すぎる」

「うるさい。とにかく、情報は良い感じに集まってきてるし、上手《うま》くいくよ」

「ふーん……ならいいけど。てか、この流れって京子《きようこ》がグループ崩壊させた時と似てない？」

「……あぁ」

言われてみれば、これって私が連中に、グループメンバーに復讐《ふくしゆう》した時と同じ流れだ。

アイドルだった頃、私は同じグループの連中から目の敵《かたき》にされてた。

出る杭《くい》は打たれるってやつで……ま、いじめだね。

私はグループでも頭一つ飛び抜けて人気があった。人気があれば、当然事務所から贔屓《ひいき》される。そしたら露出が増えて、さらに人気が上がってくわけだ。

で、いつのまにか、グループは、私を中心にして活動するようになってしまった。

当然、同じグループの人間からすれば面白くない。

特に二番手の子は私との格差に相当不満を溜《た》めこんでて……その子は悪い意味で負けん気が強くて、しかも高校生だったから学生気分が抜けてなくて……私を憎むあまり桂花以外のメンバーを言いくるめて、私を攻撃してきた。なんていうか、かなり色々やられたよね。

でもま、活動中は多方面への悪影響を考えて、何をされても我慢したんだよ。

個人的ないざこざで、桂花《けいか》に迷惑かけたくなかったし、ほんとに誰にも相談せずにさ。

だけどある時に一線を越えた、犯罪まがいの嫌がらせをされて、いよいよ堪忍袋《かんにんぶくろ》の緒《お》が切れちゃって……ちょうどその頃引退の意志も固めたから、いよいよ私は復讐《ふくしゅう》を決意した。

で、その時も今回と同じように、情報収集から始めたわけだ。

裏垢《あか》探しに始まって、連中の地元のリア友を探し当てて直接話を聞きに出向いたり、あとスマホから内緒でデータ引っこ抜いたりもしたし……とにかく手段を選ばずに情報を集めた。

そうして、炎上確定なネタを……よくない男と付き合ってることや、地元でやらかした笑えない不祥事なんかを山ほど見つけて……てか、なんなら二番手の子を中心に現在進行で犯罪行為をやらかしてたから、そういった情報を証拠付きで全部ネットに流して、拡散して、言い逃れできない状況に追い込んで、社会的な制裁を食らわせた。

正直、あんなに上手《うま》くいくとは思わなかった。連中が馬鹿すぎたともいう。

とにかく復讐は完遂、結果的にグループは解散した。

「……でも今回は、別に瑞希《みずき》ちゃんを破滅まで追い込みたいわけじゃないし」

当時の、復讐の話はもうお腹《なか》いっぱいだ。

蒸し返しても面白いことなんか何もないし、思い返したくもない。

「衛《まもる》の中から、瑞希ちゃんの存在を消せたら、それでいいわけよ」

だからとっとと話の舵《かじ》を切ったら、桂花も「そうか」って軽く流してくれた。

「ま、うまいこと彼ピを幻滅させられるようなネタが手に入ればいいな」

「それは大丈夫。だって、親しくない女をわざわざ呼び出して、自分の彼氏でもない男と別れろとか強制してくるような女だよ？　まともじゃなさすぎて、探せば絶対ボロが出るって」

「たしかに」

喫茶店で話をした時、私は、瑞希ちゃんから強烈なエゴを感じ取った。

あの子は、自分が衛に好かれてるってわかってる。間違いない。

その上で、衛に平然と接して、男をとっかえひっかえして、恋愛相談までして……

あまつさえ、私に衛と別れろなんて言ってきた。

意味がわからなさすぎて怖い……けどさ。

私、思うんだよね。

これこそ、衛が瑞希ちゃんに幻滅するような情報じゃないかって。

だって衛は、自分の好意が瑞希ちゃんに知られてるとは思ってない。だから、間近で瑞希ちゃんが男と付き合うとこを見ても、離れずに、苦しみを我慢して、好きで居続けられた。

いつか振り向いてもらえるかもしれないって、淡い希望にすがれたから。

でも、もしも瑞希ちゃんが、好意に気付いてたとしたら？

その瞬間に、瑞希ちゃんは、自分に好意を向けられてるって知りながら、知らん顔で恋愛相談をしてきて、たまに思わせぶりな態度を取るクソ女に変貌《へんぼう》する。

……っし。指針が固まってきた。ゴールが見えてきた。

私がやることはただ一つ。

瑞希《みずき》ちゃんが、衛《まもる》の好意に気付いてることの証明だ。

「でさ。次は、衛の幼馴染《おさななじみ》に話を聞いてみようかなって思ってるんだよね」

「幼馴染？　それ、彼ピと朝山《あさやま》の共通の知り合いか？」

「そ。鵜野征矢《うのせいや》って男の子なんだけど」

衛に復讐《ふくしゅう》する以上、最後は衛の中にいる瑞希ちゃんを消してしまわなきゃならない。

だったら、ここで終わらせる。

今までずっと私を苦しめてきた瑞希ちゃんを、ぶっ倒す。

「ふーん……じゃあ、まあ、上手《うま》くいったら、報告よろしく」

「了解」

森《もり》崎《さき》衛《まもる》

「おーい！　まーちゃーん！」

教科書と文房具を片手に物理室へ向かっていたら、後ろから瑞希の声が聞こえてきた。

振り返ると、少し離れた廊下の奥で、瑞希がぼくに向けてぶんぶん手を振っていた。

一体なんだろう。立ち止まって手を振り返すと、瑞希が小走りに駆け寄ってくる。

「おっはよぉ！　どーん！」

「ぐッ⁉」

朝っぱらから元気だな、なんて呑気《のんき》に思っていたら、肩に激突された。

瑞希は小柄だけど、棒立ちしたところに助走をつけて体当たりされたら、さすがに踏みとどまれない。

情けなくよたよたよろめいて、荷物を落としそうになって、慌てて抱き込む。

「いった……いきなり、なに？」

顔をしかめて咎《とが》めたら、瑞希が「ごめぇんね？」とぼくの肩をさすってきた。

その笑顔は全然悪びれていない。

「まーちゃんが一人で寂しそうだから、一緒に行ってあげようかなぁって思ってぇ」

瑞希の手には、物理の教科書。

同じクラスだから当たり前だけど、ぼくと同じで、次の物理の授業に向かっているらしい。

「……あぁ。それは……優しいね」

別に、のけ者にされて一人でいるわけじゃないんだけどな。

物理の先生に聞きたいことがあるから、一人で早めに教室を出ただけで……

いやまあ、瑞希もそんなことはわかっているだろうけど。

「でも、友達はいいの？」

聞くと、瑞希《みずき》が後ろを向いた。

遠く離れた後方、教室から、いつも瑞希が一緒に過ごしている女子たちが出てくる。

「うん。今は、まーちゃんと一緒にいたい気分……ね、二人で行こぉ？」

思わせぶりに身体《からだ》を寄せられて、上目遣いなんかされて、気持ちを軽く揺さぶられた。

でもすぐに、こんなことで動揺してしまう自分の単細胞っぷりが、嫌になる。

瑞希のことはもう吹っ切るって決めたのに、少し気のある素振りをされたら、これだ。

動揺を押し殺して「そっか」とだけ返して……色んなものを誤魔化《ごまか》すように、歩きだした。

すぐに瑞希が並んで付いてくる。やけに距離が近い。

近すぎて、お互いの袖がひらひらこすれた。

どうしてそんなに、距離を詰めるんだ？　まさかこの近さに気付いていない？

そう尋ねたい気持ちを呑《の》み込んで、黙って一歩、離れた。

瑞希が開いた距離に気付いて、ぼくを見上げてきた。

「ねぇ、まーちゃん。私、別れたよ」

思わず、足を止めそうになった……けど、意地で平静を装う。

「……彼氏と？」

「うん。やっぱり、あの人と恋人でいるのは、もう無理だ」

瑞希が笑った。

破局の報告をしているとは思えないくらい、朗《ほが》らかだ。

瑞希がぼくに破局の報告をする時はいつもこんな感じで、決まって笑顔だった。

……それにしたって、今回は、いつもと少し様子が違うけど。

「やけにさっぱりしてるね」

「わかるぅ？　へへ……それより、まーちゃん？　ね、ね？」

瑞希が、開いた距離を縮めるように、無遠慮に肩をぶつけてくる。

少しよろめいたら、畳みかけるように、ぐりぐり身体を寄せられた。

壁と瑞希にサンドされそうになって踏ん張る……と、互いに身を寄せて歩くような形になってしまう。袖から露出した腕と腕が密着して、瑞希の柔らかさやしっとりした体温を感じた。

慌ててその感触を頭から追い払う。

「ちょっ、な、なに？」

「別れたってことは、私は今、フリーでしょぉ？」

「そ……そう、だね。うん。フリーだね……」

「つまり、寄りかかれる人を、探してるんだけど……恋人、募集中なの」

瑞希が、ぼくに体重をかけたまま……もたれかかるような格好で、言った。

こっちを見上げるその目は、ぼくの内を探るように真剣だ。

勘違いかもしれないけど……何かを期待しているように見えた。

「っ……」

だから。

なんで、よりによって、今なんだ……

昨日、京子《きょうこ》と屋上で話したことを思い出して、荒れる気持ちを抑えつける。

約束しただろ。瑞希《みずき》に何を言われても、応えないって。

ここで簡単に揺らいで、流されたら……きっとぼくは後悔する。

それに、瑞希は京子に、ぼくと別れるよう言ったらしいし……つまり、この思わせぶりな態度だって、ぼくらを別れさせたくて、亀裂を入れるためだけにやっているのかもしれない。

なにより、単にぼくがこの状況を都合よく解釈しすぎている可能性もある。

誘い受けに乗って、梯子《はしご》を外されることも十分にありえるわけだ。

「……いい人が、早く、見つかるといいね」

瑞希から顔を逸《そ》らして、前を向いて言う。

見つめ合っていたら、とてもじゃないけど、誘惑に抗えそうになかった。

「瑞希なら、心配しなくてもすぐに見つかるよ」

「……そうかな?」

寄りかかる重みが、すっと消えた。

瑞希が急に身を引いたから、バランスが崩れる。

つい責めるように見れば、瑞希はニコニコ笑っていた。

「すぐに、見つかるかなぁ？」

「……すぐかどうかは、ごめん、やっぱりわかんない」

「えー！　そこは、すぐにできるよ！　って言ってよぉ。もぉ。まーちゃんてば、彼女ができた途端に、私に、冷たくなったんじゃない？」

ぷくーっと頬《ほお》を膨らませる瑞希に、ドキッとした。

瑞希が、京子について言及したのが初めてっていうのもあるけど……ぼくらを別れさせたいらしい瑞希が、京子について触れてきたら、なんだかそれだけでハラハラしてしまう。

「そうかな。そんなこと、ないと思うけど」

気にしすぎだ。そう思い直して、返した。

京子のことはすでに周知の事実だ。学校でそのことを知らない生徒は、きっと誰もいない。だったら、瑞希がそこに触れてこない方が不自然だとも思う。

ふと、先週の週末に、色んな人から山ほど京子とのことを聞かれたことを思い出した。

煩《わずら》わしくて、本当に大変だったな。でもそれも、仕方ない。

「ありますぅ！　……はーあ。まーちゃんに彼女ができて、私、寂しいなぁ……」

不貞腐《ふてくさ》れたような瑞希に、どの口でそんなことを言うんだ、と突っ込んでやりたくなる。

ぼくこそ瑞希《みずき》に彼氏ができるたびに、そう思わされていたわけだし。

聞こえなかったふりをしていたら、瑞希が「ね」と上目遣いにぼくを見てきた。

「まーちゃんは、きょーこさんの、どこが好きなのぉ？」

「……急になに？」

「だってぇ。従姉弟《いとこ》同士って、普通は付き合わないじゃん」

その一言が、理由はわからないけど、胸に刺さった。

「普通は付き合わない……いや、珍しいとは思うけど、そんなかな？」

「そーだよぉ。変だよ。なのに、あえて付き合ってるんだし……よっぽど好きなところが、あるんだよね？　どこがそんなに好きなのか、気になってぇ」

なんだか責められている気がした。気のせいかもしれないけど。

「……恥ずかしいから秘密」

正直なところを言うわけにもいかず、誤魔化《ごまか》した。瑞希を忘れるために京子《きょうこ》と付き合いだしたとか、そのくせ京子をまだ女性として意識しきれていないとか、言えるわけがない。

とはいえ、ここ数日で京子を見る目もかなり変わってきている。

どこが魅力的だとか、はっきりとした言葉にできないだけで、色々前進しているはずだ。

瑞希が「えー」と不満げな声を上げた。

「教えてくれないの？　まーちゃんが、女子のどこに魅力を感じるか、知りたいのにぃ！」

知ってどうするつもり？　とは聞けなくて、苦笑いするしかない。

好みでいえば、それこそ瑞希が理想なわけで、どのみち口にはできなかったし。

「……不思議だなぁ」

しばらくぶつくさ文句を言っていた瑞希が、急に声のトーンを落とした。

「何が？」

「まーちゃんが、きょーこさんと付き合ったのが、不思議。だってあの人、怖くなぁい？」

「怖い？　京子が？　……そう？」

いまいちピンと来ない。

瑞希が「怖いよぉ！」と声を張った。

「だって、きょーこさん、私のことを色んな人に聞き回ってるんだもん……」

何を言っているのか全然わからなかった。

京子が、瑞希のことを聞き回っている……？

「なにそれ？」

「彼氏なのに、知らないのぉ？」

「知らない」

瑞希が視線を少し上に向けて、思い出すように「えっと」と顎《あご》に指をあてた。

「私も、友達に教えてもらったんだけどぉ……こないだの土曜に、きょーこさんが、校門で、下校中の生徒に、私のことを聞いて回ってたとかぁ……もちろん、私に何も言わずにだよお？　それってすっごく不気味だし、普通じゃないし……怖くない……？」

言い終えて、瑞希《みずき》が同意を求めるように見つめてきたけど、返事に困る。

それが事実なら、瑞希が怖いと思うのも理解できるけど……あぁ。

そういえば昨日、家電《いえでん》で京子《きょうこ》と話した時に、ぼくを待ち伏せしていたって言っていたな。

時間がなくて聞き流したけど、凛《りん》のせいでぼくと話せなかった京子が、時間を持て余して瑞希のことを聞いて回ったのだろうか？　でも、なんでそんなことをしたのかわからない。

えー……あ。京子、瑞希をどうにかするとか言ってたなぁ……じゃあ、それ関係……？

でもやっぱりよくわからないから、余計なことは言わないでおこう。

「怖いっていうか、意味がわからない」

角が立たない返事に留めた。

望んでいた答えじゃなかったみたいで、瑞希が顔をしかめた。

「……やっぱり、まーちゃん、冷たくなったよねぇ」

「だからそんなことないってば……まあ、今度、京子にどういうつもりか聞いておくから」

「ふーん……」

「あ。そういえば、金曜日に京子に会ったんでしょ？　その時は何も言われなかったの？」

なんとはなしに、喫茶店のことを聞いてみた。

「別に何も」

即答か。あまりの素っ気なさに、触れられたくないんだなと察する。

なんだか、少し怖さを感じた。

流れで、京子に別れるよう迫った意図を聞こうと思っていたけど、やめた方がいいかもしれない。そもそも、聞いたところで教えてくれるか怪しいし。

「そっか」と返事をしたきり、どこか居心地の悪い間が満ちて、会話がなくなる。

そうして、微妙な空気を拭えないまま物理室に着いた。

「じゃあ、ぼく、先生に聞きたいことがあるから……」

黒板の前で、黙々と授業の準備をしている初老の先生を目で示す。

志望校の過去問に解答を見ても理解できないものがあって、解説をお願いしたかった。

「うん」と頷《うなず》いた瑞希だけど、でもすぐに「あ、待って」とぼくを呼び止めた。

「お昼休み、一緒にご飯食べよ?」

「え?　……あ、ごめん。今日はもう、征矢《せいや》と約束がある」

とっさに嘘《うそ》をついた。考えるより先の行動だったから理由はない。

妙に積極的な瑞希と一緒にいたら、良くないことになりそうで、無意識に避けたのかも。

「そっかぁ」

残念そうな瑞希に、いつものように罪悪感を刺激された。

だけど、いつまでも流されているわけにもいかない。自分にそう言い聞かせる。

「ごめんね」

「んーん。いいよぉ。その代わり、明日は一緒に食べよ？」

「え？」

「明日は、まだ誰とも約束してないよねぇ？」

覗《のぞ》き込むように、顔を見ながら言われて。

さすがに断れなかった。

◆

昼休みになってすぐ、教室を出た。

向かう先は征矢《せいや》の教室だ。

瑞希《みずき》に嘘《うそ》を知られたくなかったし、ついでに征矢に相談したいこともある。

昼休みの騒々しい廊下を進み、目当ての教室に入って………あれ？

征矢の席は空席だった。さらにいうと、教室のどこにも彼の姿がない。

机の横に通学鞄《かばん》がかけられているから、学校には来ているはずだけど……でも、どこだ？

「あのー……」

しかたなく、征矢がいつもつるんでいる四、五人の集団に声をかけた。

「ごめん、征矢がどこか知ってる……？」

特に親しくもない、しかも固まってお昼ご飯を食べているイケイケ男子たちにいきなり質問するのは勇気が必要で、微妙に腰が引ける。

「ん？　……あぁ。購買部に飯買いに行った」

集団の一人、柔らかな顔立ちをした爽やかな美形が、軽い調子で答えてくれた。

「すぐ戻るんじゃない？　ここで待ってたら？」

「そ、そう？　じゃあ、ちょっと、待……」

「あ。宵ヶ峰《よいがみね》京子《きょうこ》の彼氏だ」

突然聞こえた女子の声に、うわっ、と思いながら顔を向ける。

顔はなんとなく知っているけど、一度も話したことがない女子と目が合った。

片手に弁当を持って、多分友達のところへ向かっている途中だったのだろう、立ち止まってぼくを見ている。名前なんだっけ。どこかで聞いた気がするけど……駄目だ。思い出せない。

なんて返したらいいかわからなくて、でも無視もできず、ただ曖昧《あいまい》に笑った。

「ねえ。先週、宵ヶ峰京子に声かけられて、朝山《あさやま》のこと聞かれたんだけど、あれってなに？」

名前を思い出せないその女子に聞かれた。

またか。ぼくはすでに、午前だけで、何度となく同じような……京子に瑞希のことを聞かれたが、あれは何か、という質問をされていた。

そんなのぼくが知りたいよ。

それにしても、果たして京子《きょうこ》は一体どれほどの人数に聞き込みをしたのだろうか。

「さあ？　ぼくも知らないんだよね。今度、聞いておくよ」

当たり障りない返事をして……気付けば、ちらちら教室中から視線が集まっていた。

途端に居心地が悪くなってくる。

このままここに留まっていたら、余計なことを聞かれそうだし、もう逃げよう。

「ごめん。征矢《せいや》に用事があるから」

知らない女子にそう告げて、返事を待たずに教室を出た。

その足で、話に聞いた購買部へと向かう。

廊下を進めば、やっぱりたまに視線を感じた。

「おい」

教室棟を出て、渡り廊下に差し掛かったところで、二人組の男子に声をかけられた。

というか、行く道を遮られた。

「えっ」

いきなり足を止められて、思わず声が出た。

誰だろう。顔に見覚えはないけど、背が高いし、上級生だろうか。

二人とも……なんて言えばいいんだろう。ねばねばした笑顔を浮かべていた。

不誠実な人柄が滲《にじ》んで見えるようだった。

突然とおせんぼうみたいなことをされたこともあって、とにかく印象が悪い。

「なんですか?」

呼び止められた理由なんて一つしかないけど、あえて聞く。

「お前、森崎《もりさき》だろ?　宵ヶ峰《よいがみね》京子の彼氏の」

二人のうち、ツーブロックで体格が良い男が言った。

ちなみにもう一人は、長めの髪を軽く後ろに流した細身の男だ。

ツーブロックの横で、ニヤニヤとぼくを見ている。

「……まあ」

見るからに軽薄そうな二人組に、警戒心を煽《あお》られた。返事が素っ気なくなる。

「おー。じゃ、連絡先、教えてくれね?　宵ヶ峰の」

ツーブロックの先輩が言った。

唐突すぎて意味がわからなかった。

「……あ?」

自分でも驚くくらい低い声が出た。

人生で初めて出したんじゃないかってくらい、攻撃的な声だった。

先輩が真顔になる。

「……んだ？　変な意味じゃねーし。こないだ宵ヶ峰《よいがみね》に声かけられて、結構話してさあ……そん時に一つ伝え忘れたことがあったもんで、今すぐ連絡取りてーの。な、いいだろ？」

いいわけあるか。

聞くまでもなくわかる。この男は、ただ京子《きょうこ》の連絡先を知りたいだけだ。

京子に話しかけられて、というのも、ただ瑞希《みずき》のことを聞かれただけだろう。

そりゃ……京子に声をかけられて、舞い上がって、もっと関わりを持ちたいって思ってしまう気持ちは、正直理解できなくもない。

でもそれを彼氏に聞く時点で、まともな人間じゃないのは明白だ。もちろん、京子がいいって言うなら誰に連絡先を教えたってかまわない。けど、この二人だけは駄目だ。

京子に確認を取ることさえ嫌だった。

迷惑になるとわかりきっているし、なによりぼくが単純に教えたくない。

「ごめんなさい、教えられません。でも、代わりにぼくが、京子に伝えるから、ここで……」

「そういうのいいから」

先輩がぼくを遮った。

「な、教えろって」

「……彼女の連絡先を他の男に教える男なんて、いるわけがないでしょ」

察してもらうのを諦《あきら》めて、はっきり意志を伝えたら、先輩が舌打ちをした。

距離を詰められて、超が付くほどの至近距離から睨《にら》まれる。

「俺ら、先輩だぞ?」

言葉の内容はアホみたいなのに、ぼそぼそ低い声で言われると、普通に怖い。

けど……なおさら、こんな奴《やつ》に京子の連絡先を教えられるかって、気持ちが奮い立つ。

「無理です。絶対に無理」

はっきり断った。だけど、気持ちが昂《たかぶ》りすぎて、声が震えてしまう。

怒ることに慣れていないせいだ。

情けなくて、恥ずかしくなる。

そんなぼくを侮るように、先輩が嘲笑《ちょうしょう》を浮かべて、肩を強くぶつけてきた。

「声震えてんぞ……言えって。おい」

「い、嫌だ」

恐怖を必死に押し殺す。

もしも、ここで折れてしまったら……それこそ、自殺したくなる。断言できる。

「そんなに、連絡を取りたいなら、公式アカウントに、リプでも送れば……?」

つっかえながらもそう言ったら、先輩の顔が歪《ゆが》んだ。

その表情に、ふと、怒りくるった時の凜《りん》を思い出す。

これは多分、あれだ。格下と見做《みな》した奴《やつ》に逆らわれた人間が浮かべる顔だ。

きっと大層プライドを傷つけられたのだろう。

下手《へた》すれば、殴られるかもしれない。いや、さすがに彼らも受験を控えているわけだし、下手な真似《まね》はできないはずだけど、でも見るからに短気だし……言動も動物的だし。

覚悟した方がいいかも。

「おい。なにしてんだ?」

なんて、ぐるぐる考えていたら、聞き慣れた声がした。

征矢《せいや》だった。

その隣には、征矢の友達もいて、二人とも購買で買ったらしいパンを持っている。

極度の緊張状態ながらも見知った顔が現れて、足場を見つけたような安心感を覚える。

怪訝《けげん》な顔の乱入者に、先輩が「は?」と短く言った。

「関係ねーだろ。話しかけんなボケ。消えろ」

「……あ?」

先輩に邪険《じゃけん》にされた瞬間、火をつけられたかのように、征矢が獰猛《どうもう》な笑みを浮かべた。

「衛《まもる》、どけ」

征矢がぼくの肩を強引に引いて、ぼくと先輩の間に割り込む。

「ちょっ、征矢?」

声をかけるけど無視された。

征矢が苛立《いらだ》ちや怒りを込めた笑顔で、先輩の真正面に立つ。

「関係ねぇわけあるか。俺はこいつの親友だぞ？　え？　なに絡んでくれてんの？」

先輩は、ぼくより一回り大きいけど……それでも、征矢と比べたら、一回り小さく見えた。

もちろん、先輩が小さいんじゃない。征矢が大きすぎるだけだ。

征矢に見下ろされて、あれだけ強気だった先輩の顔がひきつる。

「……だから、なんだよ、お前は」

「こいつの親友つったろ。話聞いてねぇのか？　……てか衛。誰これ？　何かされたか？」

埒《らち》が明かないと思ったのか、征矢がぼくに聞いてきた。

「……知らない人。なんか、京子《きょうこ》の連絡先を教えろって、絡まれてた」

言うか言うまいか悩んだ、けど……強がって、何でもないって言って、自尊心を守るより
……素直に征矢に助けを求めた方が、京子のためになると判断する。

完全に、虎の威を借る狐《きつね》でしかなくて、死ぬほど情けないけど……くそ。

征矢が眉間に皺《しわ》を刻んだ。

「おい。まさか、教えたのか？」

「教えるわけないよ。ずっと断ってる。けど、かなりしつこくて……」

征矢が「あぁ？」と唸《うな》って、先輩に向き直った。

「おーい……おいおい、いくらなんでも厚かましすぎんよ、センパイ。断られたら諦《あきら》めろや。家電の値引き感覚か？　つーか女の連絡先をその彼氏から聞こうだなんて、高三にもなって常識なさすぎっすわ。マジで引くって」

征矢《せいや》が自分のこめかみに人差し指を向けて「ここ、どうかしてんのか？」と言った。

先輩の顔が、一瞬で赤くなった。

「っ……！　お前、後輩のくせにっ……！」

「自分の年を誇る前に、年下に諭されるテメェのやばさに気付け。つか、京子《きょうこ》さんには俺も世話になってきてんだわ。あの人に近づこうとしてんじゃねぇよ。張り倒すぞ、クソが」

征矢が先輩の胸元に手を伸ばす。

けど、その手を、征矢の友達が咄嗟《とっさ》に掴《つか》んで、止めた。

「おい、落ち着け」

そして呆《あき》れたように征矢を諫《いさ》めた。

「あんま熱くなんなって。喧嘩《けんか》になったら、剣道部のレギュラー下ろされんぞ？」

「あ？　知らんわ」

征矢が威嚇《いかく》しているような低い声で返した。

すさまじく機嫌が悪そうで、親しいはずのぼくですら怖さを感じる。

対峙《たいじ》していたツーブロックの先輩はなおさらそうだったようで、言葉を詰まらせていた。

明らかに気圧《けお》されている。

「……おい、行こうぜ」

今まで、背後霊のように立っていたもう一人の先輩が、征矢と対峙する先輩に言った。

「目立ってるし」

その一言で、ツーブロック先輩が辺りを見渡して、舌打ちする。

何人かの生徒が、遠巻きにぼくらを見ていた。

このまま騒ぎになれば、そのうち教師も来るだろう。

「……死ねよ」

先輩が征矢とぼくを睨《にら》んで、吐き捨て、踵《きびす》を返した。

「えー？　死ねって？　じゃー今すぐ殺してくれよぉ、センパーイ！　おーい！」

征矢がその背中に言葉をぶつけるけど、返事はない。

そのまま二人が去っていって……ぼくは、大きく息を吐いて、胸を押さえた。

あぁ、くそ、くそ。心臓が、痛いほどバクバクしている……気分が、悪い。

「大丈夫か？」

よほど様子がおかしかったのか、征矢に心配された。

「あ、うん」と頷《うなず》く。

「大丈夫だよ。別に、体調が悪いとか、何かをされたわけじゃないし……」

労《いたわ》るような目を向けられて、情けなくなって、返事が尻《しり》すぼみになる。

友達の手を借りないと、彼女を守ることさえおぼつかない自分が、無価値に思えた。

「……助けてくれて、ありがと」

お礼の声も自然と小さくなる。

征矢《せいや》が苦笑した。

「いいよ。つか、あんなもん犬に噛《か》まれたと思って、忘れちまえ」

慰められても、自分の不甲斐《ふがい》なさが浮き彫りになるだけで、何の気休めにもなりはしない。

「……そうだね」

「凹《へこ》んでんのか？　……気にすんなって。お前、はっきり突っぱねたんだろ？」

「そりゃね……」

でも、征矢みたいには、追い払えなかった。

もし京子《きょうこ》と二人きりの時に、似たような状況に陥ったらと思うと……ゾッとする。

「じゃ、いいだろ別に」

「どうだか」

とてもそうは思えなくて、懐疑的な返事をしてしまう。

征矢が「あのなぁ」と呆《あき》れたような声を上げた。

「できる範囲で、やれることをやったんだから、卑屈《ひくつ》になってもしょうがねぇだろうが」

「……うん」

フォローされるほどみじめになっていくけど、たしかにその通りだ。

人には得手不得手《えてふえて》がある。今回、ぼくにできたことは、根気強く断り続けて、先輩を根負けさせて、諦《あきら》めさせることだけだ。

童顔で非力なぼくに、征矢のような真似《まね》は、絶対にできない。

だから、ぼくはぼくなりに、やれることをしっかりやれた……の、かもしれない。

でも、と思う。

仮にそうだとすれば、それはそれで自分が京子の彼氏として相応《ふさわ》しいのか疑問に思えてしまう。頑張っても結果が伴わなければ、あまり意味はない。

というか。そもそも、他の女子に未練を残しているくせに、やれることをやりきれてたと考えるのも違う気がする。

人間的にも、覚悟の面でも、全然駄目じゃないか。

少なくとも、さっき瑞希《みずき》にどぎまぎしてしまったのは、確実によくなかった……くそ。

駄目だ。こんなのは意味のない自己嫌悪だ。日頃から自分の不甲斐なさに悩まされていただけに、これがきっかけになって、良くない考えが一気に溢《あふ》れだしている。

とりあえず、今は一人になって、ゆっくり気持ちに整理をつけないと。

「とにかく、ありがと……じゃあ、行くね」

どうにか征矢《せいや》に笑みを向ける。

本当は、征矢を誘って、一緒にお昼ご飯を食べようと思っていたけど、そんな気も失せてしまった。このまま征矢と一緒にいたら、きっとぼくは劣等感で死んでしまう。

征矢は一瞬何か言いたげな様子を見せたけど、結局「おう」と頷《うなず》いてくれた。

けどすぐ「あ、待て。一つ話しときたいことがあった」と呼び止められる。

「なに？」

「俺、今晩、京子《きようこ》さんと電話すんだけど、いいか？　一応、許可とっときたくて」

え？　征矢と京子が電話……？

なんだかよくわからない感情が、じくっと胸に染みた。

でも、それも、一瞬で消える。

違和感みたいなその感覚の正体を把握できないまま「あ、うん」と頷く。

「もちろん、いいけど」

「……悪いな。なんか、瑞希《みずき》のことを聞きたいとかで」

征矢にしては珍しく歯切れが悪い。

かなり申し訳なさそうだ。

「京子さん、瑞希のこと調べてんだろ？」

でもこっちは、それを聞いて納得していた。

京子は今、色んな人に瑞希のことを聞き回っている。

だから、瑞希の幼馴染《おさななじみ》である征矢に話を聞きたいと思うのは、自然なことだ。

「みたいだね」

「何であの人、そんなことしてんだ？」

不思議そうにする征矢に「さあ？」と首を傾《かし》げる。

「今晩、京子に聞いてみてよ。ぼく今、京子と気軽には連絡取れないし」

「そういやそうだったな。了解。他に何か伝えておくことはあるか？」

「特に……あっ。今のこと、京子に言わないでね」

「は？」

「いや、ぼくが上級生に絡まれたって……心配かけたくないし」

気持ちがまた深く沈んでいく。

このことを京子が知れば、果たして何と思うだろう。

心配されるだろうか。それとも呆《あき》れられるだろうか。いや、失望されるか……？

いずれにしても、知られたくはない。

征矢が頷いた。

「言わねぇよ」

「ありがと」

今度こそ別れようと手を上げる。だけど征矢《せいや》が「その」と続けたから、手を下ろした。

「……思うんだけど。京子《きょうこ》さんが瑞希《みずき》のこと調べてんのって、お前のためじゃねぇの？」

「はい？」

「お前がやれることをやったように、あの人もやれることとやってんだよ。多分」

「あ、あぁ……そう、かな？」

いきなり言われて、意図が読めなくて、噛《か》み合わない返事をしてしまう。

「いや、わかんねぇけど」

征矢は自信なさげに笑って、ぼくに背を向けた。

そして友達に「悪い、待たせた」と言って、教室棟へ向かっていく。

ぼくは、突っ立って二人の背中を見送って……征矢の言葉を反芻《はんすう》した。

きっと、征矢は正しい。

京子が瑞希のことを調べているのは、多分、ぼくのためだ。

より正確にいえば、ぼくたちの関係のため、か。

昨日の、屋上での会話を思い出す。

京子は、ぼくが瑞希に未練を残していることを知っている。

だから、瑞希のことを調べているのかもしれない。きっと、ぼくの未練を消化するために
……具体的な考えはわからないけど、きっとそうだ。

だとすれば、やっぱりぼくは、何もできていない。

やれることをやらずに、自分のことばかり考えている。

「くそ」

小さく呟《つぶや》いて、手を握り締めた。

変わりたい。

情けなくて、どうしようもない自分を……変えてしまいたい。

……なら、考えなきゃ。

京子のことも、自分のことも……もっと、真剣に。

そして、変わるんだ……

宵《よい》ケ《が》峰《みね》京《きょう》子《こ》

夕飯を食べた後、居間で座布団に座ってテレビを見てたら、スマホが鳴った。

見ると鵜野《うの》くんからのラインで、メッセージはたったの一言。

『もう大丈夫です』

短い。けど、それだけで用件は十分伝わる。

時間はまだ夜の七時だ。部活が終わって、ご飯を食べて、一息ついて……ってなると、もう少し時間がかかりそうだけど、やけに早いな。

「急がせちゃったか」なんて呟《つぶや》くと、ミニテーブルを挟んで向かいに座ったおばあちゃんが「なにがよ」って反応する。

完全に無意識だった。恥ずかし。

「んーん、なんでもない。それより、電話してくるね」って誤魔化《ごまか》して、居間から出た。

階段を上がりながら、手で顔を扇ぐ。

一人暮らしを経験して、私は目に見えて独り言が増えた。

これって良くない変化だ。自分の中のデリカシーや羞恥心《しゅうち》みたいな繊細な部分が薄まって、周りの目を気にしなくなりかけてる。こういう変化の積み重ねで心が鈍化してって、人はおっさんやおばさんになるのかも。怖すぎ。

色々気を付けよっと。

そんなことを考えながら、自分の部屋に入って、ベッドに座る。

相変わらず部屋には何も物がない。殺風景。いい加減家具を買い揃《そろ》えたいけど、衛《まもる》のことでバタバタしてて時間がない。これが落ち着いたら、衛を連れて家具屋巡りしよっと。

まだ処分できてない、積み上げられた引っ越しの段ボールを横目に、スマホのトーク画面から通話をタップする。秒で繋《つな》がった。早。

「おっ、あっ、鵜野《うの》くん？」

早く繋がりすぎて、心の準備ができてなくて、変な声が出た。

「お、おつかれー、宵ケ峰《よいがみね》でーす」

明るく挨拶《あいさつ》すると、スマホの向こうから「おつかれさまです」って返ってきた。

いや声低。記憶と全然違う……けど、そっか。

最後に鵜野くんに会ったのって、彼の声変わり前か。

「あと、お久しぶりです。東京では、色々大変だったみたいで」

なんか硬いな。これもイメージと違うんだけど。

昔はもっと生意気で、クソガキっぽかったような。

「あぁ、まあ。それより今日はありがと。部活終わったばっかだよね？　疲れてない？　晩ご飯は食べた？」

「いや……でも、電話の時間くらい全然。はい」

「そう？　……ね、気のせいか、少しよそよそしくない？」

「……すんません、あの、実は緊張してて……」

なるほど。緊張か。はいはい。納得。

私ってこれでも元有名人だし、電話越しでも身構えちゃう気持ちはわかる。

素直なのは良いことだ。それに正直、悪い気はしない。

「そうなの？　意外だな。鵜野くんって、全然物怖じしなかったし」

「……ガキの頃は、生意気で、マジですんませんでした……」

「元気な子供だったよねー、ガキ大将って感じで」

「はは………で、今日は、瑞希《みずき》のこと聞きたいんすよね？」

鵜野《うの》くんが露骨に話を変えた。

昔話が恥ずかしいだけかもだけど、話が早くて普通に助かる。

「うん。そうそう」

私は昨日、鵜野くんに、瑞希ちゃんについて話を聞かせてくれる？　って連絡をした。

そしたら快諾してもらえて、こうして電話で話を聞かせてもらえることになったわけだ。

鵜野くんは瑞希ちゃんの幼馴染《おさななじみ》だし、いろんなことを知ってるはず。話をたくさん聞かせてもらおう。

「じゃ、さっそくだけど、いいかな？」

「っす。けど、瑞希の何を話せば……てか、瑞希と何があったんすか？」

あれ？

もしかして鵜野くん、事情を知らない？　……いや、まさか。

衛《まもる》って鵜野くんには何でも相談するし、だから私のことも話してるよな？

ここ数日の出来事で話してないことがあるとすれば、自殺に関してくらいなはず。

「衛から、何も聞いてない？」

「少しは。いうて、京子《きようこ》さんが、瑞希に別れろって言われたことくらいすけど」

「そう、それ。それだけだよ」

「は？　……じゃ、なんで、それで……その、瑞希の情報を集めてんすか？」

鵜野くんが遠慮がちに尋ねてきた。

どう答えよっかな。話を聞かせてもらうんだから、こっちも説明するべきだけど……

どれくらい話せばいいのやら。

「知りたい？」

「はい。京子さんが瑞希を調べてるって噂《うわさ》になってて、ずっと気になってたんで」

噂。あぁ。

「もしかして、私が東高《ひがしこう》の前で聞き込みしてたことが広まってる？」

「めっちゃ広まってます」

「ほー……うけるな、それ」

手当たり次第に声をかけてたんだから、当然か。

ぶっちゃけどうでもいい。知らない誰かに好き勝手言われるのは慣れてるし、なによりキス写真までばら撒《ま》かれてるんだ。彼氏がどうとか噂されるくらいノーダメだ。

ただ、衛に迷惑かけてないかだけは心配。

「衛に迷惑かかってないかな？」

「それは、別に……色んな奴《やつ》から京子《きようこ》さんのこと聞かれてますけど、そんくらいかな」

「ならいっか」

「衛《まもる》に何かあれば伝えますよ。で、なんでそんなに瑞希《みずき》の情報を集めてんすか？」

……ある程度は教えても問題ないよな？

衛から聞いたけど、鵜野《うの》くんは瑞希ちゃんと仲違《なかたが》いしてるらしいし。

だったら私の目的を教えたって、瑞希ちゃんを庇《かば》おうとはしないはず。多分。きっと。

「まあ、なんだろね。瑞希ちゃんに衛を取られないために、かな？」

ピンとこないのか、鵜野くんが「あー……？」って気の抜けた返事をした。

これだけじゃやっぱわかんないか。

「私が今から話すこと、衛には内緒にしといてくれる？」

「え？」

「瑞希ちゃんの情報を集めて何をするつもりか、衛には知られたくないの」

「はあ。そっすか。なら、言わないです」

「ありがと。じゃ……まず、私って、衛のことがずっと好きだったんだよね」

復讐《ふくしゆう》に関してはさすがに言えない。てことはつまり、私は純粋に衛が好きで、瑞希ちゃんに恋人を取られたくなくて、必死にもがいてる可哀想《かわいそう》な女……って体《てい》で話さなきゃいけない。

さすがに屈辱的。でも復讐のために必要だから、割り切らなきゃ。

「だから、こうして付き合えて、幸せなわけ」

「おめでとうございます」

「ありがと。でも、まだ安心はできないんだよ。この幸せは、わりと瑞希ちゃん次第だから」

鵜野くんが「そう、なんすか?」と反応に困ったような相槌《あいづち》を打った。

「だって衛、瑞希ちゃんのことまだ好きでしょ?」

「あ、あー……」

「仕方ないけどね。何年も続けてきた片思いなんて、呪いと一緒だよ。恋人ができたからって、それをすぐにさっぱり忘れるなんて絶対無理。わかるんだよ。悔しいけど」

「……さすがに、何年も衛に片思いしてきただけあって、実感こもってますね」

ぐっ…………い、いや、違うし?

別にこれ、体験談じゃないし?

一般的なことを言っただけで、私が衛と同じだって話じゃないし?

でも言えないッ……

歯痒《はがゆ》い!

「まあね」って歯を食いしばって頷《うなず》いて、深呼吸する。

落ち着け……てか、鵜野くんにそう勘違いされたなら、かえって好都合じゃん。

だって今の私は、片思いの末に、ようやく好きな男と結ばれた幸せな女だ。

事実とは違うけど、そういう演技をしてるんだから。

「……けどさぁ。だからって、いつまでも過去の片思いを引きずられても、嫌じゃん」

気持ちをカチッと切り替えて、続けた。

「だから、まあ……衛《まもる》を私に夢中にさせて、瑞希《みずき》ちゃんを忘れさせるつもりっていうか」

「おぉ……かっけぇ」

「でも時間は必要だよ。てか、そもそもまだ従姉《いとこ》のイメージを抜いてるとこだし」

私たちが従姉弟《いとこ》でさえなければ……そんな現実逃避をしたのは一度や二度じゃない。

でもそれって無意味で、結局望みを叶えたいなら現実でやれることをやってくしかない。

従姉弟って関係を嘆くくらいなら、従姉弟でも関係ないってくらい惚《ほ》れさせてやればいい。

てか、現にこないだキスしてから、衛も私を意識し始めた気がするし。

つまりあと一歩。あと少しだけ時間があれば……衛は落とせる。間違いない。

そう。時間さえあれば。

「瑞希ちゃん次第って言ったのは、そういう意味で……えーと。要するに、時間がいる。もしも今、瑞希ちゃんが衛に手をだしてきたら、衛、普通にそっちになびくから」

ふう、って息を吐いた。

ここからが本題だ。

「……なのに、その瑞希ちゃんが、私に、衛と別れろって言ってきたんだよ」

喫茶店で瑞希ちゃんと話した時の、あの子の様子を思い返す。

感情だけで、私を、私たちの関係を否定した、あの子を……

「あの子の考えが、私にはわからない。どうして別れなきゃいけないのか聞いても、意味不明なことしか言わなかったし。でも、別れろって言葉が冗談じゃないことだけはわかった」

薪《まき》をくべられた炎みたいに、気持ちが昂《たかぶ》ってきた。

部屋着のスウェットをぎゅっと握り締めて、心を落ち着ける。

「……怖いんだよ。理由がわからないから、何されるかわからない。私と衛を別れさせるためなら、平気な顔して衛を寝取ってきそう。それくらい、目がキてた」

なにより瑞希ちゃんは、自分が衛に好かれてること、わかってそうだし。

本気で私たちを別れさせるつもりなら、衛のその気持ちを利用しないわけがない。

「このままじゃ、衛を取られちゃう」

息を吐いて、握り締めた指をゆっくり解いた。

胸の中で怒りと闘志が渦巻いて、とことん攻撃的な気分になってる。

落ち着け私。

「……それに恋人だとかを抜きにして、親戚《しんせき》としても、衛にあの子を好きでいてほしくない。女の趣味が悪すぎるんだよ。ほんとにやめてって思ってる」

瑞希ちゃんのキスを見て、衛は屋上の縁に立った。

たった一歩踏み出せば死んじゃうあの場所で、衛《まもる》は小さく震えてた。

もちろんそれは、衛の弱さが原因だ。瑞希《みずき》ちゃんが直接的に悪いんじゃない。

でも、それはそれとして。

瑞希ちゃんが衛の好意に気付いてて、その上で知らない顔して衛に恋愛相談なんかして、衛を少しずつ追い詰めて、結果的にああなったっていうなら。

どんなに理不尽《りふじん》だとしても。

私はあの女を恨む。

「あの子の近くにいたら、衛は傷つき続ける」

多分だけど、瑞希ちゃんは自己愛がめちゃくちゃ強い。

衛から彼女の話を聞かされるたびに思ってたし、実際会って確信した。

あの子は、自分のためなら他人をいくらでも利用するタイプだ。

その利用する他人には、もちろん衛も含まれてる。

衛を傷つけたところで、瑞希ちゃんは罪悪感なんか覚えないはず。

「だから、衛から瑞希ちゃんを遠ざけたい……私のためにも、衛のためにも。そのために情報が欲しいんだよ。瑞希ちゃんのえぐい情報が」

鵜野《うの》くんが「もしかして」って呟《つぶや》いた。

「要は、衛に、瑞希はヤバいって教えて、離れさせる、みたいな話すか？」

「そう！」

はっきりとは結論を言わなかったのに、理解してくれて、つい声が弾んだ。

察しがいいな、鵜野くん。

「それだよ、その通り！」

「……いいすね、それ」

同意されて、お？　ってなる。

わりと好き勝手言ったのに、すんなり納得されてる？

「つーか俺も、衛に同じこと言ってんすよ。瑞希はヤバいから、他の女に行けって」

「あ、そうなんだ」

そういや衛の奴《やつ》、鵜野くんが瑞希ちゃんを悪く言う、って愚痴《ぐち》ってたな。

なるほどね。

「鵜野くんは、なんで瑞希ちゃんがヤバいって思うの？」

「ええと…………ま、いっか。俺、中三の頃に瑞希から告白されたんすよ」

「はい？」

いきなり全然知らない話が出てきた。

いやいや。予想外すぎるんだけど。

「ごめん待って。それって、彼氏彼女的な意味の告白？」

「はい、あ、いや、もちろん断りましたよ？」

「なんで？」

「なんでって……そりゃそうでしょ。あいつが俺を好きとかありえないから、告白された意味がわかんねぇし。つか、俺もあいつを女としては好きじゃなかったし、付き合う理由がない」

「へー。お互いに、恋愛感情がなかったんだ」

「っす……その頃は、仲が悪いとかはなかったんすけど、でもお互いに意識してるとかも全然なくて。だから瑞希《みずき》に、なんで俺に告白したのか聞いたんすよ。そしたらあいつ……『私と征矢《せいや》が付き合ったら、まーちゃんがどんな顔するのか、知りたくてぇ』とか言いやがった」

鵜野《うの》くん、瑞希ちゃんの口真似《まね》上手《うま》いな……じゃなくて。

今、なんて……？

「わけわかんないすよね？　俺もわかんなくて、詳しく話を聞いたら、なんか……」

そこで鵜野くんが口ごもった。

言葉を探してるのか「あー」とか唸《うな》る。

早く続きを聞きたかったけど、逸《はや》る気持ちを抑えて静かに待つ。

「なんて言うか……いや、マジでわけわかんねぇこと言ってたんだけど、あいつ、自分が衛《まもる》に惚《ほ》れられてるってわかってて、その上で衛の愛情を試してるっていうか」

「あぁ!?」

ほとんど反射で声が出た。

声が大きすぎて驚かせちゃったのか、鵜野くんの口が止まる。

おっと。

「ごめん。先、続けて？」

「は、はあ……瑞希って、男をとっかえひっかえしてるじゃないすか。それって、あいつの男癖が悪いっていうより、ただ衛の反応を見たくて、ころころ男変えてんじゃねぇのかなって、俺、思って。まず俺が告白された理由がそうだし」

「……ほうほう、ほー……だとしたら、瑞希ちゃんは、衛に何を求めてるのかな？」

「さあ？　あいつの考えなんて、俺には……でも、衛をわざと傷つけてんのは間違いねぇし、だから瑞希はやめろって、ずっと衛に忠告してきたんすよ。まあ、全然聞きゃしねぇけど」

「そっか、そっか」

溢《あふ》れてきた苛立《いらだ》ちを隠して頷《うなず》く。

忠告を聞かない単純な衛にも、意味不明すぎる瑞希ちゃんにも……腹が立って仕方ない。

でも、沸き立つ感情と裏腹に、頭は冷静。

この話は使える。というか、求めてた情報そのものだ。

これを上手く使えば、衛の目を覚ませるかも。

ただ、なあ……衛が、鵜野くんの説得を聞いてないのが、心配といえば心配。

私が似たこと話しても、聞き入れてくれるのか、自信がなかった。

てかあいつ、そこまで瑞希《みずき》ちゃんを妄信してたわけ？

「瑞希ちゃんに告白されたことって、衛《まもる》には伝えてる？」

「いや。言ったら衛がショック受けそうだし、言えてないすね」

なるほど。

一番重要な部分が省かれてるから、説得が聞き入れられなかったのかも。

「ふうん……ねぇ。相談なんだけど、その話、私が衛に言っても大丈夫かな？」

聞いたら、鵜野《うの》くんが押し黙った。

少し待つと、なんだか嫌そうに「ちょっと厳しいな」って返ってくる。

「衛との関係が、変になったら、嫌なんで」

男女関係のもつれで友達とぎくしゃくするっていうのはよくある話だしね。

「あぁ、そっか、だよねー……でも、大丈夫だと思うけどなぁ」

「はあ？」

「だって鵜野くん、瑞希ちゃんの告白をはっきり断って、衛に忠告もしてるじゃん。だから、きっとわかってくれるよ。ほら。衛は瑞希ちゃんのことになると途端に判断力が鈍るけど、それも私がうまく説得するし。だから、鵜野くんの話を使わせてほしいなー……なんて」

「いや、でも」

「お願いっ！　絶対に衛のためにもなるから！」

勢いをつけて頼み込む。

話しててわかったけど、鵜野くんは情に厚い。

ほんとに衛のことを考えてくれてる。

だからそれに訴えかけた。

「衛を信じてあげてよ。あいつも鵜野くんを大事な親友だって思ってる。簡単に、関係に亀裂が入るわけない。大丈夫。それに、異性のことは、友達より彼女に言われた方が聞き入れやすいと思うし………ね、いいでしょ？」

畳みかけると、鵜野くんが「ぅ」と小さく呻《うめ》いた。

お。いけるか……？

「駄目、かな？」

良心に訴えるよう弱々しく聞くと、鵜野くんが「……はぁ」とため息を吐《つ》いた。

「……わかりました。いいすよ、言っても」

「ほんと!?　うわ、ありがと！　助かる！」

了解してくれた鵜野くんに、声を弾ませる。

衛を説得する上でこれは絶対に役に立つ。

もうほんと、感謝しかないな。

「……でも、あの、京子《きょうこ》さん」

思わぬ収穫に心の中で小躍りをしてたら、鵜野《うの》くんに遠慮がちに呼ばれた。

「ん、なにかな?」

「その、代わりって言ったらなんすけど……マジで、衛《まもる》の目を、覚ましてください」

「あぁ……もちろん。うん。まかせて」

「……お願いします。もう、俺も、協力できることがあれば、なんでもするんで」

「ありがと。鵜野くんが衛の友達で良かったよ」

「はは……で、他に聞きたいこと、ありますか?」

一番知りたいことは、もう聞けた。

だからあとは、この情報をどれだけ有効に使えるかだ。

そのためには……

「そうだな。瑞希《みずき》ちゃんの人となりが聞きたいかな。あ、あと、ご両親の勤務先とか」

あの子を、とことん調べ尽くす。

五話

森《もり》崎《さき》衛《まもる》

Mamorukun to ai ga omotai syoujotachi

からなかった。

「変わりたい」という願望が「変わらなきゃ」という意志に変わるまでに、そう長い時間はか

別にかっこつけてるわけじゃない。

京子との関係について深く考えるほど、そして自分を客観的に見つめるほどに、己《おのれ》の駄目さが浮き彫りになって、自然とこのままじゃ駄目だという焦燥感《しょうそう》に駆られたというだけの話だ。

ぼくは、人間関係に関して、自分から進んで何かを変えようとしたことがほとんどない。

とりわけ瑞希や凛《りん》に関してその傾向が強いんだけど、不都合があっても唯々諾々《いいだくだく》と受け入れて、ただ流されるままに、自分を殺し続けてきた。

そのくせ不平不満は口にして、征矢《せいや》や京子に愚痴《ぐち》って、誰かに迷惑だけはかけている。

あまりにも、どうしようもない。そんな当たり前のことに、今更気付いてしまった。

別にそういう生き方があってもいいとは思うけど、でも……

そうやって生きる自分は、嫌だと思ったから。

多分、目が覚めたんだ。京子《きょうこ》をきっかけにして。

だから、変わりたい、じゃなくて。

変わらなきゃいけない。


瑞希《みずき》の誘惑を必死にかわしているうちに、無事、日曜日の朝を迎えた。

いつものように凛《りん》に女装を施されて、山ほど写真を撮られた後。

ぼくはダイニングの椅子《いす》に腰かけて、化学の課題を解いていた。

今日の女装は、コスプレ感のない、極めて普通の女装だった。

仮に外を歩いても、悪目立ちをしない程度には普通だと思う。だからといって、よかった、とはとても思えないけど、でも少なくともここ数週間で一番マシなのも確かだ。

ぼくを女装させた凛は、今はリビングにいる。ソファの端に座って自分のスマホを弄《いじ》っていた。きっと自分のアカウントでツイッターを見ているんだろう。ついさっき、ぼくのスマホで女装画像を投稿していたし。熱心なことだ。

母さんもソファに……凛とは反対側の端に座って、普段通りにテレビを見ていた。

父さんは取引先の人とのゴルフで、いない。

ありふれた、日曜日の朝の光景だ。

化学の発展問題に頭を悩ませて、食卓に頬杖《ほおづえ》をついて分子の結合数の計算をしていたら、ダイニングの固定電話が鳴った。廊下に通じる扉の横、電話台の上で電子音を奏でている。

教科書を閉じて、リビングを見やる。ソファの二人は、完全に無反応だった。

ぼくが一番電話に近いからだろう。

わざわざ、食卓で待ち構えていた甲斐《かい》があった。

電話に向かうと、ディスプレイには暗記していた京子の番号が表示されていた。

「はい、森崎《もりさき》です」

子機を取って、余所《よそ》行きの声で言う。

「衛《まもる》？　私、京子だけど」

電話からは、京子の声以外にも雑音が聞き取れた。どうやら外出中らしい。

車が走るような音が聞こえるから、外を歩いているのかもしれない。

「はい。そうです」

近くに凛がいることを暗に示すため、硬い言葉遣いのまま、頷《うなず》く。

「よかった。ちゃんと出てくれたね」

伝わってくれと思いながら、もう一度「はい」と返した。

「……もしかして、近くに凛がいる？」

よかった。伝わった。

「はい」

「ん、そっか。じゃ、あんまり話せないね……とりあえず、一週間たったけど、瑞希《みずき》ちゃんの誘惑は我慢できた?」

「はい」

もどかしいな、と思いながらも、それ以外の返事ができない。

京子《きょうこ》に、色々話したいことがあるのに。

「よろしい。頑張ったね……はあ。短い時間だけでも、直接話せたらいいんだけど」

「そうですね」

「やっぱり、凛《りん》はどうにもできそうにないよね?」

あんまり期待していなさそうに聞かれて、申し訳なくなる。

でも……

「……………どうにかします」

声を潜めて、言った。

子機の向こうで、京子が「え?」と意外そうな声を出す。

「会って、話したいから……近いうちに、どうにかするよ。今は、何をしているの?」

小声のままで聞いた。

背後にも気を配るけど、凛が動く様子はまだない。

「え、あ、えっと……今から、瑞希ちゃんと、バスセンターの喫茶店で会う約束をしてて、向かってる途中なんだけど」

「また会うの？　なんで？」

「秘密。女子会だよ。でも、その後はなんも用事ないな」

「そっか。わかった。じゃあ、また、お昼頃に電話してくれない？」

「え？　……あぁ、了解。多分一時頃になると思うけど、大丈夫？」

「大丈夫だよ。それじゃ、切るね」

「はいはい。また後でね」

という返事を聞いて、通話を切る。よし。短く済ませることができた。

あとは、昼頃にまた、理由をつけて食卓の近くで待っていたらいいだけだ。

そう思って、振り返ると。

真後ろに凛が立っていた。

冷たい何かを心臓に流し込まれたように、体が震える。

「今、誰と電話してた？」

凛が低い声で言った。

慌てるな、と自分に言い聞かせた。

「……いや。学校の、友達だけど。スマホがないから、用事があるなら家電《いえでん》にかけてって、
伝えてて。話、聞かれたくないから、小声で話してた」

気を抜けば今すぐ怯《おび》えそうな自分を心の中で叱咤《しった》して、必死に凛《りん》の目を見つめ返す。
凛が「ふーん……」と、感情の読み取れない顔で頷《うなず》いた。
そして、固定電話に手を伸ばして、着信履歴のボタンを押す。
オレンジ色に光るディスプレイに、十一桁の番号が表示された。
「携帯の番号か……」
凛が、数字の羅列《られつ》を、ゆっくり呟《つぶや》いた。
京子《きょうこ》のスマホの番号を。
心臓が鼓動を強くしていく。
まずい、かも……
凛はぼくを一瞥《いちべつ》すると、無言でダイニングから廊下へ出ていった。
向かう先は……自分の部屋だ。
悟る。
そこにはぼくのスマホがあるから……調べるつもりだ。電話帳で、番号を。
頭の中で焦りが、焦燥《しょうそう》が、恐怖が、瞬く間に増殖していく。
やばい。このままじゃ、家電《いえでん》すら、触れなくなる……
そうなったら、京子との連絡手段が……
それどころか、本当に、何もさせてもらえなくなるかもしれない。

「ッ……！」

取り返しがつかなくなった。

そう理解した瞬間、ぼくはダイニングを飛び出していた。

半開きになった凛の部屋の扉を見て、凛が部屋の中にいることを確認して……

足早に玄関へ向かい、靴を履いた。通学時に使っている、学校指定の白いスニーカーだ。

玄関を開け放って、女装姿のまま、躊躇《ちゅうちょ》なく外へ飛び出した。

エレベーターまで駆けて、下へ向かうボタンを押す。ランプが灯った。

一階に止まっていたかごが、上がってくる。

長い。階層を表示する数字が、中々増えない。ここまで、十階まで、あとどれほどかかる？

家の方を見る。ぼくが外に出たと気づいた凛が、いつ飛び出してきてもおかしくない。

呼吸が浅く、速くなっていく。

意味もなく、下へ向かうボタンをもう一度押して……玄関が、開く音がした。

顔を向ければ、姿を現した凛と、目が合う。

心臓が止まるかと思った。

ほぼ同時に、エレベーターの扉が開く。

飛び込んで、一階のボタンを押して、それから閉まるボタンを押し込んだ。

扉が、ゆっくり閉まっていく。

祈るように「早く、早く」と呟《つぶや》いた。

「衛《まもる》！　あんた、どこにっ……待て！」

聞こえてきた声と、走る足音は……完全に閉じた扉に遮られて、すぐ聞こえなくなった。

エレベーターが下へ降りていく。

「はっ……はっ……」

操作盤から手を放して、壁に寄りかかって、背中を預けた。

呼吸が浅くて速くて、荒い。気持ちが昂《たかぶ》って……興奮、している。

「は、ははっ……」

漏れた笑い声は、乾いていた。

凛《りん》にネイルアートを施された指先が、細かく震える。

「い、家出、しちゃったよ……凛に、逆らって……ははっ……！」

京子《きょうこ》と話せなくなると思ったら、身体《からだ》が勝手に動いていた。

やってしまった。家に居場所がなくなるかもしれない。

少なくとも、凛に半殺しにはされるだろう。

「…………まあ、いっか」

でも、不思議と気持ちは晴れ晴れしていた。

汚泥《おでい》の沼から、ようやく這《は》い出ることができた……そんな清々《すがすが》しさがある。

一階に着いて、エレベーターの扉が開く。エントランスに出た。
「すうぅ……ふうぅ……」
気持ちを落ち着けたくて、息を深く吸って、吐く。
解放感はあるけど、だからといってあんまりのんびりもしていられない。
きっと凛は追いかけてくる。追いつかれる前に、逃げなきゃ。
でも、どこに?
財布もスマホもない、そんなぼくが行ける場所なんて……
ふと、京子の姿が浮かんだ。
そっか。一つだけ、心当たりがあった。
京子が、瑞希《みずき》と待ち合わせている喫茶店だ。
そこに行くしかない。
それに、なにより……今は、ただただ、京子と話をしたかった。

宵《よい》ケ《が》峰《みね》京《きょう》子《こ》

喫茶店には、待ち合わせの十一時に余裕を持って到着した。
早めに来たのは、あえて。

瑞希《みずき》ちゃんと言い争う前に、一人で気持ちを落ち着ける時間がほしかった。

レジで注文したカフェオレをカウンターで受け取って、混雑した店内で空席を探す。

ボックス席は……四つとも全部埋まってる。ていうかテーブル席も七割近く埋まってるし、選り好みはできなさそう。仕方ないって諦《あきら》めて、窓際の、小さな丸テーブルの席を確保した。

真面目《まじめ》な話をするには開放的な気もするけど、両隣の席が空いてるだけまだマシかな。

ま、この混雑具合だとすぐ埋まるだろうけど。

腰を落ち着けて、カフェオレをすすって、軽く店内を見渡す。

客は多いけど、変装のおかげで正体は誰にも気づかれてなさそうだ。

バッグに手を入れて指先を動かすと、硬くて冷たい、棒状の何かに触れた。

ボイスレコーダーだ。

瑞希ちゃんから失言を引き出して、録音して、衛《まもる》に聞かせるために持ってきた。や、他人との会話を内緒で録音するようなヤバい女とは思われたくないから、できる限り自分の口で瑞希ちゃんのヤバさを伝えるつもりだけど。だから録音を使うのは、あくまで説得に失敗した時。

つまりこれは最終手段。長年の恋煩《わずら》いを終わらせるための荒療治。

レコーダーの、凹凸になっている電源ボタンを優しく撫《な》でた。

ひんやり冷たい質感に、なぜか拳銃やナイフが思い起こされる。

心が荒《すさ》んでるな。この精神状態は多分よくない。

……こんな面白くないことは早く終わらせちゃおう。

衛にもお昼に電話するって約束したし、どっちみち長引かせられない。

なんて、そんなことを考えてたら、それっぽい人影が店に入ってきた。

小柄で胸が大きいあの子は……瑞希ちゃんだ。遠くてもすぐわかった。

変装のせいで瑞希ちゃんは私を見つけられないみたい。きょろきょろ店内を見渡してる。

手を上げて合図すると、瑞希ちゃんが気付いて、大股でずんずん向かってきた。

「……こんにちは」

で、傍《かたわ》らにきて、私を見下ろしてきた。

笑えるほど無表情で愛想ゼロ。

「こんにちは。飲み物買ってきたら？」

笑顔でレジを指さした。一杯だけでテーブルを占拠するのはさすがにお店に迷惑だし。

でも瑞希ちゃんは「けっこーです」って真向かいに座る。

「長話をする気、ないですから。それで、私に、何の用ですかぁ？」

うっわ。感じ悪。

でもなるほどね。りょーかい。完全に理解した。

つまりそういうノリか。変に気を遣わなくていいってことね。

あー、ありがたすぎて涙が出そう。うそ。心がぐつぐつ沸騰してきた。もちろん怒りで。

でも怒りに身を任せたりなんてしない。テーブルの下で太ももを握り締めて、冷静にって自分に言い聞かせて、呼吸と気持ちを整えた。ついでにレコーダーのスイッチも入れる。

「……わざわざ来てくれてありがとね」

録音を始めた以上、無様に叫んだり、無意味に罵倒《ばとう》したりは、もうできない。

「今日は瑞希《みずき》ちゃんに言いたいことがあってさ」

「ラインで済ませてくださいよぉ。そんなこと。てゆーか、人のことコソコソ調べて、なんのつもりですかぁ？　気持ち悪すぎなんですけど」

「ごめんね。でも、瑞希ちゃんが私の彼氏にちょっかいかけてるって聞いたから、確かめたくてさ。ね、そういうのマジで迷惑だからやめてくれない？」

鵜野《うの》くん経由で知ったけど、瑞希ちゃんは最近、ほんとに衛《まもる》にちょっかいをかけてるみたいだ。思わせぶりな態度で、告白すれば付き合えそうな感じを出して、ベタベタしてるとか。

ま、予想はしてた。そういうことされるだろうなーって。

でも実際にやられたら、歯を嚙《か》み砕きそうなくらい腹が立つ。

「はぁー？」瑞希ちゃんがムカつく声を出して、小首を傾《かし》げた。「ちょっかい……？　なんのことですかぁ？　うーん。クラスが同じだから、お話くらいは、毎日してますけどぉ……」

まったく悪びれた様子がない。

ふてぶてしすぎない？

「……へぇ、そっか。でも私は鵜野くんから聞いたよ。瑞希ちゃんが悪さしてるって。鵜野くんは、衛から聞いたみたいだし……これって、誰かが嘘《うそ》ついてることになるよね？」

突っ込むと、瑞希ちゃんが目を細くした。

「そんなこと言われてもぉ。うーん……あっ！　私、鵜野くんに嫌われてるんですよぉ！　だから、きっと、鵜野くんが、私を悪者にしたくて、でたらめ言ってるんですよぉ！」

「とぼけないで」

「はい？　鵜野くんの言葉は信じるのに、どーして私は信じてくれないんですかぁ？」

「いやいや。意味不明に別れろなんて言ってくる女を信じられないのは、当然じゃない」

「あっ、そーだった！　きょーこさん、早くまーちゃんと別れてくださいよ！」

瑞希ちゃんが怒り顔で叫んだ。

うそだろ。このタイミングで逆ギレするのはさすがに面《つら》の皮厚すぎだって。

「や、別れないし……あのさ。話そらさないでよ。今は、私が瑞希ちゃんに、私の彼氏に手を出すなって話してる途中でしょ？　私は、衛を誘惑するなって怒ってるんだけど」

「なんで怒ってるんですかぁ？」

予想外すぎて、ほんとに言ってる意味がわからなかった。

え？　みたいな感じで、瑞希ちゃんを凝視《ぎょうし》する。

「何を言ってるの……？」

「私、思うんですけどぉ。私がまーちゃんを誘惑しても、別に問題ってないですよねぇ?」

「いやあるし。普通に問題あるから。常識ないの?」

「えー?　でもぉ……二人が心から好き合ってたら、私が誘惑したって、まーちゃんがなびくことないじゃないですかぁ」

「はあ?」

「きょーこさんは、まーちゃんに好かれてる自信がないんだ。だから、こんなどうでもいいことでムキになってるんだ。つまり、悪いのは私じゃなくて、彼氏を信じてないくせに彼女面《づら》をしてる、きょーこさんですよぉ。もー……逆ギレしないでくださぁい」

……え、待って。

理屈が異次元すぎて……なにこれ?

怖。

「……正気?　本気で言ってる?」

「本気ですよぉ。だって、彼女にまったく信用されてないまーちゃんがかわいそうだもん」

こいつっ……いや、落ち着け。興奮するな……

レコーダーの表面をさすって、頑張って自制する。

そうだ。冷静でいなきゃ……自分に言い聞かせて、深く息を吸って、心をなだめた。

「…………、なんで瑞希《みずき》ちゃんは、そんな必死に私たちを別れさせようとしてくるの?　最近になって急に衛《まもる》にちょっかいをかけ始めたのだって、私たちを別れさせるためだよね？」

　瑞希ちゃんが「はぁー？」って、またムカつく声を出した。

「全然違うんですけどぉ？　被害妄想ですよぉ」

「なら、なおさら、瑞希ちゃんの考えがわかんない。今まで衛のこと眼中になかったのに、私たちが付き合いだした途端手を出し始めた意味が」

「手なんか出してないもん」

「言ってることめちゃくちゃだけど、気づいてる？」

「めちゃくちゃじゃない」

「じゃ、それでもいいけど、なんで私たちに別れてほしいのかくらいは答えて」

　瑞希ちゃんが不満だって気持ちを押し付けてくるように、口を尖《とが》らせた。

「理由はこないだ言いましたけどぉ……二人は従姉弟《いとこ》だし、まーちゃん困ってるし……」

「それ、嘘《うそ》だったよね？」

「本当だもん。さっきから、私を嘘つきって決めつけて、本当にひどい。性格、悪すぎです」

　あ？

　性格悪いのは私じゃなくてそっちだろ……って言いたい。けど抑える。

「……衛、全然困ってなさそうだけど？」

「まーちゃんは優しいから。気を遣われてるだけです。わかんないんですか？　それに、従姉弟が付き合うのは、やっぱり変。気持ち悪すぎですよぉ」

　ほんとしつこいな。

「それって全部、瑞希《みずき》ちゃんの個人的な感想だよね？」

「そーですね。でも、親戚《しんせき》を好きになるのは、普通じゃないですよね？」

「おかしくないよ。人を好きになる時に、肩書って関係ないし」

「あります。関係あります。兄弟を好きになることの次くらいに変です」

　もうこれ「普通だ」「普通じゃない」の水掛け論にしかならないじゃん。

　こんなのどうしろって………くそ。仕方ない。

　もはやこうなると、私が衛《まもる》をどう好きか伝えて、好きなものは好きだから仕方ないだろって方向に話をもってって、どうにか納得させるしか………あっ。

　いやっ……今はもう、衛なんて好きじゃないけどね？　ただの復讐《ふくしゅう》対象で、それ以上でもそれ以下でもない。惚《ほ》れさせて、あいつに改めて告白させたら秒で振るつもりだから。マジで。

　そのために、こうして頑張ってるわけで……けどほら、認めたくないけど、昔惚れてたのは事実っていうか。だから当時の気持ちを教えることはできるっていうか、ね？

　だから、まあ、うん。

「……だって。衛、可愛いじゃん」

　恥ずかしさを表に出さないように、少し顔に力を入れて言った。

瑞希ちゃんが「は？」って私を見る。

「……急になんですかぁ？」

「衛は可愛すぎるから、従姉弟《いとこ》だろうが好きになっても仕方ないだろ、って言ったんだよ」

「え？」

信じられない、って顔をされた。

「いや……え？」

「文句あるの？」

ぽかんと呆《ほう》けてた瑞希ちゃんが、慌ててまた目つきを鋭くした。

「あっ……あるに決まってますよぉ！　可愛い男なんて、探せばどこにでもいるし！　親戚と付き合うくらいなら、芸能界でそーいうのを捕まえてくださいよぉ！」

「なんもわかってないな」

「はい？」

「見た目が可愛いだけじゃダメなんだよ。存在も可愛くなきゃ……わっかんないかなぁ？」

「はあぁ？」

「もちろん顔の良さも重要だよ。てかあの顔はあの顔でドストライクだし。でも、それだけじゃなくて……情けないくせして私にかっこいいとこ見せようって頑張って背伸びするいじらしいあの性格が、同じくらい大切なんだよ。あと仕草っていうかさ、全体的にちょこちょこし

た動きをするじゃん。衛《まもる》って。あれも小動物みたいで愛らしいし。声も澄んでて綺麗《きれい》だし

……そういうことなんだけど」

瑞希《みずき》ちゃんは何も言ってこなかった。

胡乱《うろん》な顔で、黙って私を見てきて……え、これ、もっと続けろってこと？

……いやま、語るけど。

「……衛って、子供扱いされたら軽く拗《す》ねるでしょ？　見た目の可愛さを褒めたら嫌そうにするでしょ？　あぁいうのも、なんだろな、死ぬほど愛《いと》おしくない？　あと、こないだキスしたら顔を真っ赤にして固まったとこもなんか、グッときたし……デート中にふいに男の子っぽく私をリードしようとしてきたのもキュンときたし……てか、そういう大きなポイントに限らなくても、ご飯で好きなものを後回しにする癖とか、手を繋《つな》いだら必ず強く握り返してくるのとか、地味に可愛い。ゲームしたらキャラにあわせて身体《からだ》を動かしちゃうとことかもそうだし、炭酸飲んだら意味不明にしゃっくりするとこも、永遠に見てられる……私の名前を呼ぶ声もいいよね。犬みたいで。だから、あー、とにかく、そういう他人がやってもどうってことないような細かい仕草でさえ、衛がやったらどれも信じられないくらい愛おしく感じられちゃって、存在が可愛いっていうのはつまりそういうことね。顔だけでも、中身だけでも駄目。全部、何もかも合わさって、最高に可愛いわけ。要するに奇跡なんだよ。私にとって、あいつの存在は」

昔、何度も何度も自問自答して、たしかめ続けた気持ちを思い出しながら、語った。

どこが好き、じゃなくて。

衛だったら大体全部好き。

いくら言葉を重ねても、この感情を完全な形で伝えることはきっと無理だ。

それでも、この思いを軽く見られたり誤解されたくないから、言い連ねた。

ほんとに……本当に、衛が好きだった。大好きだった。

好きで好きで、大好きで、たまらなかった。

だからこそ、衛が瑞希ちゃんなんかに夢中になったことが心底悔しくて、悲しかった。

私こそが誰よりもあいつを好きだって自信があった。いつも気にかけてた。もし私が選ばれなくても……その時はせめて、私みたいにあいつを大切にする人間と付き合ってほしかった。

それがこれだよ。

どうして衛は瑞希ちゃんみたいなクソ女を選んだ？

せめてまだ、聖母みたいな人だったら諦《あきら》めもついたのに……いやついてないかもだけど。

でも少なくとも瑞希ちゃんだけはない。絶対ない。

こんな女を選ばれたら、どうしても諦められない。ありえない。

だったら私でいいだろ……いいや、私じゃなきゃ、だめだろ！

勝手なことを……かなり勝手なことを言ってるのはわかる！

わかるんだけど、でも、それでもっ……あぁ、くそ！

荒ぶってきた気持ちを呑《の》み込んで「だから」って先を続ける。

「親戚《しんせき》って関係が、マイナスポイントなのは、実はわかってた。だから、それを埋めるための努力をしてきた。衛《まもる》を振り向かせるために頑張ったんだよ、私は。アイドルだって、実はそれ目的でなったくらいだし……自分で言うのもなんだけど、必死も必死よ」

「……キモ」

吐き捨てられた。

瑞希《みずき》ちゃんの、その硬い表情がどんな感情の表れなのか、私にはわからない。

ただ、イラッとくる。胸の奥でどろっとした黒い感情が渦を巻いた。

「キモ、って……思いのたけをぶちまけたのに、感想が、それ?」

「ごめんなさぁい。でも、男のためにアイドルにまでなる女って、怖くないですかぁ?」

もはや形容できないドス黒い感情が、喉元《のど》までせり上がる。

ただ好みってだけで衛に好かれてる程度の女に、馬鹿にされると、苦しいくらい屈辱的。

思いつく限りの醜い言葉で言い返してやりたい。

でも、レコーダーの冷たい質感を何度も何度もたしかめて、どうにか冷静さを繋《つな》ぎとめる。

「……私の想いをどう捉《とら》えても、それはそっちの自由だよ。ただ、理解はしてくれた? 従姉弟《いとこ》って関係が、そんなものが、私の想いや頑張りを覆《くつがえ》せるような理由にはならないって。だって……こんなにも好きなんだから、もう仕方ないじゃん。別に姉弟や親子じゃないんだし……」

もうほとんど力業。

瑞希ちゃんが口を歪《ゆが》めた。

「……きょーこさんが、まーちゃんを好きなことは、よーくわかりましたけどぉ」

「それはよかった。じゃ、瑞希ちゃんが私たちを別れさせたい理由もなくなったね」

「えっ!?　いやっ、それは違っ……だっ……き、きょーこさんと付き合ってたら、まーちゃんが困るじゃないですかぁ！　だからダメですよぉ！」

「大丈夫。もしも困らせたら、私がそれ以上に幸せにするし」

瑞希ちゃんが目をひん剝《む》いて、口をパクパクさせた。

もう言葉もないって感じ。

よし。いい感じ。

「ね、瑞希ちゃん。こないだ言ってたよね？　衛の好きな人は私じゃない、だから衛が私と付き合うのはおかしい、って。……私たちを別れさせたいほんとの理由は、これでしょ？」

「……そんなこと言ってない」

瑞希ちゃんが、あからさまに不貞腐《ふてくさ》れた感じで答えた。

ふうん。

「言ってたよ。間違いない。覚えてる。で、衛の好きな人って、誰なの？」

「知らないです」

「またそうやって嘘《うそ》を吐《つ》くんだ。瑞希《みずき》ちゃんは、根っからの嘘吐きなんだな」

「……嘘じゃない。嘘なんか吐いてないもん。なんなんですか?」

瑞希ちゃんが身体《からだ》を小刻みに揺らしだした。

どう見ても苛立《いらだ》ってる。めっちゃ神経質な感じが出てるな。

「根拠なく悪口ばっかり言って……そーいうの、人として、どうかと……」

「根拠はあるよ。あのさ。私は根拠もなく他人を悪く言わないって」

「……は?」

「瑞希ちゃん、中三の頃、鵜野《うの》くんに告白したんだってね」

揺れていた瑞希ちゃんの身体がぴたっと止まった。

「………してない」

否定するその声は、空耳と疑うくらい小さかった。

「そ? でも鵜野くん言ってたよ? 瑞希ちゃんに告白されて、それが原因で仲が悪くなったって。もし瑞希ちゃんが告白してないなら、なんで二人は仲が悪くなったの? 私が上京する前までは、別に仲悪くなかったよね? なんで?」

瑞希ちゃんが黙り込んだ。

そして忌々《いまいま》しげに私を睨《にら》みつけてくる。

「言い返せないんだぁ？　ほらほら。どうして告白したの？　鵜野くんのこと、好きなの？」

一応返事を待ってみるけど、当然のように無言のまま。

「……違うよね？　瑞希ちゃんはただ、自分が鵜野くんと付き合ったら、衛《まもる》がどんな反応をするのか知りたかっただけだよね？　だって自分で鵜野くんにそう説明したんだもんね？」

「してない」

「じゃ、なんで告白したの？　やっぱり鵜野くんのことが好きなの？」

「………、告白、してないもん」

「なら、鵜野くんと仲違《なかたが》いした理由は何？」

瑞希ちゃんが歯を嚙《か》みしめた。

顔が歪《ゆが》みに歪んで鬼みたい。うける。

「……理由なんて、覚えてない！」

「ほーら。また嘘を吐いた。ったく…………瑞希ちゃんは、自分が衛に好かれてるって、わかってたんでしょ？　衛に片思いされてるって、気付いてたんだよね？」

瑞希ちゃんは答えなかった……でもね？

恨みがましいその目を見れば、口にしなくても、答えはわかるよ。

この強烈な表情を、写真に残せないのが、残念で仕方ない。

「瑞希ちゃんは衛を試してたんだ。彼氏をとっかえひっかえしたら、自分に想いを寄せてる衛がどう反応するか、知りたかったんだ。付き合う目的がそんなんだから彼氏とは長続きしないし、すぐ別れる。鵜野《うの》くんもそれを知って、瑞希《みずき》ちゃんを嫌いになって、仲が悪くなった」

核心部分を口にすると、瑞希ちゃんが「いい加減に……」って小声で呟《つぶや》いた。

苛立《いらだ》ちが増してるって丸わかり。おかげで自分が間違ってない確信が持てる。

「え？　何か言った？」

「いい加減にしてよっ！」

ちょっと意地悪な気持ちで聞き返したら、瑞希ちゃんがテーブルを殴った。

鈍い音が響いた。辺りの雑音が一瞬だけ止《や》む。

……おー、怖。そんなことしたら、視線集めちゃうじゃん……

いつの間にか隣の席に女の子が座ってて、その子も驚いた顔でこっちを見てるし……

「こら。物に当たっちゃ駄目じゃない」

「……仮に、ですけど……仮に、私が、まーちゃんからの好意に気付いてたとして……なんで私が、そんなことをする必要が、あるんですかぁ？　理由は？　なんでまーちゃんの反応を観察しなきゃいけないんですかぁ？　……意味、わかんないですよぉ」

「それはこっちが聞きたいんだけど……でもま、多分だけど、予想はできるよね。瑞希ちゃんは衛《まもる》がどこまで許すかを知りたかったんじゃないの？」

瑞希ちゃんは答えなかった。

なんとなくわかってきた。

この子は、あんまりにも自分にとって不都合な隠し事を暴かれたら、とりあえず黙る。

とっさに否定できなくなるのかな？

わかりやすい子。一周回って可愛く思えてきちゃった。もちろん嘘《うそ》だけど。

「……衛は一途《いちず》だよね。ずっと瑞希ちゃんに片思いしてた。小学生の頃から、ずっとさ」

衛の片思いに気付いたのは、私が中学校に上がった頃……つまり七年前だ。

あの頃から、衛は瑞希ちゃんに片思いし続けてきた。

正直どうかしてる。一途すぎて引くくらいだ。

「瑞希ちゃんはさ。勘違いしたんだよね？　衛は、何があっても自分を好きでいてくれるって
……だから、それを証明するために……ていうか、確信を得たかったのかな？　他の男子と
付き合ってみて、様子を確認してたんだ」

「……なんで。私が、そんなこと、する必要があるんですかぁ？」

「それは、瑞希ちゃんが他人から向けられる好意に対して、疑《うたぐ》り深いからでしょ」

「はぁ……？」

「小さい頃から、ご両親に、あんまりかまってもらえてないんだってね」

言った瞬間、瑞希ちゃんが歯を剝《む》いた。

「死ね！」

「うわ。ひど」

「あ、あ、あぁ、頭おかしいんじゃない!? た、他人の、家庭のこと、ずけずけと！」

怒ってる。超怒ってる。

家庭の話を出すのは、さすがに踏み込みすぎたか？

……でも悪いのは瑞希《みずき》ちゃんだしな。それに私は敵に容赦《ようしゃ》するほど優しくない。

とにかく、こんなにわかりやすい反応だ。図星なのは間違いなさそう。

「ごめんねー。こっちも衛《まもる》を取られたくなくて必死でさ……けど、やっぱりか」

「なにが!?」

「瑞希ちゃんは、衛をこう思ってたんだ。何をしても自分を好きでいてくれて、許してくれる、サンドバッグだって」

「っ！」

瑞希ちゃんがまたテーブルを殴った。

「やめて。だから物に当たらないでってば。獣なの？」

強めに叱る。

でも瑞希ちゃんは、憎悪に塗《まみ》れた顔で私を睨《にら》むだけで、悪びれない。

「……だと、して。何が、悪いんですかぁ？ まーちゃんを、そう、思ってたとして……」

ん？ これ、自白か……？

「そりゃ悪いよ。自分のことしか考えてなくて、衛を一人の人間として見てないんだから」

「まーちゃんは、何があっても、私を愛してくれるもん」

あれ。話通じてなくない？

まあいいけど。

「きょーこさんが、どれだけ努力しても、無駄です。だってまーちゃんは、私を好きだから」

「そっかぁ。でも、今は私と付き合ってるけどね」

「……卑怯《ひきょう》な手を使ったんだ。まーちゃんが好きなのは私なのに……返してよ。別れてよ」

「嫌だ。お断りです。てかよくわかんないんだけど、瑞希ちゃんは衛のことが好きなの？」

「違う。まーちゃんが、私のことを好きなの」

「なにその無駄なこだわり……じゃ、瑞希ちゃんは、衛のこと、好きじゃないんだね？」

「まーちゃんが私のことを好きなんだってば」

「はいはい。あのね、もう一回言うけど、衛は私と付き合ってるんだよ。私と。わかる？」

「だけどまーちゃんはきょーこさんのことは好きじゃない！」

「……ま、たしかにね。今はまだそうだ。でもね、衛は約束してくれたから。すぐに、私を本気で好きになるって。瑞希ちゃんより私を好きになるって……この意味、わかる？」

瑞希ちゃんが、三度、テーブルを殴った。

今までと比べて、ひときわ大きな音が響いて、テーブルが大きく傾く。

グラスが大きく揺れた。慌ててテーブルを支えたけど間に合わなくて、カフェオレがぶちまけられて、茶色い液体と一緒に無数の小さな氷が天板の上を滑っていく。

最悪。

「……行儀が悪すぎる。猿でももう少し賢いよ」

さすがに店中の目が集まる。

店員さんにいつ注意されてもおかしくない……てか、まだされてないのが奇跡かも。

「そんなのまーちゃんのリップサービスだ。馬鹿じゃないの？」

「お。口調がはきはきしてきたねー。もう猫はかぶらないの？」

「……そんなんじゃない」

「ふうん」

そろそろいいかな。

バッグに手を突っ込んで、レコーダーのスイッチを切った。

必要な言質《げんち》は十分に取れた。もうこれ以上録音を続ける必要はない……ていうより、この先は衛《まもる》に聞かせられない話になる。

「……あのさぁ。瑞希《みずき》ちゃん、謎に怒ってるけど……私はそれ以上に怒ってるんだよね」

もう我慢しない。

「は？」なんて不思議そうにする瑞希ちゃんを、睨《にら》みつけた。

衛と再会したあの日のことを思い返す。衛は、瑞希ちゃんに弄《もてあそ》ばれて、追い詰められて……

怒りが、感情が、沸々と煮えたぎった。心が暴れだす。

許せない。

別に、瑞希ちゃんが衛の好意に気付いてなかったなら、何も問題はなかった。

瑞希ちゃんが何も知らなければ、あれは、衛の心の弱さの問題でしかなかった。

でも、瑞希ちゃんは全部わかった上で、衛を弄んでいた。

自分が衛に好かれてると知っていながら、散々見せつけて、傷つけてきた。

もちろん、だとしても、飛び降りようとしたのは……衛が馬鹿だからってだけだけど。

でも！

瑞希ちゃんはそれ以上の馬鹿で、クソだ。

絶対、絶対に許さない。

抑えきれない怒りに、身体《からだ》が突き動かされた。

身を乗り出して、瑞希ちゃんの胸倉を摑《つか》んで、全力で引き寄せる。

勢い余って額と額がぶつかったけど、かまうもんか。そのまま頭を押し付けてやる。

「ただ誰かに愛されたいがために、衛を弄んで、傷つけやがって……！」

鼻先と鼻先が触れる距離で、硬直した瑞希ちゃんに、唸《うな》る。

怒鳴らないよう、殴らないよう、自制するのがつらい。

公共の場でこんなことをするなんて、成人としてほんとにダメだ。

衛《まもる》を惚《ほ》れさせて、振ろうとしてる私に、こんなことを言う資格がないのもわかる。この行為が、好きだった男が片思いしてる女に対して、八つ当たりしてるだけってのも……わかる。

でも……それでも！

色んなものを棚上げにしてでも、今は溜《た》まりに溜まった怒りをぶつける！

「私は、絶対に、お前を許さないからな……！」

瑞希《みずき》ちゃんが息を呑《の》んだ。

怯《おび》えや恐怖、気持ち悪さ……そんなマイナスの感情を寄せ集めた顔で、私を見てくる。

「……………べ、別に……許されなくて、いいし」

怯えた顔を取り繕《つくろ》って、瑞希ちゃんが声を震わせながら言った。

「だって、きょーこさんがどれだけ怒っても、まーちゃんが好きなのは、私だし……」

ブチッ、と、頭の中で何かが千切《ちぎ》れた。

「……あ？」

「そ、そんなに怒っても、意味ないのに……かわいそうな、きょーこさん……従姉《いとこ》だから、まーちゃんに好かれなくて、かわいそう……私になれなくて、かわいそう……！」

こいつ、いい加減に……

叫びそうになったその瞬間。

「瑞希。もうやめてよ」

男の声がした。

理解っていうより反射。

瑞希ちゃんを摑《つか》んでた手を慌てて放して、バッと振り向く。

そしたらすぐ傍《そば》に立った美少女と目が合って、あれ？　って頭が混乱する。

聞こえたのは男の声だったのに、って、あっ。

血の気が引いた。そうだった。今日は日曜だから、女装の……うっわ……

マジか。全然気付かなかった。てか、いつからここに……

「え、誰？」

瑞希ちゃんはまだ気付いてないみたい。

「……森崎《もりさき》衛だよ。こんな恰好《かっこう》だけどね」

その子が、衛が言った。

そして自嘲するように微笑《ほほえ》んで、片手でスカートの端を摑む。

瑞希ちゃんが「え」と抜けた声を上げて、衛の顔を凝視《ぎょうし》して……いや。

瑞希ちゃんの反応なんか今はどうでもいい。

それより。

「いつから、あっ、いや、てか、なっ、なんでここに!?」

混乱して聞くと、衛《まもる》が微苦笑を浮かべた。

森《もり》崎《さき》衛《まもる》

「なんでここに!?」

京子《きょうこ》に聞かれて、そんな場合じゃないのに、少し笑ってしまった。

これほど狼狽《ろうばい》している京子が、とにかく珍しくて、面白かったからだ。

なにせ京子といえば、ぼくが屋上で自殺ごっこをしていた時も泰然《たいぜん》としていたくらいで、鉄の女というイメージすらある。

なによりここしばらく、ぼくはずっと京子の手のひらで転がされてきた。

だから、うまく言い表せないけど、京子にそんな顔をさせられたことが少し嬉《うれ》しかった。

「家出して……えっと、京子に会いに来たんだけど」

聞かれたことに答えると、京子が「家出？」とオウム返しをした。

「うん。凛《りん》に電話がバレたんだよ。それで、京子と話せなくなりそうだったから、思い切って逃げてきた。財布を取る余裕すらなかったから、着の身着のままだけど……」

女装した、自分の身体《からだ》を見下ろす。

今日の女装は比較的おとなしい。なんといえばいいんだろう。本当に、ただの女装だ。

コスプレ感はないし、街中を歩いても何ら違和感はない。

まあ女装姿で外に出た時点で致命傷は致命傷なんだけど。

派手だろうと地味だろうと、女装は女装だし。

現に、瑞希《みずき》は言葉を失って、口を半開きにしてぼくを凝視《ぎょうし》している。

無理解、という感情が具体化したかのような表情は……やっぱり気分の良いものじゃない。

仕方ないけどね。知り合いが突然本格的な女装姿で現れたら、そんな反応にもなるだろう。

……まあ、どうでもいいけど。

それより今は二人を落ち着かせないと。

流れは、なんとなくだけど、わかっている。

話の内容が内容だから、口を挟んでいいものか、そもそも聞かなかったふりをした方がいいんじゃないかって、迷ったけど……放置して殴り合いになったら目も当てられない。

「瑞希」

名前を呼んだら、我に返ったように瑞希の目の焦点が定まった。

「まーちゃん……えと……も、もしかしてぇ……話、聞いてたぁ……？」

「うん。さっきから、隣の席にいたからね」

ぼくが喫茶店に入った時点で、二人はすでに話していたから、全部を聞けたわけじゃない。

具体的には、その……京子が、ぼくのどこを好きか熱く語っていた辺りから、聞いて……

ぬ、盗み聞きするつもりはなかった。でもどうしても割って入れなくて、悪いとは思いつつも、息を潜めて隣の席に腰を落ち着けて、聞き耳を立てているしかなかった。

「瑞希《みずき》が、ぼくの好意に気付いてて、試してたってくだりも、はっきり聞いた」

瑞希の顔が引きつった。

「そ、れは、その……」

正直、かなりショックだった。恥ずかしいやら、悲しいやら、恨めしいやら……

とにかく、色んな感情に苛《さいな》まれて、百年の恋が冷める、という言葉を実感できたほどに。

でも、ショックはショックだったけど、それでも冷静にその事実を受け止めている自分もいた。悲しみや怒りと同じくらい、腑《ふ》に落ちたって感覚が大きかったのかもしれない。

話を聞いて、これまでのやり取りを思い返したら、納得できてしまったのだ。

なるほどって。そういう考えだから、瑞希はあんな行動を取っていたのかって。

もちろん、ショックが大きすぎて、感覚が麻痺《まひ》して、うまく感情の整理ができていないだけって可能性は否定できない。だから後々冷静になって、苦しむかもしれない。

でも、今はまだ平気だ。

「はっきり言うけど、瑞希のその期待には、もう応えられない」

この一週間、ぼくはずっと、京子《きょうこ》のことを考えていた。

たとえこの出来事がなくたって、京子と真剣に向き合うと決めていた。

瑞希への未練を断ち切るつもりでいた。

だから、考えようによっては、今回の出来事は逆にありがたくもある。

否が応でも決着をつけざるを得ないわけだから。

「ち、違うんだよ、あれは、売り言葉に買い言葉っていうか……！」

瑞希があからさまな愛想笑いで、とりなしてきた。

わずかに絆《ほだ》されてしまいそうな、心の弱さを断ち切るように、首を横に振る。

「瑞希の真意が違ったとしても、どのみち京子を悲しませることはできない」

「っ……でも、まーちゃん……私のことを好きだったよね……？」

「そうだね。ずっと好きだった」

「……じゃあ、今、告白してくれたら、オッケーするよ……？　ね？　だから……」

なんとも言えない気持ちになる。もちろん、そのなんともいえない気持ちの中に、ポジティブなものは何一つとして混じっていない。

一番濃いのは、悲しいという感情だろうか。

「瑞希。ありがとう。ごめん。無理だよ。もう、本当に無理なんだ」

付け入る隙《すき》を消すように、一言一言、はっきり口にする。

瑞希の表情が、少しずつ、崩れるように歪《ゆが》んでいった。

そして俯《うつむ》いて……数秒、固まって。

椅子《いす》を倒すような勢いで、急に立ち上がる。

少し潤んだ目で、ぼくを睨《にら》んできた。

「別に、いいし。私も、まーちゃんが、そんな……女装するような、気持ち悪い人だって、知らなかったから。知ってたら、そもそもまーちゃんなんか、気にもかけてないし……」

きつい言葉だ。

その発言に京子《きょうこ》の表情が険《けわ》しくなっていく。

きっと、ぼくのために怒ってくれているんだろう。

このままだと、怒鳴りかねない雰囲気まで放っている。

でも……本当に嬉《うれ》しいけど、割り込まれたら困る。

これだけは、最後まで自分自身でやらなきゃいけない。

「……そう？　でも似合ってるでしょ？」

両手を広げて、無理をして、笑った。

「自分で言うのもなんだけど、やっぱりぼくの方が可愛いよね……瑞希《みずき》よりも」

いつだったかの、勉強会でのやり取りを思い出して、言う。

瑞希が唇を引き結んだ。

そして、親の仇《かたき》みたいにぼくを睨みつけて……見つめ合って。

「もう、いい。馬鹿」

瑞希が吐き捨てた。ぼくらに背を向けて、喫茶店から出ていく。

大股で、あっという間に姿を消してしまって……あーあ。

終わっちゃったな。

傷つけてしまった。

あんなに好きだったのに。

でも、まあ……仕方ないか。

大きくため息を吐《つ》いて、京子を見ると、目が合った。

複雑な顔をしている。

苦笑を返して、なんとなく辺りを見渡した。

注目を集めている。そりゃそうか。

瑞希はテーブルを殴りまくって、椅子も跳ね飛ばして……京子は瑞希の胸倉を摑《つか》んで、一《いっ》触即発《しょくそくはつ》の空気を醸して。二人とも、声を荒らげて。ぼくを含めて、本当に、迷惑客そのものだ。

店員たちも、様子を窺《うかが》うみたいに、こっちを見ている。

何かぼそぼそ話をしているし、追い出す算段を立てているのかもしれない。

「京子。とりあえず、出ない？」

瑞希が倒した椅子を戻しながら、提案した。

「すごく、目立ってるし」

「あ、うん……そう、だね」

京子《きょうこ》がぎこちなく頷《うなず》いて、テーブルに広がったカフェオレをペーパーで拭きとった。

そしてグラスを持って立ち上がる。

そのまま返却口にグラスを返して、二人で一緒に店を出た。

◆

「まさか、衛《まもる》に家出をするような根性があったなんて」

バスセンターの広い待合室には、たくさんの椅子《いす》が規則正しく並んでいる。

壁に設置された案内板や電光板を、ぽつぽついる利用客が確認していた。

隅の席を間借りするように、二人で隣り合って座る。

一面全てがガラス張りとなった壁の向こうは、梅雨《つゆ》時とは思えないほどの快晴だった。

空には雲ひとつ見当たらない。

外に出て、真上を見上げれば、そのまま吸い込まれてしまいそうなほど澄み渡っている。

「家出くらいで大げさな……って言い返すべきなんだろうけど、でもその通りだよね」

背もたれに背中を預けて、両手足を投げ出して、笑う。

解放感がすごい。

だってここには、凛《りん》も瑞希《みずき》もいない。

心の中にさえその姿はない。

人生で初めてのことかもしれなかった。

晴れ晴れとした、悪くない気持ちだ。

「あぁ、すっきりした。生まれ変わった気分だ。問題はなーんにも解決してないのに」

自虐《じぎゃく》を含ませて言ったら、京子が笑った。

「少なくとも、瑞希ちゃんへの未練は断ち切れたんじゃない？」

「そうかもね。うん。やっと、京子と付き合う上での、最低限のケジメを果たせたよ」

京子がぼくを見た。

「そういうこと、考えてくれてたんだ」

「一応ね。会えなかった間は、四六時中、そういうこと考えてた」

言うと、京子が微笑《ほほえ》んだ。綺麗《きれい》な顔だ。

色付き眼鏡《めがね》をかけて、帽子を目深にかぶって変装しているのに、そう思わされる。

まあ、恰好《かっこう》については、ぼくも人のことは言えないけども。なにせこっちは女装だ。

「ね、衛？」

京子に呼ばれて「うん」と返事をした。

「せっかくだし、バスが来たら、このまま福岡にでも遊びに行かない？」

「え？」

「先週、凛《りん》のせいでデートがぽしゃったでしょ？　その埋め合わせ、してほしいな」

今、ぼくたちはバスセンターにいるけど……別に、バスに乗る予定はなかった。

ただ、喫茶店のすぐ近くにあって、座って話せる場所としてちょうど良いから、使わせてもらっているだけだ。

でも、そうだな。

電光掲示板を見上げれば、福岡行きのバスが到着するまで、あと十分ほど。

「今は財布がないから、バス代を貸してくれるなら、いいけど」

答えたら、京子《きょうこ》が「え」と目を丸くした。

どうしてそんな反応をされたのかわからなくて「なに？」と聞く。

京子が「あ、いや」と苦笑した。

「衛《まもる》、女装してるから。さすがに福岡に行くのは嫌がるかなって思ってた」

「あぁ……まあ、たしかによくはないけど。でもほら。……似合ってるでしょ？」

おどけると、京子が「ふふっ」って声を出して笑った。

「そうだね。すっごく似合ってる。瑞希《みずき》ちゃんよりずっと可愛いよ」

「ありがと」

「なに？　吹っ切れたの？」

「どうかな。ここ数日、色々考えて……瑞希への未練に関係なく、やっぱりぼくは男らしくない自分や、女装が、全然好きじゃないって思って……でも、京子が女装したぼくのことも好きだって言ってくれたから、なら、二人きりの時なら、別に女装でもいいのかなって」

搔《か》い摘《つま》んで説明すると、京子が「なるほど」って頷《うなず》いた。

「……変わるんだ、って思ったんだ。だから、まずは自分を好きになるところから始めることにした。突発的だったけど、家出ができたのも、そういう心境の変化があったからかも」

「へぇ。けどどうするの？　家出したにしても、財布もスマホもないし。夕方には帰る？」

うっ、と詰まった。

「…………そうなんだよなぁ。帰りたくないなぁ。いや、ほんと、どうしよう……」

現実的な問題を指摘された途端、情けない気持ちになってしまう。

ダッサいなぁ。

やっぱり人間は、すぐには変われないらしい。当然か。

生まれ変わる、なんて言葉は幻想なのかもしれない。

結局は意識して、少しずつ自分を変えていくしかないわけだし。

解放された気持ちになっても、やっぱり現実的な問題は何も解決していなくて、凛は依然として恐ろしいままで、ぼくは何も持たずに家出した向こう見ずな馬鹿な子供だ。

「……衛も、私みたいに、おばあちゃんの家に居候《いそうろう》しちゃえば？」

京子《きようこ》が言った。

え？　と京子と目を合わせると、京子が「ね？」と目を細める。

「ずっとは無理だろうけど……頼めば、数日は泊めてくれるんじゃない？　親戚《しんせき》なんだし」

「……たしかに。あぁ、それ、いいかも。本当に頼んでみようかな……」

「うまくいけば、同棲だね」

京子がにやっと笑った。

思わず「そうだね」なんて笑い返して……じんわり、胸の奥に温かな気持ちが湧《わ》いてきた。

「……京子」

「なに？」

「ぼくのために、怒ってくれて、ありがとう」

京子が瑞希《みずき》の胸倉を摑《つか》んだあの瞬間を、頭に思い浮かべる。

暴力的なのは、正直、あまり褒められたことじゃない。

だけど、それでも、京子がぼくを思ってあれだけ怒ってくれたことが、心底嬉《うれ》しかった。

「あー……はは。私的には、あんまり、見られたくない場面だったけどね……マジで」

「そう？　ぼくは、見られて良かったよ。あれは、正直、めちゃくちゃときめいた」

「んっ!?　……あっ、あー……なら、うん。結果オーライか」

えらく動揺した京子に、一瞬違和感を覚えたけど、まあ、いいや。

それより……言うなら、今だな。

なんとなく、そんな流れになった気がする。

……うん。

「ねぇ、京子。伝えたいことが、あるんだけど――」

宵《よい》ケ《が》峰《みね》京《きょう》子《こ》

「ねぇ、京子」

衛《まもる》が私を呼んだ、その瞬間に。

空気が変わった感じがした。

それはきっと、ほわっと柔らかい表情だった衛が、急に真剣な顔になったから。

「伝えたいことが、あるんだけど」

目を見つめながらそんなことを言われて、なんだ？　って少し身構える。

こっちとしては、何を言いたいのか心当たりが全然ない。

でもなぜか胸が勝手にバクバク高鳴ってくる。

「なに？」

意味不明な高鳴りを黙殺して、何食わぬ顔で尋ねたら、衛が小さく唾《つば》を呑《の》んだ。

穴が開くほど真っすぐに、真正面から見つめ合う……な、なにこれ？

「改めて、その、会えない間、京子《きょうこ》のことを考えて。それで、今日のこともあって……」

緊張した顔で、衛《まもる》がゆっくり話し始めた。

雰囲気は真剣そのもの。まるでこれって……え？

うそ、まさかこれ、あれっ？

そうなの？

これって……！

「少しずつ、京子の、見え方が変わってきた気が、するんだ」

……絶対そうだ！

いやっ、これっ……絶対そうだって！

や、やばっ……きたっ！

心臓の拍動が一瞬でやばいことになった。死ぬ。これ死ぬ。でも来た、これあれだ！

告白っ……！

こいつっ……改めて、私に告白する気だ！

「それで、好きになったら、ぼくから告白し直すって話が、あったでしょ……？」

ほら！　ほら見ろ!!　ほら！　ほらほら！　こいつ私に告白する気だって！

あっ、いやでも急すぎる、なんで、なんで今っ……ぁっ、さっきときめいたって、あれマジだったの⁉　あれのおかげ⁉　や、やだぁ！

けどちょっ、あっ、もう少し余裕をっ……いやっ！　いーやっ！

そんなんでどうする！

ついにきたんだぞ、復讐《ふくしゅう》の機会がっ……長年の恨みが！　恨みを！　晴らす機会が！

断るっ……絶ッ対に、断る！　ここで果たす！　復讐をっ……！

そのためにここまでやってきたんだ、私は、積み重ねてきたんだ！

「うん。そう、だったね……」

爆発的に膨らむ感情を死に物ぐるいで抑えつけて、気合で微笑《ほほえ》んで、殊勝な感じで頷《うなず》いた。

いやでも頭はマジでパニック状態。

断る、断る断る、絶対断る、マジで断る死んでも断る一刀両断してやる！

私と同じ思いを味わわせる、みてろよ衛！

ってなって、もう収拾つかない。

「京子」

衛が、大きく息を吸った。

「異性として、好きになりました」

きっ……

「改めて、ぼくとお付き合いしてください……！」

きたぁ……！

きたっ、きたきた、きたっ、きた！

やったぁ！

断る！　とりあえず、断る！

やった、やった、やった！

すううう……と、息を吸った。

そして、自分にできる、最大の微笑《ほほえ》みを浮かべた。

息を呑《の》んで私を見つめる衛《まもる》をまっすぐ見つめる。

よしっ、断

「ありがとう。本当に、本当に、嬉《うれ》しい……！　こちらこそ、よろしくね……？」

る……あれ？

私、あれっ、今なん……

あれっ……？

エピローグ

宵《よい》ケ《が》峰《みね》京《きょう》子《こ》　Epilogue

「それで、お前は彼ピの告白に了解した、と。そういうわけか」

ベッドに放り投げたスマホから聞こえてくる桂花《けいか》の声は、完全に呆《あき》れ果ててた。

うつぶせになった私は、電話の向こうにいる桂花の顔を想像する。

うん。たとえ見えなくても、半笑いしてるんだろうなってわかってしまう。

「京子。一つ言っていいか？」

「駄目。何も言わないで」

「ばぁか。ばぁぁぁか。実はお前、復讐《ふくしゅう》する気、まったくないだろ」

ほらきた。想像通りの返事だ。

まったく。すぐにそうやって、物事を単純に考えるんだから。

「違うから」

起き上がって、ベッドの縁に座って、皺《しわ》が寄った眉間を揉《も》みほぐしながら言い返した。

ここは私の部屋だ。

それで今は、桂花《けいか》に今日の出来事について報告をしてる最中。具体的には、瑞希《みずき》ちゃんと喫茶店で話して、バスセンターで衛《まもる》に告白されて、って一部始終を伝えたところ。

「桂花がそう思うのもわかるけど、マジで違うから」

部屋の中は越してきた時から変わってない。

段ボールとベッドしか物がなくて、相変わらず受刑者を収監する独房みたいだ。

「なにも違わないだろ。お前はやっぱり衛くんのことが好きなんだよ。でなきゃ……」

「とりあえず話を聞いてよ」

桂花をぴしゃっと遮った。

「たしかに告白はほんとに無意識で受けた。なんであんなことしたのか、自分でもわからなくて……だからさっき、衛と天神《てんじん》でデートしながら、ずーっと考えてたのよ」

「デート？　まさか、女装した衛くんとデートしてきたのか？」

「そうだけど。なに？」

「……別に？　カモフラージュにはちょうどいいなって思っただけ」

「そうかもね。とにかく、それで、ずっと考えてて……わかったんだよ」

「告白を受けた理由が？」

「そ。私まだ、衛から瑞希ちゃんと同じほどには好かれてないでしょ？　きっと無意識で、それが引っかかってたんだ。だから、あえて告白を受けたんだよ」

「は？」

「仕方ないよね。瑞希ちゃんと同じだけ好かれるには、やっぱりある程度時間が……」

「待て待て」

桂花に遮られた。

「なに？」って聞き返す。

「それはつまりあれか？　自分が、朝山《あさやま》瑞希と同程度に好かれるまで、衛くんと恋人ごっこを続ける……ってことか？　そこまで好かれて、ようやく振るってこと？」

「ごっこて」

「ごっこだろ。京子《きょうこ》に本気で付き合う気がないんだから」

「いや、そうだけど……てかさ。思ったんだけど、告白を断るだけって復讐《ふくしゅう》としては微妙じゃない？　中途半端っていうか、弱いっていうか」

「……はあぁ？」

「ほら。もっとドロッドロに依存させてから振らないと、絶望させられないし……そこまでやって、ようやく復讐っていえるのでは？　……って、気付いちゃったんだよね」

桂花が黙った。

スマホからは、なんだか耳に刺さるような沈黙だけが聞こえる。

「……え、なに？　私、間違ったこと言った？」

「やっぱお前、復讐《ふくしゅう》する気ないだろ」

「あるし」

即言い返したら「はあぁぁぁ……」なんて、わざとらしくため息を吐《つ》かれた。

なんだよ。めちゃムカつくんだけど。

「言いたいことがあるなら、はっきり言ってくれる？」

「……最初は、告白されたら振る、だったろ？　次は、改めて告白されたら振る。で、今回は朝山《あさやま》と同じくらい好かれたら振る。じゃあ次は何だ？　プロポーズされたら振るとか？」

「これがマジの最後だし」

イラッとして言うと、桂花《けいか》が「ふーん……」って疑わしそうな声を出した。

「朝山くらい好かれるって、感覚的すぎるだろ。それって京子《きょうこ》のさじ加減じゃん」

「ちゃんと客観的に判断しますけど？」

「客観的ぃ？　……まあ、別に、いいけど。好きにすれば？」

言い返してやりたいけど、二回も目標を変えてるだけに大口叩けない。

くそ。

「……そういえば、こないだクイズ番組に出てたね」

このまま続けてもイライラが溜《た》まるだけだから、話を変えた。

桂花が「あぁ」って明るい声を出した。

「見てくれたんだ」

「うん。しっかり頑張ってるじゃん」

「それなりには。ま、来月は予定すっかすかだけど」

桂花が乾いた笑い声をあげて、いたたまれない気持ちになった。

「そ、そう」

「……ま、ぼちぼちやってくよ。それより、朝山はもう大丈夫なのか？」

「なにが？」

「もう彼ピにはちょっかいかけないのかなって」

「それは大丈夫じゃない？　はっきり決別した感じだったし」

「そうなのか。へぇ……」

なんだか意味ありげな桂花に、少し違和感。

なんだろ、って聞こうとしたら、部屋のドアがノックされた。

これは衛《まもる》だな。おばあちゃんならノックせずに用件を言いながらドアを開けてくるし。

「ごめん。ちょっと用事。切るね」

「え、おい」

なんて桂花の声がしたけど、容赦《ようしゃ》なく通話を切った。

「んっ、んっ……はーい！　どーぞー！」

明るく返事すると、ドアがゆっくり開いて、衛《まもる》がひょっこり顔を出す。

そしてはにかみを向けられた。

衛はお風呂上がりで、髪が湿って化粧もすっかり落ちてた。服は、私の高校時代の学校指定のジャージを着てる。サイズが合ってることに、わかってたけど少しもにょった。

いや、私が太いんじゃなくて、衛が細すぎるだけだけども。

それにしても、お風呂上がりの衛は顔の綺麗《きれい》さが際立ってて、ほんとに美人。

「お風呂、あがったよ……次、入る？」

「そうしよっかな」

衛は今晩、この家に……おばあちゃんの家に泊まることになった。

凛《りん》と喧嘩《けんか》して家を飛び出したことをおばあちゃんに伝えたら「そんなにバツが悪いなら、今日はうちに泊まりなさい！」と言ってくれたから、素直に甘えることにしたみたいだ。

もちろん学校もあるから、明日の朝には帰れって言われてたけどね。

てか、どうせなら、このままここに住めばいいのに……や、さすがにそれは無理か。

そう簡単な話じゃない。

はあ。衛が家に帰ったら、また連絡取りづらくなりそうだ。やっぱ普通に不便。

……次は凛だな。あの女をどうにかしなきゃ。

すごく、邪魔だし。

とか考えつつ、部屋から出ようとするけど、入り口に立った衛が動かない。

「ごめん。出られないんだけど」

って言った瞬間。

衛が抱き着いてきた。

ふわっとシャンプーの香りがして、は？　って頭が混乱する。

「え……えっ!?　ちょっ」

困惑してたら、さらにぎゅっと身体《からだ》を押し付けられた。

「ふぇ!?」

いやっ、やばっ、これっ……！

どうしたらいいかわからなくて固まってるうちに、衛が離れた。

そして、私から一歩距離を取って、またはにかむ。

「な、なんとなく、抱き着きたくなっちゃった……駄目、だった？」

お風呂上がりだからか、それとも恥ずかしがってるのか。

どっちかわからないけど、顔を真っ赤に染めた衛に、心臓が跳ねた。

可愛すぎる……

でもここでその仕草に屈するわけにもいかないから、口の中の肉を噛《か》んで堪《こら》える。

暴れ回る感情の首根っこを押さえて締めあげて、平常心を装った。

「ううん。まさか。嬉《うれ》しいくらい…………じゃ、私、お風呂入ってくるね」

「あ、うん」

今度こそ衛《まもる》が横にどいて、私はゆったりとした足取りで部屋を出た。

そして、一歩一歩、踏みしめるように階段を下りながら……

激しく拍動する心臓を鎮《しず》めるために、胸の辺りをぎゅうっと押さえる。

やばい……

う、う、うぅ、ぅぅッ……！

少しでも気を抜いたらその瞬間に地団駄《じだんだ》踏んで転げ回りそう。そんな自分があんまりにもちよろすぎるって思うけど……でもやっぱりやばいものはやばいんだから、仕方ない。

唇を噛《か》みしめて「っ、っ、っ！」って声にならない声を上げる。

痛感した。

私の復讐《ふくしゅう》にとって最大の障害は、瑞希《みずき》ちゃんでも凛《りん》でもなくて……衛本人だ。

当たり前のことなんだけど、今まで外敵、じゃなくて瑞希ちゃんにばっかり目がいって、それに全然気づけなかった。

これは……案外、厳しい戦いになるかもしれない。

朝《あさ》山《やま》瑞《みず》希《き》

最低で最悪で、地獄みたいな気分だった。
人生で、こんなにひどい気持ちになったことなんて、今まで一度もなかった。
ここ数日は、何を食べても味が薄く感じた。
大好きな音楽も、雑音にしか聞こえなくなった。
お気に入りの漫画を読んでも気持ちは晴れなかった。
とにかく散々で、谷底に突き落とされたみたいだ。
まーちゃんとは、あれから全然話せてない。お互いに、近づこうともしない。
こんなこと、初めてだった。
悔しくて、悲しくて、苦しい。
なんでこんなことになったのか、わからない。
私……何も間違ったこと、してないのに。悪いこと、なにもしてないのに。
なのに、なんでこんな残酷な目に、あわなくちゃいけないの？
わけわかんない……どうして、こんな……
でも、誰が悪いかだけは、はっきりしてる。
宵《よい》ケ《が》峰《みね》京《きょう》子《こ》だ。あいつのせいだ。それだけは、間違いない。
あの女さえ、いなければ……

……許さない。

必ず仕返しをしてやる。

私から、まーちゃんを奪った、あの女に……！

絶対……絶対に！

「きみ、朝山瑞希《あさやまみずき》ちゃん？」

そうして、恨みを積み重ねていた、ある日のこと。

放課後に外を歩いていたら、いきなり声をかけられた。

ぎょっとした。

その女の人は、この辺じゃ絶対に見ないような、派手な格好をしてたから。

パンクファッションっていうのかな……黒くて、ごてごてしてて、鋲《びょう》とかバッジとかチェーンとか、とにかく装飾品が無意味にじゃらじゃら付いた服を着てる。

メイクも派手で、黒いルージュで唇を染めて、目の下には濃すぎる隈《くま》があった。

当然こんな人は知らない。近寄りたいタイプの人でもない。

でも、その声には、微妙に聞き覚えがあるような……

「……誰ですかぁ？」

「喜多河桂花《きたがわけいか》、っていって、わかるかな？　えーっと。一応、芸能人なんだけど……」

「え？　……あっ」

言われて、違和感が消えた。そうだ、この声は、桂花《けいか》ちゃんの……えっ。

うそ。

あっ、でもそういえば、何かのインタビューで、プライベートはすごい恰好《かっこう》してるとか、言ってたような……え。

じゃあ、本当に……この人が、桂花ちゃん……？

「うそ!?」

理解したらもっとわけがわからなくなった。

なんで、とか、どうして、とか、あらゆる疑問の言葉が積もってく。

「お。私のこと、知ってる？」

「なんで!?」

声が裏返る私に、桂花ちゃんが薄く笑った。

「京子《きょうこ》に話を聞いたから」

一瞬で気持ちが冷えた。

……そっか。桂花ちゃんと京子って……仲、良いんだったなぁ。

それで、京子から、私の話を聞いた、ってことは……

じゃあ、この人は、私にとって……敵、かも。

迷ってた感情が、敵意の形に固まってく。

「……あぁ。そーですかぁ。それで、私に、何の用ですかぁ？」

でも、桂花ちゃんは、警戒する私に微笑《ほほえ》んで。

「友達にならない？」

って言った。

意味がわからなかった。

「……友達……え、なんで？　……からかってるんですかぁ？」

「違うよ。きみに協力したいんだ。私と組んで、あの女を潰《つぶ》さないか？　……宵ケ峰《よいがみね》京子を」

「は？」

本格的にわけがわからなくなる。

そんな私に、桂花ちゃんが続けた。

「恨んでいるんだろ？　衛《まもる》くんを盗《と》った、あの女を。実は、私もなんだ。私も恨みがあるんだよ。あの女に。だから、お互いに協力できないかなと思って、話をしに来たんだ」

桂花ちゃんが、京子を……？

全然、なにも、わからない。

わからない、けど。

桂花ちゃんが、もし、本当のことを言ってるなら……

私は——

あとがき

初めまして。もしくは大変ご無沙汰《ぶさた》しております。著者の鶴城《かくじょう》東《あずま》です。このたびは『衛《まもる》くんと愛が重たい少女たち』をお手に取っていただき、誠にありがとうございました。

さて。あとがきですが、困ったことに書くことがまるでございません。なので、恥ずかしながら今作のセルフ解説などをさせていただこうかと思います。よければお付き合いください。

作中でも触れましたが、本作は私の地元でもある佐賀県のとある市を舞台としております。

さらにいえば、主人公らが通う高校のモデルは私の母校です。

地元や母校を舞台にしたことに関しては、これといった理由はありませんが、そもそも私のペンネームが母校の名称をパクッ……もじった上で使わせていただいているので、いっそ作中でも扱ってしまうか、という安直な考えによってこのような運びとなりました。

で、その上での補足ですが、市や高校に関しての描写は正確性に欠けています。

そもそも私が地元に住んでいたのは十五年以上も前のことなので記憶違いが山ほどあり、そこに加えて意図して虚偽を交えてもいます。ですから、作中に登場する某市は、パラレル日本におけるアナザー佐賀県の某市だと思ってください。お願いします。

顕著なのが主人公の通う高校ですね。作中で某高校の校舎は城のふもとに存在し、敷地は石垣に囲まれ、裏手には松原や海が広がっている、と描写されています。しかしこれらは現実においては真っ赤な嘘《うそ》です。実際はなんかデカい河川のそばにあります。

……いえ、私が在学していた当時は前述した通りの立地だったので、完全に嘘、というわけでもないのですが……少なくとも現在の母校と照らし合わせたら、大嘘になります。

早い話、母校の旧校舎をモデルにしたので、このような差異が生じたわけです。

現在、その旧校舎はまったく無関係な高校が使用しているため、もし地元の方が本作を読むことがあれば憤《いきどお》るかもしれません。許してください。地元エアプでごめんなさい……

なお、母校が旧校舎から新校舎へと移行したのは私が高校三年生の時分でした。たしか夏休み頃だったと思うのですが、全校生徒が備品を抱えて汗水たらしながら民族大移動のように公道を二キロほど歩き、新校舎への引っ越し作業をした（させられた）記憶があります。

以下、謝辞です。

根気強くお付き合いくださった担当編集者さん。今回も大変お世話になりました。何かと迷惑をおかけしてしまい大変申し訳ございません。これからもよろしくお願いいたします。

あまなさん。衛が尋常ではない可愛さで無敵です。京子《きょうこ》も超絶美女でテンション爆上がりです。素敵なイラストには感謝しかございません。本当にありがとうございます。

また、出版過程で関わってくださった方々も本当にありがとうございます。執筆にあたって色々迷惑を掛けました家族や職場に関しましても、大変お世話になりまして……

何より最後まで読んでくださった読者の方々に、心よりの感謝を申し上げます。

ガガガ文庫7月刊

現実でラブコメできないとだれが決めた?6

著／初鹿野《はじかの》 創《そう》

イラスト／椎名《しいな》くろ

幼馴染をでっち上げ、ポンコツギャルの素を暴き、迷える先輩の背中を押して――。残るは、ひとりぼっちのメインヒロイン。今こそ、俺たちのハッピーエンドを成し遂げよう！『実現するラブコメ』これにて完結。

ISBN978-4-09-453077-3（ガは8-6）　定価935円（税込）

鋼鉄城アイアン・キャッスル2

著／手代木正太郎《てしろぎしょうたろう》　イラスト・キャラクター原案／sanorin《さのりん》

原案・原作／ANIMA《アニマ》　メカデザイン／太田垣康男《おおたがきやすお》

今川を滅ぼし、三河の雄となった竹千代。一方、袂を分けた佐吉は秀吉の元で軍師の道を目指す。時代は信長という強き光の元で揺らめき、目覚めつつある伏龍たちの咆哮を待つ。超巨大キャッスル戦国浪漫譚、第2弾!!

ISBN978-4-09-453078-0（ガて2-15）　定価825円（税込）

サマータイム・アイスバーグ

著／新馬場《しんばんば》 新《あらた》

イラスト／あすぱら

真夏の三浦半島沖に突如現れた巨大な氷山。騒動の中、高校生の進、羽、一輝が出会った謎の少女は不慮の事故以来、昏睡状態の幼馴染にそっくりで……。凍ったままの夏の時計を動かすため、三人は少女と氷山を目指す。

ISBN978-4-09-453080-3（ガし6-1）　定価803円（税込）

衛くんと愛が重たい少女たち

著／鶴城《かくじょう》 東《あずま》

イラスト／あまな

小動物系男子・衛くんは、愛が重たすぎる少女たちに包囲されている！元アイドルの従姉・京子、彼氏がいるのに迫ってくる瑞希、衛くんに女装させる姉・凜。恋のバトルロイヤルの真ん中で、もう、もみくちゃ！

ISBN978-4-09-453083-4（ガか13-5）　定価759円（税込）

未来から離脱したので女教師《モブ》の夢に全振りします

著／真白《ましろ》ゆに

イラスト／河地《かわち》りん

28歳、元新人漫画家の高校教師♀。やっぱり夢は捨て切れてません。でも、人生安定と見通しが一番だし…。そんな彼女がなぜか気になってしまうのは、未来から離脱した絶望高校生の俺。先生、ドロップアウトしてみせてよ。

ISBN978-4-09-453082-7（ガま8-1）　定価682円（税込）

弥生ちゃんは秘密を隠せない2

著／ハマカズシ

イラスト／パルプピロシ

ピアノを通じて、弥生ちゃんとの距離も少し近づいた皐月。でもまだ堂々とデートに誘うのはハードルが高く……。そんななか、卯月が皐月の動向を裏で探っていて……？　乱入者は二人の恋路に何をもたらすのか!?

ISBN978-4-09-453079-7（ガは6-10）　定価682円（税込）

わたしはあなたの涙になりたい

著／四季大雅《しきたいが》

イラスト／柳《やなぎ》すえ

全身が塩に変わって崩れていく奇病“塩化病”。その病で母親を亡くした少年は、ひとりの少女と出会う。美しく天才的なピアノ奏者である彼女の名は揺月。彼にとって生涯忘れえぬただひとりの女性となる人だった――。

ISBN978-4-09-453081-0（ガし7-1）　定価704円（税込）

ガガガブックス

異世界忠臣蔵2 ～仇討ちのレディア四十七士～

著／伊達《だて》 康《やすし》

イラスト／紅緒《べにお》

レディア廃国を阻止するため、諸国への嘆願ツアーに出かけるクラノスー行。プロの踊り子でもある騎士団員・モトフィフとアズカの活躍もあって旅は順調に進む。しかし、仇討ちにはやるソーエンたちが暴走し――!?

ISBN978-4-09-461161-8　定価1,430円（税込）

GAGAGA

ガガガ文庫

衛くんと愛が重たい少女たち

鶴城 東

発行　2022年7月25日　初版第1刷発行

発行人　鳥光 裕

編集人　星野博規

編集　湯浅生史

発行所　株式会社小学館
〒101-8001 東京都千代田区一ツ橋2-3-1
[編集] 03-3230-9343　[販売] 03-5281-3556

カバー印刷　株式会社美松堂

印刷・製本　図書印刷株式会社

Printed in Japan　ISBN978-4-09-453083-4